# Nati's Diary

Band 3

Für alle Mädels:
Jungs sind alle gleich, die haben nur ein anderes Gesicht

# Verliebt sein
# ist auch nicht
# so einfach
# wie man sagt...

Jugendbuch

Bibliografische Information der Deutschen Nationalbibliothek:
Die Deutsche Nationalbibliothek verzeichnet diese Publikation in der
Deutschen Nationalbibliografie; detaillierte bibliografische Daten sind
im Internet über http://dnb.dnb.de abrufbar.



**Herstellung und Verlag:**
Bod - Books on Demand, Norderstedt

**ISBN:** 9-783-74123-722-5

**Samstag, der 02. Februar**

Was für ein Wochenende! Und was für ein Gefühl wieder in ein komplett neues Tagebuch zu schreiben. Es ist, glaub ich, mittlerweile schon mein drittes. Und wohl mittlerweile auch schon mein bester Freund! Wobei ich ja im echten Leben auch viele Freunde habe – Gott sei Dank. Und dann auch noch einen richtigen Freund – also mein Freund! Juhu!

Seit letztem Freitag, also meinem Geburtstag, bin ich ja jetzt eigentlich mit Nico zusammen. Was heißt eigentlich? Wir sind zusammen!

Aber ich find Beziehungen schon kompliziert. Ich weiß eigentlich gar nicht, warum ich mir immer eine Beziehung wünsche, wenn ich am Ende eh nicht damit umgehen kann.

Vielleicht bin ich aber nach wie vor auch einfach immer noch in der Pubertät. Dabei bin ich jetzt schon 15!

Aber naja, das Leben ist vermutlich auch mit 15 noch schwer! Aber wie reif ist man mit 15?
Also es ist jetzt nicht so, dass ich mich super erwachsen fühle – aber auch nicht wie ein Kind!
Also eigentlich will ich auf folgendes hinaus: Nico und ich sind ja am Freitag zusammen gekommen. Und da hat er mich ja auch vor allen geküsst. Also nicht so richtig, sondern nur so ein ganz liebes und langes Bussi auf den Mund. Was auch für mich völlig in Ordnung war. Es haben ja auch alle zugeschaut – auch meine Eltern, da hatte ich jetzt auch keinen Bock, ihn so richtig zu küssen. Wäre mir irgendwie echt peinlich gewesen.

Naja und dann haben wir ja gemeinsam noch gefeiert War ja eine Überraschungsparty und meine Eltern haben uns alle dann in Ruhe gelassen. Also, alle heißt ja Nina, Lilly, Marie

und unsere Freunde. Ist echt witzig – aber wir haben tatsächlich alle jetzt einen Freund! Hammer!
Nina und Andi, Lilly und Thomas und natürlich Marie und Marc. Ist auch irgendwie komisch. Seit Jonathan weg ist, haben Marc und ich viel mehr miteinander zu tun als vorher, als ich noch mit Jonathan zusammen war. Erst sollte ich ihn ja immer in der Schule abschreiben lassen – bis Marie diesen Job übernommen hat und dann auch gleich noch verknallt in ihn war. Naja und er ja, Gott sei Dank, auch in sie.

Die beiden sind das lustigste Pärchen von uns allen. Marie ist total die Kichererbse und Marc findet es voll toll, wenn er ihr imponieren kann. Was er übrigens mit fast allem kann.

Am Freitag meinte er, die S-Bahn würde so langsam fahren wie seine Oma betrunken läuft. Ich hab den Witz nicht kapiert. Die anderen auch nicht. Marie hat sich kaputt gekichert. Entweder war das jetzt ein Insider oder einfach nur ein ganz schlechter Scherz.

Mach ich immer so. Wenn ich einen Witz erzähle, der nicht ankommt, dann sag ich immer „War ein Insider!“.
Erstens rechtfertigt das, dass niemand lacht. Zweitens ist man als Insider cool.

Ich schweife ab.

Wir Mädels haben uns super unterhalten, die Jungs waren erst etwas verschüchtert. Nico ist ja schon viel älter als wir alle. Also was heißt viel älter, aber er ist immerhin schon 17! Aber dafür ist er auch nicht viel reifer, wie ich finde. Er hat zum Beispiel nur ganz kurz meine Hand genommen.

Als die Party dann irgendwann spät vorbei war, sind alle nach Hause gegangen und nur Nico und ich waren noch da. Ich hab ihn bis vor unsere Haustür begleitet. Wir haben ja in der

Garage gefeiert. Vor der Haustüre hab ich dann voll rumgedruckst und ihn ganz lieb angeschaut. Könnte der mich jetzt vielleicht mal küssen?!

Ich meine, es ist ja nicht so, dass ich noch nie geküsst habe! Vielleicht sollte ich es ihm mal sagen? Damit er sich traut!

Aber sagen ist ja auch scheiße.
Also hab ich mich entschieden es ihm nicht zu sagen, sondern zu zeigen.

Ich hab mich ganz lieb ganz dicht und zufällig vor ihn hingestellt und ihn angehimmelt. Bei Marie klappt das mit Marc angeblich immer so – wieso dann nicht auch bei mir?!

Aber es hat geklappt. Nico hat mich geküsst! Richtig! Endlich!!

Dann war ich zufrieden, hab ihn total nett angegrinst, mich verabschiedet und bin ins Haus und war beim Einschlafen total glücklich und total glücklich beim Aufwachen!

Nun aber warte ich jetzt schon den ganzen Samstag darauf, dass er sich meldet!

Hat ewig gedauert. Ich war um 11 Uhr wach und hab als erstes auf mein Handy geschaut.
Keine Whatsapp! Hm, schade, aber okay!

Ich habe dann aus Frust einen schwerwiegenden Fehler gemacht: Ich bin aus meinem Zimmer rausgekrochen gekommen! Diese Möglichkeit hat meine Mutter sofort genutzt.

„Nati, du kannst gleich mal die leeren Kisten Wasser ins Auto tragen. Wir müssen nämlich auch zum Getränkemarkt!".
Hä? Wir? Tragen? Getränkemarkt? Geht's noch????

Ich dachte, ich bin jetzt endgültig aus diesem Alter raus. Hallo?! Ich habe einen echten Freund! Nicht so ne kleine Ratte wie Jonathan! Einen echten Freund! Alt! Also zumindest älter! Da ist es doch total unangebracht noch mit zum Einkaufen zu gehen!

Aber all mein Widerspruch half nichts! Ich musste mit! Immerhin konnte ich meine Mutter noch dazu überreden, dass ich wenigstens noch frühstücken durfte.
Jeder Samstagmorgen wird somit total frustrierend! Wo bleibt der liebevoll gedeckte Frühstückstisch?
Gut, er war gedeckt und meine Mutter meinte, wenn ich nicht immer ewig schlafen würde, dann hätte sie auch die Möglichkeit, mit mir gemeinsam zu frühstücken.

Ach was soll′s. Hab keine Lust gehabt, stundenlang zu diskutieren! Also bin ich anstandslos mitgegangen.

Dann musste ich, wie eigentlich jeden Samstag, beim Mittagessen helfen und danach beim Aufräumen.
Hab dann gemeint, ich müsse mein Zimmer auch aufräumen und seitdem chille ich hier auf meinem Bett rum und schreibe Tagebuch. Das hab ich mir vorhin neu gekauft! Ist voll schön. Diesmal sogar mit Schloss dran! Man weiß ja nie, wer das in die Finger bekommt...

Naja, jetzt ist es jedenfalls drei Uhr, ich hab immer noch keine Nachricht von Nico, find das ganz schön ätzend und geh deshalb jetzt fernsehen.


**Samstag, der 2. Februar, abends**

Nico hatte sich um fünf gemeldet. Hatte schon gar nicht mehr an ihn gedacht. Nachdem ich erst mal so richtig angefangen habe, fernzusehen, war ich schon wieder mit den Gedanken ganz woanders.

Er war auch irgendwie nicht so gesprächig. Er hat gemeint, er müsse sich auf das Fußballspiel morgen vorbereiten und könne deshalb heute Abend nicht so viel machen.

Na, ich will mit ihm ja auch nicht bis nachts um drei um die Häuser ziehen!

Naja, wollen schon. Aber ich darf ja nicht.

Er hat jedenfalls gemeint, er würde sich dann nochmal melden. Super! Sowas hasse ich ja! Entweder man macht was aus oder nicht! Basta!

Gut, soll er sich halt nochmal melden!

Um sieben haben wir gegessen. Ich hab irgendwie gar keinen Bissen runter gekriegt. Es hat richtig wehgetan. Scheiß Nico!

Um viertel nach acht hab ich mich zu meinen Eltern auf die Coach gelegt! Super Samstag! Niemand da!

Nina, Marie und Lilly haben sich auch nicht gemeldet! Fühle mich so alleine!

Nico hat natürlich nicht mehr angerufen!

Hab aber so einen coolen Film mit meinem Vater angesehen. So ein Sportlerdrama. Mit Footballern, die ganz schwer um den Sieg kämpfen mussten. Aber am Ende haben sie gewonnen!

Mein eigenes Leben ist leider nicht so siegreich!

Nico hat sich nicht gemeldet. Verdammt!


**Samstag, der 2. Februar, nachts**

Was ist nur aus den Zeiten geworden, in denen ich mit meinen Mädels um die Häuser zog? Naja, oder zumindest ins Juze bin.

So war ich jetzt den ganzen Tag nur zu Hause rumgesessen und bin im Nachhinein sogar froh, dass ich mit meiner Mutter zum Einkaufen gehen musste.
Da war ich wenigstens einmal draußen!
Männer sind scheiße!

## Sonntag, der 3. Februar, morgens

Bin heute Morgen aufgewacht und war erst mal voll enttäuscht. Keine Whatsapp von Nico! Toll!
Bin deprimiert!
Ich fühle mich komisch. Mir geht's schlecht. Scheiß Nico.
Dann bin ich aufgestanden, um zu gucken, ob meine Mutter schon gefrühstückt hat. Denn sie hat sich ja erst beschwert, dass wir nie gemeinsam frühstücken können.
Aber es war gar nichts in der Küche gedeckt. Stattdessen hat meine Mutter ganz lange geschlafen und ihr war schlecht. Sie hat sich übergeben.
Komisch. Ich dachte immer die Wechseljahre kommen erst später. Meine Mutter ist 39 Jahre alt. Schon noch jung. Mein Vater ist zwei Jahre älter. Also ganz zum alten Eisen gehören die ja jetzt noch nicht.
Aber was kümmere ich mich um deren Scheiß. Hab genug eigenen Scheiß zu bewältigen. Nico! Und Hausaufgaben muss ich auch noch machen. Scheiß Leben.

## Sonntag, der 3. Februar, abends

Oh, welch Wunder! Ich lebe noch für meine Freundinnen!
Bin quasi fast schon schockiert. Marie hat angerufen und hat gefragt, wie es mir so geht. Hab ihr das von Nico erzählt.
Sie hat gemeint, er meldet sich schon. Hm, hat er auch. Nach

seinem Spiel. Heute Abend gegen halb Acht hat er angerufen. Nein, ich hab auf seinen Anruf natürlich nicht schon längst gewartet! (Hab ich natürlich – bin ja auch nur ein Mädchen!).
Aber das Telefonat war ganz nett. Er hat mir ganz ausführlich von seinem Fußballspiel erzählt. Und dass sie fast gewonnen hätten.
Dass ich dann gemeint habe: „Na wenn alle Menschen fast gewonnen hätten, dann hätten wir ja verdammt viele Sieger auf der Welt", fand er jetzt nicht so lustig.
Aber ich bin total glücklich, dass er jetzt doch noch angerufen hatte... Immerhin etwas.
Aber da war doch noch was? Ach ja, verdammt! Mathe..

**Montag, der 4. Februar**

Total lustig. Gestern Abend hat noch Stefan angerufen. Mein bester Freund! Das ist er wirklich! Wir haben total lang telefoniert und gelacht. Ich konnte ihm auch alles über Nico erzählen und er kennt ihn ja. Stefan und Nico spielen ja zusammen in einer Mannschaft.
Stefan hat gemeint, ich solle mir keine Gedanken machen. Jungs sind nun mal Fußballfreaks Und dass sonntags nun mal Fußball angesagt ist.
Naja, irgendwie sind sie schon ganz süß, die Jungs. Wenn man sich mal so überlegt, wie wichtig sie das nehmen, zu elft (es sind glaub ich doch elf?) einem Ball hinterher zu rennen.

Ich würde ja jedem einen Ball geben, dann müssten sie sich nicht drum streiten. Aber den Vorschlag fand Stefan so dämlich, dass er ihn nicht mal kommentieren wollte.

Hm, naja. Ach so, ja, jedenfalls hab ich dann Mathe vergessen und musste es heute Morgen abschreiben. Dann habe

ich aber vor lauter Mathe nicht mehr Deutsch abschreiben können und muss deshalb eine Strafarbeit machen. Einen Aufsatz. Super! Noch mehr Arbeit. Kotzt mich voll an.
Egal. Ich hab ja Nico. Ich hab ihm vorhin schon ne Whatsapp geschrieben und er hat auch schon geantwortet, dann ich wieder, dann wieder er. Jetzt schreibe ich ihm noch ne Gute Nacht Whatsapp und muss dann schlafen. Und ich hoffe ja schwer, dass ich ihn bald wiedersehe.

## Dienstag, der 5. Februar

Mir ist heute mit Schrecken klar geworden, dass wir bald Zeugnisse bekommen. Verdammt! Schon wieder? Kommt mir vor, als hätten wir erst Zeugnisse vor Kurzem bekommen. War ja auch so. Im Sommer! Mann, die Zeit geht vielleicht schnell um – ich werde alt!
Ist mir aufgefallen, weil die Schmalzmahlzahn gemeint hat, ich solle mir mit meinem Aufsatz Mühe geben. Das würde noch in die mündliche Note reinfließen. Und die zählt schließlich zur Gesamtnote im Halbjahreszeugnis. Ist ja ätzend. Jetzt muss ich mich auch noch bei einer Strafarbeit anstrengen.
Nico hat heute wieder nicht geschrieben! Ist nicht der Mann derjenige, der eine Frau erobern muss?

## Mittwoch, der 6. Februar

Marie und Marc hatten heute ihren ersten Streit. Mitten in der Schule. Mann, bin ich froh, dass mir das erspart bleibt.
Jedenfalls war Marie echt zickig und Mark ging ihr heute halt einfach mal auf die Nerven.
Er aber, ganz in Männermanier und natürlich dabei unsen-

sibel wie ein Nilpferd, hat gar nichts gecheckt und die ganze Zeit dumme Sprüche gemacht, an ihr rumgezogen und war eigentlich voll süß. So wie immer halt. Marie aber fand ihn heute gar nicht lustig. Und dann wollte er ihr nicht die Mathchausaufgaben zum Abschreiben geben.

Warum auch immer nicht, aber damit hat er sich definitiv sein eigenes Grab geschaufelt. Marie ist voll ausgeflippt: „Mann, Marc, jetzt nerv mich nicht! Du bist so anstrengend. Den ganzen Tag immer nur diese Scheiße verzapfen und den Clown machen. Und wenn man dann mal  was von dir wirklich braucht, dann hilfst du nicht mal! Du bist echt ein Arsch!".

Bei Arsch ist Maries Stimme gewaltig gesprungen, drei Oktaven höher, schätze ich mal. Ihr hat es echt die Sprache verschlagen vor lauter Aufregung. Und Mark erst. Der war wie vom Donner gerührt dagestanden. Hat sozusagen den Mund nicht mehr zubekommen.

Nach ein paar Sekunden des Schocks hatte er sich gefangen und war voll sauer. Hat „Weiber" geknurrt und seine Hefte vom Tisch gefeuert und die Klassenzimmertür erst aufgerissen und dann hinter sich von draußen wieder zugeschlagen. Marie stiegen in ihr rotes Köpfchen vor Zorn nun auch noch Tränen in die Augen! Die Arme!

Männer sind doch echt unsensibel!

**Mittwoch, der 6. Februar, abends**

Wow, ich glaub es nicht! Mein Leben hat wieder voll Farbe gekriegt. Auf meine Strafarbeit bekomme ich zwar bestimmt auch Farbe, nämlich eine rote sechs, denn bis jetzt habe ich sie noch nicht gemacht, aber egal. Gibt auch viel Wichtigeres im Leben. Zum Beispiel meine Karriere! Echt, ohne Scheiß! Ich mach Karriere! Hab ich heute so beschlossen. Aber natürlich nicht ohne Grund.

Also folgendes: Ich war heute Mittag zu Hause, wollte Hausaufgaben machen, hab die sogar auch noch geschafft, aber wollte mich dann echt erst mal vor der Strafarbeit drücken (was ja sogar bis jetzt geklappt hat).

Ich bin dann jedenfalls mal wieder an unseren Computer zu Hause und hab gedacht: schau ich mal, ob ich Emails habe. Die hatte ich nämlich schon ewig nicht mehr gecheckt. Jedenfalls hatte ich echt einen Haufen Emails. Gut, das meiste davon waren Spam und Werbung. Aber eine nicht. Nämlich die vom Juze. Ehrlich! Ich hatte eine email. Eine ganz persönliche an mich. Wahnsinn!

Also, es war mehr die Erinnerung an die Einladung der Veranstaltung, zu der ich mich angemeldet hatte. Es war das erste Treffen für die Radiowoche vom Jugendtreff. Da hatte ich mich ja vor zwei Wochen oder so angemeldet. Denn in den Faschingsferien veranstaltet unser Juze ein besonderes Radioevent. 7 Tage lang haben wir da jeden Tag Sendung. Jawohl – wir! Und danach jeden Samstag von 14 – 22 Uhr. Wir bekommen ab da bei dem lokalen Radio nämlich eine eigene Schiene (was auch immer das mit Schienen zu tun hat).

Dann allerdings hab ich gewaltiges Herzrasen bekommen. Das hatte alles so toll geklungen. Und jetzt hatte ich schon fast alles versaut, bevor es richtig angefangen hat.

Denn als ich die email gelesen habe, war es kurz vor drei. Um fünf Uhr heute war das Treffen. Aber ich dachte mir, das kann doch kein Zufall sein, wenn du genau heute noch die Email liest und nicht erst morgen. Das ist Schicksal!

Also habe ich mich meinem Schicksal ergeben und bin hingegangen.

Erst war ich voll nervös als ich dort ankam. Ich hab keinem meiner Mädels Bescheid gegeben, dafür war keine Zeit mehr. Außerdem hatte ich echt Lust, mal was alleine auszuprobieren.

Ich bin da also hingekommen und da waren schon ein paar Leute. Alle so mein Alter. Zwischen 14 und 17 halt. Ich hab mich neben zwei Freundinnen gesetzt. Die waren ganz nett und wir sind so ins Gespräch gekommen.
Dann kam der Mann, der das ganze organisiert und hat uns alle begrüßt. Wir waren bis um halb acht da und haben geredet. Mann, das wird so super!

Wir werden nämlich alle Moderationstraining bekommen, lernen wie man Radiobeiträge macht, Interviews durchführt und diese dann schneidet. Dann haben wir über die Sendungen gesprochen. Dieses Radio gibt es schon zum 3. Mal bei uns in der Stadt. Hatte ich mal mitbekommen, hat mich aber nicht so sonderlich interessiert. Aber deshalb kennen sich schon ein paar damit aus. Es sind ja auch Jungs dabei. Zwei voll coole moderieren jeden Mittag das Schülerradio. Die waren schon so lustig die ganze Zeit. Ich glaube, das wird voll super.

Später habe ich mich dann die ganze Zeit mit einem Mädel unterhalten, die Melli heißt. Dann kamen wir noch ins Gespräch mit einer Ursula und mit Tom und seinem Kumpel Jerry. Also, der heißt wohl nicht wirklich Jerry, die nennen ihn nur so. Keine Ahnung. Wozu hat der denn einen Namen, wenn man ihn dann nicht so nennt?! Jungs haben echt einen an der Latte!

Aber es war super lustig. Ich bin auch schon für ein paar Sendungen eingeteilt. Also zumindest für die Redaktion. Wer moderieren darf, wird sich noch rausstellen. Wir werden in den nächsten Wochen jedenfalls schon ziemlich viel zu tun haben. Das Juze ist für uns jederzeit tagsüber bis nachts um zehn offen. Wir haben auch Ausweise bekommen, mit denen wir jederzeit ins Juze können. Ist alles total megageil!
Nur, dass ich nebenbei auch noch in die Schule gehen muss, solange bis es los geht..

Achso, als ich heimkam ist mir aufgefallen, dass ich noch gar nichts von Nico gehört hatte. Hab dann gleich mal auf mein Handy geschaut. Er hatte sogar um sieben geschrieben. Wollte ihm gleich zurück schreiben, habe es aber erst mal vergessen, weil meine Mutter zuerst alles über mein neues Hobby „Radio machen" (bei ihr klingt das soooo uncool) wissen wollte...

Sie hat übrigens auch gar nicht gemeckert, dass ich so spät zu Hause war. Stattdessen war sie nur total glücklich und aufgekratzt. Mein Vater übrigens auch. Will ja gar nicht wissen, was hier schon wieder los ist.

**Donnerstag, der 7. Februar**

Eigentlich wollte ich den Mädels ja sofort vom Radio erzählen. Kam aber erst mal gar nicht dazu. Vor der Schule musste ich nämlich noch schnell meine Strafarbeit machen, was ich glücklicherweise auch ziemlich gut geschafft habe. Aber beim nächsten Mal mache ich sie doch früher. War bisschen stressig.

In der Pause dann gehörte die Aufmerksamkeit ganz Marie. Die hat nämlich immer noch Stress mit Marc. Und jetzt tut es ihr voll leid, aber sie war nun mal einfach schlecht drauf. Ich hab gemeint, sie könne doch einfach zu ihm hingehen und ihm sagen, dass sie einfach nur schlecht drauf war und ihn trotzdem immer noch mag. Nina hat meinen Vorschlag abgewehrt. Marc solle ruhig mal merken, was er an Marie hat und sie vermissen.
Auf meinen Einwand hin, was denn aber wäre, wenn sich die beiden damit nur auseinander leben, ging sie gar nicht ein. Bitte, dann halt nicht. Aber wenn sie nachher stundenlang heult, weil Marc ne Neue hat, da Marie sich nie mit ihm aus-

gesprochen hat, dann soll Nina sie gefälligst auch trösten.

Naja, jedenfalls kam das Gespräch von dem einen Freund natürlich auch zum nächsten. Lilly ist nach wie vor glücklich mit ihrem Thomas und selbst Nina hat nix zu motzen. Wobei sie natürlich alles analysiert. Aber ich muss Andi schon gratulieren. Er hat den richtigen Draht zu Nina. Er ist immer ganz nett und lieb, aber trotzdem distanziert irgendwie. Also er läuft ihr nicht hinterher und erhält damit den Reiz. Das ist der Richtige! Sieht Nina genauso. Würde sie natürlich nie zugeben. Aber man sieht es ihr an den Augen an, wie glücklich sie mit ihm ist. Voll süß irgendwie.

Dann kamen wir natürlich auch auf Nico zu sprechen. War mir etwas unangenehm. Ich kann ja nicht viel erzählen. Ich weiß ja kaum was von ihm. Wir haben ja total wenig Kontakt. Ist irgendwie komplizierter als vorher. Und ich meine jetzt mal ehrlich: Wenn das nicht schon kompliziert genug war ihn zu kriegen, dann weiß ich auch nicht. Aber was kann ich machen? Ich kann ihm ja schlecht hinterherlaufen. Oder? Lilly meinte, ich könnte ihm aber durchaus mehr Zuneigung zeigen. Dann würde er eher kapieren, dass ich ihn wirklich mag. Also, wenn er das nicht kapiert hat? Ich meine, wir sind doch zusammen! Ich bin ihm ja schließlich hinterher gelaufen und dabei in jedes Fettnäpfchen gedackelt. Oh Mann, was soll ich denn noch tun? Bin total deprimiert.
Dann hab ich ihm vorhin ne Whatsapp geschrieben. Nico hat meistens auch mittags Unterricht. Also hab ich ihm noch viel Spaß in der Schule gewünscht.
Kam noch nix zurück. Um mich abzulenken habe ich sogar schon Hausaufgaben gemacht, gegessen und Tagebuch geschrieben. Und jetzt?

## Donnerstag, der 7. Februar, spät abends

Bin verwirrt. Ehrlich!

Mir war vorhin so langweilig, dass ich noch ins Juze bin. Hab ja schließlich einen Ausweis und eine Berechtigung dort zu sein. Gehöre schließlich zum Radioteam. War total toll. War so um fünf da.

Da waren auch wieder Tom und Jerry (wie bescheuert klingt das eigentlich??) und dann kam auch Melli. Hab mich voll gefreut, als sie kam. Und sie fand's, glaub ich, auch cool, dass ich da war. Wir haben dann auch gleich von Tom und Jerry (klingt immer noch blöd..) den MD-Player erklärt bekommen, mit dem wir Interviews machen können. War voll interessant und lustig.

Wir sind in der Küche vom Juze gesessen und haben uns gegenseitig interviewt. Total schräg.

Am Samstag wollen wir vier eine Umfrage für die Sendungen machen. Und dann kommt auch unser Schnittstudio. Das Sendestudio kommt noch extra. Total geil das alles.


Jedenfalls haben wir uns dann für Samstag verabredet. Dann hab ich mal auf die Uhr auf meinem Handy geguckt und festgestellt, dass Nico geschrieben hat. Hat mich total überrascht. Er hat gefragt, was ich denn so mache und ob ich Lust habe, bei ihm vorbei zu kommen. Auf einmal hatte ich voll die Schmetterlinge im Bauch und war total nervös. Hab sofort geschrieben, dass ich im Juze bin, aber schon Lust hätte und wo er denn wohne. Kenne ja nur die Adresse von seiner Oma.


Dann hat er auf einmal angerufen und war total nett. Er hat mir erklärt, wo ich hin laufen muss und dann habe ich mich von den anderen verabschiedet und bin zu meinem Freund. Was, wie ich finde, total toll klingt.

Aber ich war total nervös. Mir ging's gar nicht gut. Ich find verliebt sein total anstrengend. Und ich finde auch nicht, dass es sich gut anfühlt. Ich hasse es, wenn ich so nervös bin.

Jedenfalls war ich dann bei Nico und hab mit zitternden Händen geklingelt.
Seine Mama hat mir aufgemacht. War das erste Mal, dass ich Nicos Mama gesehen habe. Sie war voll nett. Hat sich kurz vorgestellt und mich dann rein gebeten. Die haben voll das süße Haus. Die eine Oma von Nico lebt auch noch bei ihnen. Die hab ich auch gleich kennengelernt. Sie hat nämlich gleich ganz neugierig um die Ecke geblinzelt.

Dann kam Nico die Treppe runter gehechtet und hat mich gerettet. Ist ja voll peinlich gleich der ganzen Familie vorgestellt zu werden. Dann ist Nico mit mir die Treppen hoch zu seinem Zimmer gegangen und da kam uns auch noch sein Vater entgegen. Dem hab ich dann auch noch kurz die Hand geschüttelt und jetzt kennt mich die ganze Familie.

Auf dem Weg durch den langen Gang zu Nicos Zimmer meinte ich dann nur: „Das war aber jetzt die ganze Familie – oder kommt da noch jemand?“.
„Mein Bruder“, meinte Nico lässig. „Aber der ist gerade nicht da!“.
Na super. Die reinste Familienbande. Da sind wir daheim mit drei Personen ja eine Miniaturausgabe von Familie!

Jedenfalls waren wir dann in Nicos Zimmer und ich hab erst mal sein Zimmer inspiziert. Er saß auf seiner Couch neben seinem Bett und hat Fernsehen geschaut. Aha, super! Hat sich ja gelohnt, dass ich da bin.
Jungs sind solche schlechten Gastgeber. Er könnte wenigstens mal fragen, ob ich Durst habe, mich setzen will oder sonst was.
So stehe ich aber nur dumm in der Wohnung rum. Bin total verwirrt. Vielleicht sogar frustriert. Keine Ahnung. Muss erst

nochmal im Duden nachschlagen, ab wann man sich frustriert schimpfen darf.

War grad am überlegen was ich jetzt machen soll, als Nico dann gefragt hat,  ob ich was trinken will und ich natürlich ja sagte. Denn so musste er schließlich aufstehen, in die Küche stapfen und mir was zu trinken holen. Die Zeit habe ich natürlich galant genutzt, um mich auf die Couch zu setzen. Direkt neben seinen Platz.

Manchmal muss Frau dem Mann eben nachhelfen. Nico kam zurück, gab mir das Glas und setzte sich mit einigem Abstand neben mich auf die Couch. Super! Ich dachte eigentlich, er sei alt genug, um neben seiner Freundin zu sitzen.

Wir haben Fernsehen geschaut und dann ist mir aufgefallen, dass es schon halb neun war und dass ich jetzt wirklich langsam gehen musste. Ist immerhin Donnerstag und man sollte Eltern nie vor dem Wochenende reizen.
Wir haben uns übrigens fast überhaupt nicht unterhalten. Nur so über die Boulevardreportagen. Und über Sport. Aber darüber haben wir uns eigentlich weniger unterhalten. Nico hat mehr so Selbstgespräche geführt und sich beschwert, warum der eine Spieler jetzt zu dem Verein wechselt und der andere nicht und so. Ich glaub es ging um Fußball.

Ich bin dann jedenfalls aufgestanden und hab gemeint, ich müsse jetzt gehen. Nico hat mich immerhin noch bis zur Tür gebracht und mir dann aber nur einen Bussi auf die Backe gegeben. Hab ich ne Krankheit oder was? Der hätte mich doch wohl mal in den Arm nehmen können! Mich küssen oder sonst was! Ich will ja noch keinen Sex mit ihm, aber knutschen darf er mich schon.

Jetzt war mir klar, dass ich frustriert bin. Bin nämlich total schlecht gelaunt nach Hause gelaufen und hab dann gleich auch noch einen Anschiss von meiner Mutter bekommen. Kaum hatte ich die Tür geöffnet, stand sie auch schon vor mir. Hat sich beschwert, dass ich so spät nach Hause komme.

Habe gesagt, ich war beim Radio. Da war sie zwar ziemlich schnell besänftigt (wow, das muss ich mir merken), aber gemotzt hat sie trotzdem. Ich solle bitte das nächste Mal anrufen, wenn ich nach acht heim komme. Ist immerhin schon dunkel draußen seit fünf.
Tja, wenigstens kümmert sich meine Mutter um mich. Nico scheint das ja egal zu sein.

## Donnerstag, der 7. Februar, 21.37 Uhr

Ist ihm doch nicht egal. Juhu. Hab grad ne Whatsapp von ihm bekommen: „Schön, dass du heute da warst. Schlaf gut. Bis morgen. Nico". Süß! Welt wieder in Butter...

## Freitag, der 8. Februar

Haben heute ein Vokabeltest geschrieben. Hab alles gewusst. Juhu. Heute konnte ich den Mädels auch endlich mal vom Radio erzählen. Die haben vielleicht blöd geschaut.
Und das war so:
Wir sind in die große Pause. Nina meinte, ob wir heute Abend alle zusammen ins Juze gehen. In den Juze-Club eigentlich. Gute Musik gibt´s da ja immer ab ab 19 Uhr. Schon klar, im echten Leben läuft im Club erst ab 23 Uhr Musik und davor hat er noch gar nicht auf. Macht für uns aber noch nicht so viel Sinn, wenn manche in unserem Alter schon um 22 Uhr wieder daheim sein müssen. Lilly und Marie meinten sofort „Ja". Ich hab gesagt: „Ich muss mal schauen. Ich bin zwar im

Juze, aber ich glaube, ich habe keine Zeit. Aber ich sag bestimmt mal hallo". Verwirrte Gesichter mir gegenüber. Hach, ich liebe es, wenn ich die Leute so auf die Folter spanne.

„Ich bin doch beim Radio", hab ich gesagt, als ob es das Normalste von der ganzen Welt wäre. Lilly, Marie und Nina waren total irritiert. Hach! So liebe ich das! Unnahbar und geheimnisvoll.

Dann aber habe ich sie aufgeklärt. Ich habe ihnen die ganze Geschichte erzählt, wie das so gekommen ist und wie die Treffen bis jetzt waren. Die Mädels waren zum Teil etwas beleidigt, aber den meisten Teil fanden sie super.
Schade finden sie nur, dass sie nicht beim Radio dabei sind. Aber jetzt wollen sie meine Fans werden. Auch süß.

Marie meinte, ob ich nicht erst mal zur Schülerzeitung gehen wollte. Tss, Schülerzeitung – macht doch jeder! Nein, Scherz. Aber tatsächlich eine ganz gute Idee. Das Radio ist ja erst mal ein Anfang. Danach gehe ich dann zur Schülerzeitung. Vielleicht. Je nachdem wie gut es jetzt erst mal mit dem Radio läuft.

Nico hat vorhin übrigens ne Whatsapp geschrieben. War ganz okay. Aber jedes Mal wenn er sich meldet, bin ich schlecht gelaunt. Ich weiß auch nicht, das klingt jetzt total bescheuert, aber mir wäre es lieber, er meldet sich gar nicht. Denn dann muss ich auch nicht an ihn denken. Denn ich bin schon so beschäftigt wegen der Schule und dem Radio und so.

Aber wenn er sich dann meldet, dann ist es so, als würde er alles falsch machen. Ich weiß auch nicht. Dabei wünsche ich mir so, dass es klappt. Ich denk mir jetzt die ganze Zeit, was er nur machen könnte, damit es das Richtige ist, was er macht. Was er schreiben, sagen oder tun könnte. Dabei müsste es doch ganz egal sein, was er macht. Ich müsste doch

alles gut finden, oder?
Ich hab keine Ahnung. Mit Jonathan war das irgendwie einfacher. Naja, eigentlich auch nicht wirklich, wenn ich mal so ehrlich darüber nachdenke. Hm, liegt's an den Jungs oder an mir? Irgendwie sind Beziehungen sau-anstrengend! Aber ich weiß eigentlich gar nicht mehr, was damals die Probleme von Jonathan und mir waren. Ehrlich! Stefanie hat mich genervt. Aber von der hört und sieht man gar nichts mehr. Ist jetzt mit so einem Vollidioten aus der Parallelklasse zusammen. Der ist Italiener und ganz schön hitzig. Ich glaube, der hält sie ganz schön auf Trab. Kein Wunder, dass sie da nicht mehr dazu kommt, uns zu beleidigen. Gut für uns und gut für sie, denn sie scheint glücklich zu sein.

Hm, und ich?

Vielleicht schreib ich darüber einen Artikel für die Schülerzeitung. Oder noch besser: ich mache darüber eine Sendung beim Radio. Da können bestimmt tausend Mädchen auch noch ihren Senf dazu geben. Hach, das wird einschlagen wie eine Bombe.
Und dann kauf ich mir jetzt noch neues Make up, mach meine Haare jeden Tag ganz schön und sehe ganz toll und umwerfend aus. Erfolgreich und beliebt bin ich dann auch, dank der Sendung, und Nico wird mir zu Füßen liegen.
Naja gut, man wird ja wohl noch träumen dürfen...


**Samstag, der 9. Februar, morgens**

Gestern Abend war noch Radiositzung. Ich hab Melli schon getroffen, als ich dort hingekommen bin. Sie hat sich auch gleich an mich gewandt und dann kamen auch schon Tom und Jerry. Ich wollte über ihre Namen ein paar blöde Witze reißen, allerdings sind mir keine guten eingefallen. In sowas bin ich schlecht. Dann hab ich es lieber gleich gelassen. Wir haben zusammen aber wieder voll viel Spaß gehabt. Und wir durften alle entscheiden, was wir für Sendungen in der Ferienwoche haben wollen.

Es wird zum Beispiel eine Morningshow geben, danach was Kulturelles. Wir waren zwar alle einstimmig dagegen, aber Volkmar, der das Ganze leitet meinte beharrlich, das müsse jetzt einfach auch mal sein. Danach geht's aber nach unseren Vorstellungen weiter. Es gibt ein Mittagsmagazin, dann das Schülerradio und danach jeden Nachmittag bis Abend das Faschingsradio. Da läuft nur Partymusik und Fasching ist natürlich das absolute Topthema in der Sendung. Danach gibt's dann noch ein paar ältere Leute, die mitmachen. Die dürfen dann die ganzen Nachtsendungen fahren. (Fahren nennt man das, wenn man eine Sendung moderiert – weiß zwar nicht wieso, aber ich tu die ganze Zeit so, als würde ich natürlich voll kapieren, um was es da geht..!).

Mann, ich freu mich schon so drauf. Heute Mittag ist schon das nächste Treffen. Da geht's ja ab.

Die Sitzung ging bis zehn und wir hatten zwischen drin mal Pause. Da bin ich mit Melli, Tom und Jerry in den Gang gelaufen und wir haben dann auch gleich meine Mädels, Thomas und Marc getroffen. Andi war nicht da und Nina hat meiner Meinung nach ziemlich heftig mit so einem Philip rumgeflirtet. Aber bitte, soll nicht mein Bier sein.

Marie war ganz aufgedreht und wollte alles über das Faschingsradio wissen. Ich hab sie dann erst mal aufgeklärt, dass das nicht einfach nur ein Faschingsradio ist, sondern mit dem Auftakt an Fastnacht eine feste Institution wird. Und es heißt ja auch nicht einfach nur Faschingsradio, sondern „Radio Lokal" - ist jetzt zugegebenermaßen nicht der intelligenteste Name, aber immerhin ein Anfang.

Jedenfalls haben wir dann alle so ein bisschen getratscht. Aber Tom und Jerry und Melli standen ein bisschen planlos rum, und mein Gespräch mit den anderen lief auch nicht so toll.

Also hab ich mich dann relativ schnell verabschiedet, um mit den anderen ein bisschen in den Aufenthaltsraum mit den Couchen zu gehen.
Da hat mich Marc noch gefragt ob Nico mir die CD für ihn gegeben hätte.
Ähm, was?
Cd?
Für Marc?
Keine Ahnung!
Ich hab nur verständnislos den Kopf geschüttelt und ein „Nein, noch nicht", gehaucht.
Irgendwie war ich echt frustriert. Bin ich auch jetzt noch. Wusste dann auch nicht mehr weiter. Ich weiß überhaupt nichts aus dem Leben meines Freundes! Super, ich bin ein Versager!

Später ging die Sitzung weiter und wir haben über die Sendungen und all sowas gesprochen. Melli und ich haben uns für die Abendshow gemeldet. Und der Wahnsinn. Wir haben sie bekommen. Aber gemeinsam mit Tom und Jerry. Echt saucool. Ab Montag machen wir für eine Woche jeden Nachmittag bis Abend zwei Stunden Radio. Ich meine, ich werde echt moderieren. Das ist doch wohl der absolute Wahnsinn. Fünf Tage lang! Von vier bis um sechs Uhr nachmittags. Gott, ich kann es nicht glauben, das ist echt so abgedreht.
Aber das ganze Ding wird voll schräg. Das Schülerradio machen Paul und Gregor. Die zwei sind so lustig. Ich glaube, die machen das voll gut. Ich lach mich jetzt schon immer kaputt, wenn sie ihre Witze reißen.

Jedenfalls bin ich dann irgendwann um zehn fertig gewesen, hab schnell meine Mutter angerufen und sie hat mich dann abgeholt. Ehrlich gesagt, sah sie ein bisschen verwirrt aus. Sie war gar nicht bei sich. Sie hat mich zwar gefragt, wie denn mein Abend war, aber sie hat gar nicht zugehört.
Ich war nämlich selbst ein bisschen niedergeschlagen wegen

Nico, also hab ich nur ganz kurz erzählt. Und dann hab ich nichts mehr gesagt. Und sie hat überhaupt nicht nachgehakt! Das ist total untypisch für meine Mutter. Normalerweise will sie immer alles und ganz genau wissen. Gestern Abend hatte ich das Gefühl, dass sie selbst so in Gedanken war, dass sie gar nicht bemerkt hat, dass ich neben ihr sitze.

Wie dem auch sei. Ich hab meine eigenen Probleme. Ich kann mich nicht immer auch noch um meine Mutter kümmern. Also bin ich gleich hoch in mein Zimmer und hab gesagt, ich geh ins Bett. Ich war sogar ehrlich müde. Und traurig. Und nervös. Ich hab dann nämlich so ungefähr zehn verschiedene Whatsapp geschrieben und gespeichert, aber keine davon an Nico abgeschickt.
Dann habe ich auf meinem Bett gelegen und die Decke angestarrt. Und habe Musik gehört. Und nachgedacht.
Die Welt ist schon komisch. Mit dem Radio läuft alles so toll. Mit Nico alles so kompliziert. Meine Eltern benehmen sich auch irgendwie seltsam. Mit meinen Mädels habe ich gerade kaum noch Kontakt. Und ich fühle mich irgendwie einsam. Aber nicht richtig. Wenn ich sie anrufen würde, dann wären sie alle für mich da. Allen voran Stefan, Marie, Lilly, Nina und wahrscheinlich sogar deren Jungs. Vermutlich auch sogar Jonathan. Aber was ist mit Nico?

Ich hab ihm dann doch noch eine Whatsapp geschrieben. Eine ganz neue und direkt abgeschickt. Ich hab ihm geschrieben, dass ich jetzt zu Hause bin und im Juze war, die anderen getroffen habe und hoffe, dass er auch noch einen schönen Abend hatte.
Er hat dann ganz kurz geschrieben, dass er mit ein paar Freunden unterwegs ist. Dann war ich auch nicht glücklicher. Er hat voll zurückhaltend geschrieben und überhaupt nicht besonders lieb. Wer bitte sind überhaupt seine Freunde?
Ich hab echt überhaupt keine Ahnung von seinem Leben. Ist ja zum Kotzen.

## Samstag, der 9. Februar, nachmittags

War heute Morgen voll deprimiert. Heute Mittag hat mir Nico geschrieben und mich gefragt, was ich heute Abend mache. Er geht mit Freunden zu einem Kumpel auf den Geburtstag und hat gefragt ob ich mit will. Hab gesagt, ich überlege es mir noch.
Soll ich mitgehen?
Ich hab keine Ahnung. Ich kenne doch dort niemanden. Mit wem rede ich denn da? Aber ich find es voll süß, dass er endlich mal wieder einen Schritt auf mich zukommt. Er war nämlich voll gut drauf. Hat mich voll gefreut.
Deshalb würd ich ja gerne mitgehen. Aber andererseits kenne ich ja, wie gesagt, keinen.
Naja, wen frag ich denn jetzt um Rat?

## Samstag, der 9. Februar, später

Haben gerade unsere erste Umfrage gemacht. Tom und Jerry, Melli und ich. Zum Thema Fasching im Allgemeinen, zur Fastenzeit danach, zu den besten Kostümen und was man in den Ferien so alles machen kann. Hat echt Spass gemacht. Selten so viel gelacht. Zwischendurch hatte ich Angst, dass ich mir in die Hosen mache vor Lachen.
Unser erstes Interview ging nämlich gleich auch mächtig in die Hosen. Ich war die erste, hab mir voll Mühe gegeben und danach festgestellt, dass ich das Aufnahmegerät nicht einge-schaltet hatte. Tja, ganz blöd gelaufen..
Melli war aber nicht besser, sie hat a) ständig die Fragen ver-gessen und b) ständig dazwischen gequasselt. Aber Tom und Jerry waren nicht zu toppen.
Die haben die Interviews so schräg geführt, dass kann man gar nicht beschreiben. Die haben auch ein Talent, lustige Nachfragen zu stellen, ich glaub, sie sind richtig gut. War also

echt lustig.

Hab sogar den Weggeh Stress mit Nico vergessen. Hm, wo wir wieder beim Thema wären, bin gerade nach Hause gekommen, es ist vier Uhr – Zeit für eine Entscheidung!

**Samstag, der 9. Februar, noch später**

Also, ich hab jetzt mit Marie, Nina und Lilly telefoniert und mir ihre Meinungen eingeholt. War natürlich wieder über die Konferenzschaltung. War wie immer nur ein Hühnerhaufen. Hab aber gar nichts kapiert.
Also zusammenfassend, um meine Gedanken zu ordnen: Marie meinte, ich solle auf jeden Fall mitgehen. Das würde mir eben auch mal bevorstehen, seine Freunde kennenzulernen. Sie musste ja Marcs Freunde auch kennenlernen. Ich bin Marie gleich mal ins Wort gefallen: „Marie, wir sind seine Freunde. Und Jonathan. Du kennst sie doch alle!“.

„Aber das ist doch was anderes!“, verteidigte sie sich.
„Stimmt. Du kanntest seine Freunde bereits und ich kenne keinen einzigen. Abgesehen davon weiß ich gar nicht, ob da noch andere Mädchen sein werden. Wenn nicht, dann komm ich mir als einziges Mädchen voll blöd vor und wenn doch, dann zicken die mich als neue im Bunde bestimmt total an. Also werde ich wohl absagen. Und wenn ich das tue, dann verbau ich mir vielleicht eine aufblühende Beziehung, wobei wir wieder am Anfang wären. Was soll ich machen?“, langsam war ich echt verzweifelt. Ich musste Nico ja jetzt dann auch mal Bescheid geben, ob ich mitkommen wollte oder nicht.
„Du gehst natürlich nicht mit!“, meinte Nina.
„Warum?“, fragten Lilly, Marie und ich gleichzeitig durch die Hörer.
„Na, wir machen doch nicht alles was Jungs von uns verlangen!“, sagte sie bestimmt.

„Aber er verlangt doch gar nichts von mir!“, verteidigte ich ihn.
„Trotzdem!“, beharrte Nina.
Eine Aussage mit der ich nichts anfangen kann. Ist ja total grundlos.

Deshalb hab ich dann frustriert das Telefonat beendet. Und meine Mutter um Rat gefragt. Die saß unten in der Küche, hat ein Buch gelesen und als ich in die Küche kam ist sie aufgesprungen und hat sofort gefragt, ob ich einen Kakao will. Ich hab niedergeschlagen genickt. Dann hab ich ihr kurz von Nico und seiner Einladung erzählt und sie hat nur gemeint: „Aber natürlich gehst du da hin. Das wird bestimmt schön. Papa kann dich dann abholen!“.

Also, erstens, eine Party von Jungs wird bestimmt nicht „schön“. Höchstens ausartend, cool oder feucht-fröhlich. Nichts, was meine Mutter normalerweise tolerieren würde.
Und von Papa abholen lassen?? Als ob mein Freund nicht alt genug wäre, um mich heimzubringen. Obwohl, er ist alt genug um länger als bis zehn weg bleiben zu dürfen.
Hm, und jetzt?
„Nico wird mich schon heimbringen, Mama“, höre ich mich da auch schon sagen.
„Du und Papa, ihr müsst euch also keine Umstände machen!“.

Meine Mutter nickte nur geistesabwesend, während die Milch fast überkochte. Sie allerdings füllte nur Kakaopulver rein und stellte mir die Milch auf den Tisch. Igitt, jetzt hatte sie eine eklige Haut drauf.
Als ich mich jedoch beschwerte, sagte meine Mutter nur: „Mach dir halt noch eine!“.
Was ist da eigentlich los?

„Was ist eigentlich mit dir los?“, fragte ich sie auch sofort.

„Wieso? Wie kommst du denn darauf? Was soll los sein?", fragte sie sofort nach und ich müsste schon sehr dumm sein, um nicht zu sehen, dass sie sich ertappt fühlt.
„Hast du wieder Streit mit Papa?", fragte ich sie ein bisschen vorwurfsvoll.
„Nein", sagte sie nur kleinlaut und begann das Geschirr zu polieren.

Ich hab meine Mutter mein ganzes Leben lang noch nie Samstagsmittags Geschirr polieren sehen, es sei denn, meine Oma kommt. Die Mutter von meinem Vater. Da muss alles tiptop sein. Sogar das Geschirr in der Schublade, welches dann eh nicht benutzt wird.
Konnte es sein, dass sich Oma angemeldet hat?

Egal. Meine Mutter wollte anscheinend nicht darüber reden und dann wollte ich es auch nicht.
Also bin ich hoch in mein Zimmer und hab auf mein Handy geschaut. Ein Anruf in Abwesenheit. Nico hatte angerufen. Und eine Whatsapp. Von Marie!
„Hey du, ich wollt dir nur sagen, dass ich schon finde, dass du mit Nico auf die Party gehen solltest. Du kannst dich doch jederzeit abholen lassen. Ich drück dir die Daumen. Mach dir einen schönen Abend!".

Mann, wie süß.

**Samstag, der 9. Februar, kurz vor zwölf**

Total geil. Bin gerade eben erst heimgekommen. Gleich ist Sonntag. Meine Eltern schlafen schon. Mein Vater kam mir grad auf der Treppe entgegen. Alles, was er gesagt hat, war: „Ah, da bist du ja! Geh gleich schlafen!" und damit ist er wieder abgezwitschert.

Normalerweise steht immer meine Mutter auf der Matte, wenn ich heimkomme, nie mein Vater. Aber egal. Nicht so wichtig. Zumindest nicht so wichtig wie der ganze Abend.

Ich hatte Nico am Nachmittag zurückgerufen und gefragt, ob das Angebot mit der Party noch steht. Er meinte, dass das Angebot natürlich noch stehen würde. Also hab ich die Einladung angenommen. Und dann hat er gesagt, er holt mich um sieben Uhr ab. Und dann wars mir echt peinlich, aber ich musste ja fragen: „Bringst du mich dann auch wieder heim oder muss ich meine Eltern bitten, mich abzuholen?".
„Wann musst du denn zu Hause sein?", fragte er dann.

Oh Mann, wie peinlich. Ich konnte ja schlecht sagen um zehn!

„So um zwölf" log ich also.
„Ja, kein Problem. Ich fahr dich heim!".

Gut wenn man einen Freund mit Roller hat.

Meinen Eltern hab ich allerdings erzählt, dass Nico und ich mit der Straßenbahn fahren. Immerhin ist es Anfang Februar und die Straßen sind glatt, es schneit zwischendurch immer mal wieder und da ist Roller fahren jetzt tatsächlich kein Zuckerschlecken. Damit hab ich ja auch schon in der Fahrstunde meine Erfahrungen gemacht.
Ich kann es übrigens kaum noch abwarten, bis ich endlich meinen Roller fahren darf. Ab Mai ist er angemeldet. Juhu.
Jedenfalls hat mich Nico dann gestern punkt sieben abgeholt. Ich war vorher voll nervös. Ich wusste ja überhaupt nicht, was auf mich zukommt und wo wir hingehen, geschweige denn, was ich anziehen sollte.
Deshalb hab ich dann erst mal den ganzen Kleiderschrank ausgeräumt und alles durchprobiert, um mich am Ende für ein einfaches, aber cooles Outfit, bestehend aus Jeans und

Pulli zu entscheiden. Sieht kein Mensch, dass ich mir so viel Arbeit mit der Outfitwahl gemacht habe. Aber so soll es ja sein. Natürlich und zufällig schön kann ich da nur sagen.

Wobei ich dann noch die letzte Stunde voller Verzweiflung im Bad verbracht habe. Aber am Ende sah ich mal wieder top aus.

Dann allerdings kam Nico mit seinem Roller an und ich musste den Helm aufsetzen. Make up und Frisur also wieder zerstört.

Wir sind in den Süden der Stadt zu einem kleinen Haus mit Garage gefahren. Vor der Garage standen schon mehrere Roller und Fahrräder.

Nico hat seinen dazu gestellt und ist durch ein Seitentor in die Garage gelaufen. Ich mit meinem Helm in der Hand hinterher.

Ich hab mich dann echt wie auf einer Fleischbeschauung gefühlt. Alle Jungs haben mich angestarrt. Und die paar Mädels die da waren auch. Alle haben sie geschaut und ich bin fast im Erdboden versunken.

Nico hat alle ganz cool mit einem Handschlag begrüßt. Sie haben mir alle die Hand gereicht, mir ihren Namen gesagt und mich nur blöd angegrinst. Ich glaub, ich war ganz rot im Gesicht.

Dann hat Nico seinem Kumpel gratuliert und ich ihm dann auch, obwohl ich ihn ja gar nicht kenne. Denn ich kannte niemanden.

Dann aber kam plötzlich Stefan aus der Toilettentür raus und ich dachte, ich muss vor Freude hüpfen.

Hab ich dann peinlicherweise auch gemacht.

Er ist dann gleich auf mich zugekommen und ich hab sofort gemerkt, dass er einen kleinen Schwipps hatte.

„Hey Nati, altes Haus" schrie er mir entgegen.

Ich hab gelacht und er hat mich gleich in den Arm genommen.

Gott sei Dank, jemand den ich kenne.

Nico hat Stefan auch kurz begrüßt und sich dann ein Bier geholt. Mir hat er auch eins mitgebracht. Geht's noch? Das schmeckt wie Füße!

„Gibt's nichts anderes zu trinken?", fragte ich nach.

„Hier gibt's doch kein Mädchenbier" lachte auf einmal jemand hinter mir.

„Hey, Hannes kleiner Mann!" lachte Nico und die beiden klopften sich kurz männlich auf die Schulter.

Hannes war etwas kleiner als Nico, trug dunkle längere Haare bis zum Ohr und sah ziemlich süß aus. In männlichen Kreisen heißt das zwar bestimmt nicht süß, sondern verwegen aber egal.

„Hannes, das ist Nati!" sagte Nico.

Aha, immerhin einer, der mir vorgestellt wird.

„Mein Bruder", fügte Nico auf einmal hinzu.

Mir blieb kurz der Mund offen stehen.

„Achso! Hi!" sagte ich dann schließlich.

„Schon viel von dir gehört", sagte Hannes.

„Oh je", antwortete ich nur. Das kann ja bei mir nichts Gutes bedeuten.

„In der Tat", grinste Hannes auch nur vor sich hin.

„Meine Cousine und meine Oma sind ja schwer beeindruckt worden", lachte er.

Wie peinlich. Hat sich es also in der ganzen Familie rumgesprochen!

Da kamen auf einmal noch drei Jungs zur Party herein und es gab einen Riesenaufschrei. Hannes ließ mich sofort stehen und lief zu den Typen, um sie zu begrüßen. Nico grinste mich noch kurz aufmunternd an, sagte: „Ich bin gleich wieder da" und verschwand auch. Super!

„Ein Benehmen haben die beiden vielleicht!" lachte Stefan.

Er bot mir an bei ihm zu sitzen und das nahm ich wirklich dankbar entgegen.

Ich saß den ganzen Abend bei Stefan und wir haben uns super unterhalten. Er hat mich auch bei Gesprächen mit anderen Jungs immer integriert und mich sogar den Mädels vorgestellt, die im Grunde ganz okay waren.
Nur Nico nicht. Er war die ganze Zeit bei seinen Kumpels gesessen.
Wieso nimmt er mich dann überhaupt mit?
Ich brauche doch keinen Babysitter!


Zwischendurch bin ich mal aufgestanden, um mir eine Cola zu holen. Mein Bier konnte ich Gott sei Dank heimlich Stefan andrehen.


Da stand auf einmal Hannes neben mir.
„Na?“ fragte er. „Alles klar?“
„Äh, ja soweit“ antwortete ich perplex.


Was antwortet man auf so eine Frage? Soll ich das jetzt auf Schule beziehen? Oder auf mein Privatleben? Will er überhaupt eine Antwort haben oder ist das nur so eine Standardfrage?


„Mein Bruder ist ja ganz schön angetan!“ sagte Hannes da aber auf einmal.
Ich schaute ihn verwundert an.


„Ehrlich?“ fragte ich.
„Klar, sonst wäre er doch nicht mit dir zusammen!“ antwortete er.
„Hm“ sagte ich nur.
Manchmal merke ich gar nicht, dass wir zusammen sind.


„Nachdem seine Ex, die Luna mit ihm Schluss gemacht hatte, dachte ohnehin jeder, dass dauert Jahre, bis er wirklich wieder mit einer zusammen kommt. Jetzt war es nur ein halbes Jahr und du hast ihn erobert!“ meinte er freundlich.

Ich strahlte. Das ist aber nett.
Damit drehte sich Hannes wieder um und ging zu den anderen.

Jetzt war ich auch nicht mehr so böse, dass Nico den ganzen Abend kaum bei mir war. Und immerhin ist er früher gegangen, um mich heimzubringen.

Vor der Tür verabschiedeten wir uns und ich stand nicht blöd da und wartete, dass er mich küsst. Ich packte ihn einfach am Genick und zog ihn fest an mich ran. Ich küsste ihn zum ersten Mal richtig von mir aus.

„Wow!", sagte er daraufhin nur.
„Danke", sagte ich strahlend.
Danke auch für die Chance, die du mir gibst, mit dir zusammen sein zu dürfen. Hab ich natürlich nicht gesagt, sondern nur gedacht. Bin ja nicht bescheuert und mach mir hier die ganze Stimmung kaputt!

So, Abend gerettet!


**Sonntag, der 10. Februar**

Heute Morgen war ich noch mit den anderen im Juze wegen Radio Lokal – wir haben eine Einführung in das Schnittstudio bekommen und danach gleich mal angefangen, unsere Umfragen zu schneiden. War irrsinnig früh. Um neun Uhr mussten wir schon da sein. Ist ja wie an Schultagen. Aber natürlich ist es lustiger als in der Schule.
Jetzt bin ich auf jeden Fall wieder zu Hause und es regnet an einem Stück. Ist so ein richtiger Kuscheltag. Hab heute auch schon drei Liter warmen Kaba getrunken und lieg auf der Couch vor dem Fernseher. Sooo gemütlich. Und Nico hat

sich auch gerade gemeldet. Er hat gefragt, ob ich nicht heute zu ihm kommen will, zum Fernsehen. Ui, ok. Fernsehen. Meinen Jungs damit Fernsehen oder meinen sie rumfummeln? Ich weiß gar nicht, ob ich soweit bin. Mir ist schlecht. Bin so aufgeregt.

## Sonntag, der 10. Februar, abends

Jungs meinen dabei anscheinend tatsächlich Fernsehen schauen. War auch irgendwie enttäuscht. Denn Nico saß mit seinem Bruder Hannes vor der Glotze als ich dazu kam. Und dann haben wir nur Scheiß geschaut. Also, da hätte ich lieber zu Hause alleine ferngesehen. Nico hat mich eh kaum wahrgenommen.
Ich saß neben ihm und hab mich gelangweilt. Später bin ich dann gegangen. Nico hat gefragt ob er mich noch heimbringen soll, aber ich hab gelogen und gesagt, dass meine Mutter mich abholen würde. Was nicht stimmte. Aber ich wollte alleine gehen. Mit ihm ist es immer so langweilig.
Also bin ich so vor mich hin geschlendert. Da hielt auf einmal ein Fahrrad neben mir. Es war Hannes.
„Hey, ich dachte, deine Mutter holt dich", sagte er.
„Ach, die vergisst mich manchmal", log ich.
„Ehrlich?", fragte Hannes entsetzt.

Ich überlegte kurz. Wie hoch ist die Wahrscheinlichkeit, dass Hannes eines Tages meine Mutter kennenlernt und ihr mal die Meinung zu diesem Thema geigen kann? Hm, doch zu hoch. Spätestens auf der Hochzeit von Nico und mir würden sie sich über den Weg laufen.

„Ach nein", sagte ich also.
„Sie hat kurz auf dem Handy angerufen, ob ich auch laufen kann, sie hat so viel zu tun".

„Aha, aber es regnet doch!", warf Hannes ein.

„Aber du bist doch auch draußen im Regen. Außerdem hab ich nichts gegen Regen. Ich finde, der befreit.", lachte ich.

„Ja, geht mir auch so", sagte Hannes.

„Was machst du eigentlich hier?", fragte ich ihn.

„Ach, ich geh noch zu ein paar Freunden.".

„Na. dann will ich dich nicht aufhalten".

„Tust du nicht", sagte er.

Und dann passierte was Komisches. Hannes und ich sahen uns kurz ganz intensiv an.

Ich kam mir total merkwürdig vor und wusste nicht, was ich noch sagen sollte. Dass ich nicht weiß, was ich sagen soll, passiert mir in letzter Zeit ziemlich häufig. Also eigentlich erst, seit ich mehr mit Jungs zu tun habe. Machen Jungs doch dämlich?

„Na gut, ich muss dann aber trotzdem weiter", sagte ich also.

„Oh, ja okay. Also, dann bis bald.".

„Bis bald", sagte ich und ging weiter.


**Montag, der 11. Februar**

Oh Gott, die Welt bricht zusammen. Ich hab heute nur geheult. Den ganzen Mittag. Ich kann gar nicht schreiben, ich bin total fertig. Ich hasse diese Welt! Ich will das alles nicht! Und nicht mal meine Mutter ist da! Ich hasse sie! Wo ist sie denn??

Ich weiß nicht, was ich tun soll. Ich will auch nicht die Mädels anrufen. Ich weiß nicht, was ich machen soll.

Ich war heute in der Schule und hatte schon seit gestern Abend die ganze Zeit ganz starke Bauchkrämpfe. Dann bin ich irgendwann auf die Toilette. Ich hatte es schon fast befürchtet. Aber ich kann es nicht glauben. Alles war total eklig. Ich hab das erste Mal meine Periode. Ich hasse das! Ich will das nicht!! Ich könnt nur heulen.


**Montag, der 11. Februar, abends**

Ich finds immer noch beschissen. Und zwar total. Ich bin total aufgelöst gewesen als meine Mutter heute dann heim kam. Sie war bei meiner Oma. Ich bin ihr heulend entgegen gerannt. In den ersten Momenten hat sie überhaupt nicht verstanden, was los ist, weil ich einfach nur geschluchzt und dabei geredet habe. Sie war, glaub ich, total erschrocken. Aber immerhin hat sie dann mal wieder meine Probleme ernst genommen. Sie hat gesagt, dass das doch total normal wäre. Ich will aber nicht, dass so was passiert. Ob normal oder nicht!

Sie hat dann versucht mich zu beruhigen und mir ein Buch gegeben, in dem ich alles nochmal nachlesen konnte. Will ich aber nicht. Ich will davon nichts wissen. Da hat sie nur gelächelt und gemeint, dass ich das leider nicht beeinflussen könnte. Ich weiß! Das ist ja das schlimme!

Ich finde es unfair, dass ich darauf keinen Einfluss habe. Ich weiß, die anderen Mädchen haben ihre Tage schon seit langem. Marie sogar schon seit zwei Jahren. Nina seit einem und Lilly auch schon seit einigen Monaten. Ich war ohnehin schon voll der Nachzügler. Marie trägt schon lange BHs, Nina sowieso und den braucht sie auch wirklich und Lilly hätte gern einen, braucht aber noch keinen. Ich würde mich gerne aus all dem noch eine Weile raus halten.
Wenn das doch nur so einfach wäre. Ich will das nicht! Ich find das eklig. Scheiß Welt! Scheiß Pubertät! Scheiß Frau sein!

## Dienstag, der 12. Februar

Mir geht es immer noch schlecht. Ich will das immer noch nicht. Aber ich darf heute zu Hause bleiben. Meine Mutter hat sich frei genommen. Sie meinte, wir machen heute einen Frauentag. Zur Einweihung meiner ersten Periode. Sie meinte, das müsste gefeiert werden. Ich weiß zwar nicht, was sie da feiern will, aber bitte.

## Dienstag der 12. Februar, abends

Der Tag war tatsächlich ganz nett. Meine Mutter ist die absolut Beste. Jetzt mal ehrlich. Ich bin manchmal so froh, dass ich sie habe. Sie hatte mir heute Morgen ein absolut gigantisches Frühstück zubereitet, mir Magnesium-Tabletten gegeben und einen Tee mit irgendwelchen Naturmitteln, damit meine Bauchkrämpfe besser würden. Und tatsächlich wurde es besser. Dann ist sie mit mir in die Stadt gegangen.
Zuerst zu ihrer Frauenärztin. Als wir dort bei Frau Dr. Maier waren, hat sie meine Mutter erst gefragt, wie es ihr denn gehe.
Meine Mutter wimmelte gleich ab, schob mich vor sich und meinte: „Sie haben hier eine neue kleine Patientin, die eine liebe Ärztin braucht.".

Ich war nicht mal aufgeregt. Die Ärztin war total nett, tastete mich ab, machte Ultraschall auf meinem Bauch und fragte, wie sehr es denn weh tue. Ich erzählte ihr von meinen Krämpfen und sie erklärte mir, dass das normal wäre, aber wenn es schlimmer wird, dann sollte ich nochmal kommen. Und was ich dann total nett fand war, dass sie mir erklärt hat, wie normalerweise ein Besuch abläuft. Also, dass man die Brust abgetastet bekommt, was sie dann auch gemacht hat und dass man normalerweise unten nackt auf dem Stuhl liegt, und sie dann mit einem Ultraschall in einen rein leuchtet. Hab natürlich sofort Panik bekommen. Aber sie hat dann auch gleich gesagt, dass machen wir erst, wenn es Probleme gibt oder aber, wenn ich selbst mehr Erfahrung habe. Ob ich denn schon mal getestet hätte, einen Tampon einzuführen? Ich hab sie total schockiert angeschaut. Da lächelte sie gleich und sagte mir, ich könne mir mit all dem auch so lange Zeit lassen, wie ich will. Na bitte, das ist doch was. Dann wurde ich von ihr entlassen und durfte wieder zu meiner Mutter ins Wartezimmer und war irgendwie froh, das jetzt zu kennen. Gar nicht so schlimm.


Dann ist meine Mutter mit mir zum Shoppen gegangen. Ich habe ein Dutzend neuer Röcke, Jeans und Pullis bekommen. Ich war echt total glücklich.
Dann musste ich noch mit ihr in die Abteilung für Unterwäsche. Das fand ich jetzt peinlich. Aber sie hat einen auf Detektiv gemacht und ist mit mir durch die Abteilung geschlichen, das fand ich echt total schräg, aber so hat mich wenigstens keiner gesehen. Wir haben uns auf dem Boden durchgerobbt und nach BHs geschaut. Meine Mutter hat auch einen an der Klatsche.
Das gleiche haben wir dann noch im Drogeriemarkt wiederholt, als wir Binden und erste Tampons für mich gekauft haben. Ich musste echt lachen. Dann waren wir abends noch essen. Ein perfekter Tag für Mutter und Tochter!


**Mittwoch, 13. Februar, morgens**


Gestern Abend hab ich noch eine Whatsapp von Nico bekommen. Er hat gefragt, ob ich heute Nachmittag mit ihm ins Café gehen will, er trifft sich dort mit seinen Kumpels. Ich hab lange überlegt, ihm aber heute Morgen geschrieben, dass ich nicht kann, weil ich in die Stadt muss, um mir ein

Faschingskostüm zu kaufen. Was auch stimmt. Also ich hätte das auch nicht heute tun können, aber besser ist es, denn a) weil ich noch Bauchweh habe und so notfalls einfach heimgehen kann wenn's schlimmer wird und b) ich so Nico klar gemacht habe, dass er mich immer noch nicht gefragt habe, ob ich ihn zum großen Rosenmontagsball begleite und c) ich seine Freunde nicht so mag. Außer natürlich Stefan, der ist heute aber nicht dabei. Also geh ich lieber alleine.

Am liebsten würde ich mich allerdings unter der Bettdecke verkriechen.

Ich fühle mich immer noch seltsam mit dem ganzen Frau sein und so ein Dreck.

Aber positiv ist es auch: Ich darf mich jetzt für die Schule schminken.

Meine Mutter hat das sogar vorgeschlagen. Nicht, dass ich das nicht schon die letzte Zeit auch gemacht hätte, aber jetzt darf ich noch ein bisschen was drauf legen. Juhu. Na gut, ein Grund aufzustehen.


**Mittwoch, 13. Februar, abends**


Ich war in der Schule, hab den Mädels aber nichts von meinen neuesten Problemen erzählen wollen. Ehrlich gesagt find ich es auch nicht nötig und zu persönlich. Also hab ich mich nach der Schule verabschiedet und auf den Weg in die Stadt gemacht. Da stand auf einmal Hannes an der Bushaltestelle.

„Hey", hab ich ihn überrascht begrüßt.

„Hey" hat er geantwortet und gestrahlt. Der ist echt süß. Nico hat Glück mit seinem Bruder.

„Was machst du hier?", fragte ich ihn.

„Ehrlich?" blinzelte er mich an.

„Ja natürlich, ehrlich!", schubste ich ihn.

„Nico hat gesagt, du gehst heute Kostüm kaufen und ich hatte das auch vor. Und dann ist heute noch so ein toller Win-

tertag und da dachte ich, falls du nichts dagegen hast, begleite
ich dich!“.
Ich hab gelacht: „Das ist mir noch gar nicht aufgefallen.“
„Was?“, fragte er erstaunt.
„Das es heute so schön ist.“
Ich hab in den Himmel geschaut. Es war keine einzige Wolke
zu sehen. War schon seit Wochen nicht mehr so schön wie
heute.


„Na, dann geht’s los“, meinte Hannes und da kam schon der
Bus.


Und mal wieder war alles wie im Film. So kommt mir mein
Leben in letzter Zeit häufiger vor. Aber es war super lustig.
Wir sind erst mal einen Döner essen gegangen, der mir zur
Hälfte auf den Boden gefallen ist. Hannes hat sich schräg
gelacht. Dann fiel ihm die andere Hälfte runter und ich hab
mich schief gelacht. Danach hatten wir beide selbstverständlich noch Hunger und haben den einzigen Hot Dog Stand in
dieser Stadt aufgetrieben.


„Ich mag Mädchen, die anständig essen können!“, sagte Han-
nes.
„Soll das etwa heißen, ich bin fett?“, fragte ich ihn.
Erst hat er mich überrascht angesehen, dann hat er mich an-
gegrinst und die Augenbrauen hoch gezogen.
„Du Arsch!“.
Lachend meinte er: „Nimm´s nicht so schwer, du kannst im-
mer noch als Presswurst gehen. Ist doch Fastnacht!“.


Einer der wenigen Augenblicke in meinem Leben in welchem
ich angesichts dieser Schlagfertigkeit sprachlos war.
„Na warte, das sag ich deinem Bruder!“.
Hannes verging das Lachen.
„Das war ein Scherz!“, lachte ich und boxte ihm auf die
Schultern.

„Als was soll ich gehen?", fragte er.
„Zorro!", sagte ich spontan.
„Ich bin doch nicht behämmert!"
„Ich find Zorro toll. Aber dann geh doch als Cowboy!"
„Ich bin doch nicht schwul!!".
„Naja.. Dann geh vielleicht als Polizist!"
„Ich bin doch keine drei Jahre mehr!"
„Wie wärs mit Alien?"
„Du bist doch blöd!"
„Oh, ich weiß, als Serienkiller!"
„Blöd bist du! Und nicht gerade hilfreich!"

„Als was soll ich denn gehen?", fragte nun ich.
„Prinzessin!", antwortete er.
„Das ist doch albern!"
„Hexe!"
„Oh, danke für das Kompliment"
„Wie wär's mit Krankenschwester?", grinste er.
„Oh ja, mit Strapsen – nein danke!"
„Dann also Nonne!"

Naja, was soll ich sagen? Wir kamen auf keinen Nenner.

„Ich fänd Zorro trotzdem gut!", sagte ich, als wir aus dem fünften Geschäft ohne gekauftes Kostüm kamen.
„Und ich Prinzessin!"
Ich schaute ihn an und musste lachen. Irgendwie sind wir uns ähnlich.

Wir hatten beide auch schon wieder Hunger und gingen in ein Café, um noch mehr Kuchen zu essen. Allerdings war mir nach dem zweiten Stück Schokoladenkuchen schlecht. Doch Hannes war sehr beeindruckt.

„Wie läuft's eigentlich mit meinem Bruder?", fragte er mich auf einmal.

Ich war etwas überrascht. Denn ehrlich gesagt, hatte ich darauf keine Antwort.

„Naja" stotterte ich also.
„Ehrlich gesagt, etwas schwierig. Aber bitte sag´s ihm nicht", flehte ich.
„Nein auf keinen Fall", schwor Hannes.
„Er ist schwierig. Er lässt mich gar nicht an seinem Leben teilhaben. Ich weiß überhaupt nichts von ihm. Und er weiß nichts von mir."

Bedrücktes Schweigen.

„Er ist halt nicht so wie du", sagte ich so vor mich hin.
„Was soll das heißen?"
Hannes schaute mich ganz ernst an.

„Naja, mit dir bin ich irgendwie auf einer Wellenlänge. Zwischen uns läuft es irgendwie automatisch. Mit Nico war es von Anfang an schwierig."

Mein Handy piepte. Eine Whatsapp.
„Von wem ist die?", fragte Hannes.
„Von deinem Bruder."
Nico schrieb, dass er mir einen schönen Abend bei der Radiositzung wünsche.
„Ich muss los", sagte ich und ging.

Und bei der ganzen Sitzung heute Abend konnte ich an nichts anderes denken als an Hannes. Was ist jetzt schon wieder mit mir los?

**Donnerstag, der 14. Februar**

Heute ist Valentinstag. Das hatte ich fast vergessen. Aber als ich heute Schule aus hatte, stand da auf einmal Nico mit einer roten Rose. Ich war echt überrascht. Meine Mädels und ich hatten uns in der Schule auch schon Rosen geschenkt, aber sie überraschenderweise von deinem Freund geschenkt zu bekommen, mit dem du überhaupt nicht gerechnet hättest, das ist was anderes. Und ich hatte ein total schlechtes Gewissen wegen Hannes.
Ist da was zwischen uns? Muss ich das Nico sagen?
Ich hab so lange um Nico gekämpft. Jetzt will ich ihn auch haben! Auch wenn es nicht so leicht ist, wie ich mir das immer erhofft hatte.

Nico hat mich zum Mittagessen bei einem Italiener eingeladen. Ich war total beeindruckt.
Ich wäre danach noch so gerne mit ihm spazieren gegangen, aber er musste heim, weil er heute Abend noch Fussballtraining hat. Aber er hat gefragt, ob ich ihn am Rosenmontag zu dem Ball begleite. Na endlich! Und er hat mich noch auf eine private Faschingsparty am Samstag von seinen Fussballjungs eingeladen, zu der ichunbedingt mitkommen soll. Seit wann ist er denn so anhänglich? Süß.

Und jetzt sitze ich zu Hause und langweile mich. Und bin irgendwie enttäuscht, dass ich Hannes nicht gesehen habe. Und das ich nicht weiß, wann ich ihn wieder sehen werde.

Ich muss hier raus. Muss spazieren.

**Donnerstag, den 14. Februar, kurz vor zwölf**

Das war ein sehr verrückter Valentinstag. Ich bin heute Nach-

mittag noch aufs Fahrrad gestiegen und durch die Stadt gefahren. Es war total kalt. Ich bin fast erfroren und bin aber an den Stellen vorbei geradelt, wo ich neulich mit Hannes war. Am Dönerstand, beim Hotdog Laden vorbei und schließlich am Café. Ich muss verrückt gewesen sein.
Auf einmal war mir klar, dass ich total daneben bin. Ich hab einen großartigen Freund, den ich unbedingt wollte. Was lasse ich mich denn so verrückt machen?

Ich bin wieder zurück geradelt. Da fuhr mir auf einmal Hannes entgegen.
Mir raste sofort das Herz. Verdammt! Das ist doch jetzt Schicksal oder was?

„Hallo", sagte er ebenfalls überrascht.
„Hey", sagte ich einfallslos.
„Was machst du hier?", fragte er nach einer kurzen Pause.
„Ich ähm, ich war, also ich bin nur mal so durch die Stadt, also eigentlich wollte ich shoppen, aber ich hab nichts gefunden.".
„Geht mir auch so", meinte er.
„Dabei haben wir doch gestern schon nichts gefunden. Vielleicht sollten wir uns einfach mal einen Tag Pause gönnen!".
Er lachte. Ich auch.

Und plötzlich fing es an zu schneien. Irgendwie romantisch. Aber nein Nati, wie gesagt, du bist ja jetzt mit Nico zusammen. Seinem BRUDER!!!

„Ich muss dann heim, mir wird kalt!", sagte ich.
„Oh, ja, oder warte", sagte er und zog etwas aus seiner Tasche.
Es war eine rosarote Rose.

„Ich weiß auch nicht, die hat sich einfach so in meiner Jacke verirrt!".

Ich war sprachlos.

„Ich wusste nicht, dass ich dich treffe, aber ich finde, sie passt zu dir!".

Er reichte mir die Rose, nickte mir zu und ging.

Und wie diese Rose passt. Ich hasse rote Rosen. Rosa ist viel dezenter. Und ich hab ein rosafarbenes Fahrrad, hab seit Wochen zwei pinke Strähnen im blonden Haar und trage voll oft rosa Shirts. Dass Nico nicht darauf gekommen ist!

**Freitag, der 15. Februar**

Ich bin verwirrt. Mehr habe ich nicht zu sagen.

**Freitag, der 15. Februar, später**

Hab doch noch mehr zu sagen: War heute Abend noch auf der nächsten Sitzung vom Radio. War toll. Hab mich gut gefühlt. Super. Haben unsere Umfragen fertig geschnitten und dann noch Unterlagen bekommen, zum Texten fürs Sprechen und wie man einen Beitrag „On Air" sendet – wow – klingt das nicht alles toll? Kann es kaum noch abwarten!

**Samstag, der 16. Februar**

Heute Abend ist die Party mit Nico. Ob Hannes auch da ist? Stefan hab ich schon geschrieben, er wird da sein. Gott sei Dank. Und jetzt hab ich Workshop: „Richtig moderieren!" Ich bin ein Star! Ich hoffe, ich werde einer! So ein kleiner zumindest. Und reich will ich auch werden..

**Sonntag, der 17. Februar**

Nico hatte mich gestern abgeholt. Ich ging als Punk. Wie jedes Jahr. Er ging ebenfalls als Punk. Denke ich. Ich wollte ihn küssen als er kam, aber er hat mir nur ein Bussi auf die Backe gegeben. Sowas frustriert mich immer gleich total. Ständig werde ich von Nico abgewiesen. Was soll das denn? Wieso ist das mit Nico die ganze Zeit so kompliziert? Marie und Marc knutschen die ganze Zeit rum. Lilly und Thomas haben eine leidenschaftliche Beziehung und streiten sich öfter. Aber sie knutschen auch öfter. Sogar Nina steht immer noch auf Andi. Nur ich. Ich sitz hier und werde nicht geküsst.
Und mal wieder kamen wir auf die Party und Nico hat mich stehen lassen. Es ist nicht so, dass er abhaut und die Fliege macht. Aber er hält meine Hand, wenn wir reinkommen und dann lässt er sie irgendwann los. Und dieses Mal hab ich so gehofft, dass er sie nicht los lässt. Ich hab seine ganz fest gehalten. Doch kaum kam der erste seiner Kumpels auf ihn zu, ließ er meine Hand natürlich fallen.
Ich stand da wie ein Idiot. Neben ihm. Unbeteiligt. Keiner hat sich um mich gekümmert.
Aber auf einmal spürte ich jemanden hinter mir. Ich brauchte mich gar nicht umdrehen. Ich hatte gleich so ein Gefühl.
„Hallo!“, sagte Hannes.
Ich drehte mich nur halb um.
„Hallo“, sagte ich leise.

Ich zögerte, drehte mich langsam um und sah ihm direkt in die Augen. Und wieder war er es, der mich so tief ansah, wie ich es mir sonst von Nico gewünscht hätte. Wieso kann mir Nico nicht dasselbe Gefühl geben?
„Willst du?“, fragte mich Hannes und hielt mir eine Flasche

vor die Nase.

„Was bist du?", fragte ich ihn und nahm einen Schluck.

„Hippie!".

„Steht dir", grinste ich.

„Komm, ich stell dich meinen Kumpels vor".

Und im Gegensatz zu Nico stellte er mich wirklich vor.

„Das sind Tobi, Chris, Peter, Michel, Lukas und Jens. Und das ist Nati.".

„Hey", sagte ich etwas unschlüssig. Nur Jungs. Und wie viele! Hilfe!

Aber die Jungs waren superlustig und haben mir ihre peinlichen Geschichten erzählt. Das heißt, jeder hat über den anderen Peinlichkeiten ausgetauscht. Hab mich tot gelacht. Und Nico fast vergessen.

Als ich mich nach ihm umgeschaut habe, ist mir aufgefallen, dass er mit einem wunderschönen Mädchen spricht. Ich hab sie heimlich beobachtet. Und es hat echt wehgetan, ihn so zu sehen. Total freundlich mit einer anderen zu sprechen. Der hat mich doch vergessen!

Erst hab ich versucht, mich zu bemühen so zu tun, als sei nichts. Als würde es mich nicht kümmern.

Aber irgendwann hab ich Hannes gefragt, wer das ist.

„Ähm, das ist Luna", druckste er ein bisschen drum herum.

„Luna?", hab ich nachgefragt und keine weitere Antwort erhalten.

Luna, das ist doch Nicos Ex-Freundin!

Na super. Danke auch. Wir brauchen hier nicht weiter zu machen. Wenn er mit ihr wieder zusammen sein will, dann ist das schon okay. Kann mich aber mal am Arsch lecken, der Typ.

Ich war auf einmal echt fertig und wollte nur noch weg.

„Alles okay?", fragte auch auf einmal Hannes.
„Ja, geht schon. Oder nein, ich muss hier weg.", sagte ich und bin auch direkt verschwunden.

Ich bin einfach weggelaufen und nach Hause. Ich hab so geheult auf dem Rückweg. Weil alles einfach beschissen läuft. Bei mir lief es noch nie rund. Bei allen anderen geht's immer wie geschmiert. Bei mir ist es immer ein Drama. Von wegen Friede, Freude und Eierkuchen. Nix mit Kuss und Happy End!

„Nati! Hey, warte mal!". Ich hab mir schnell alle Tränen weg gewischt. Aber zu übersehen war das trotzdem nicht.

„Hey, was ist denn los?", fragte Nico besorgt.
Er stand vor mir und packte mich sanft an den Armen.
„Hannes hat gesagt, du hast mich mit Luna reden gesehen und bist weinend weg gelaufen!".
„Ich weine nicht", sagte ich immer noch verheult.
„Hey, du brauchst dir keine Sorgen machen. Luna und ich sind schon so lange nicht mehr zusammen.".
„Aber sie ist so hübsch. Und viel älter. Und nicht so eine Katastrophe wie ich!", schluchzte ich weiter.
„Aber du bist auch ganz schön hübsch. Komm mal her", sagte er und drückte mich ganz fest.
Ich musste echt meine Tränen verdrücken. Als er mich allerdings ganz fest hielt, war das leider nicht zurück zu halten. Ich heulte total. Ich konnte auch nicht aufhören.

„Hey, was ist denn los?", fragte Nico fast schon väterlich.
Ich war nicht ganz klar im Kopf in dem Moment. Nicht, dass ich sonst immer klar wäre, aber dieses Mal war ich echt am Ende. Ich hab noch nie vor einem Jungen geheult! Doch, stimmt nicht. Vor Jonathan glaub ich schon. Und vor Marc auch, wegen Jonathan. Okay, ich hab doch schon vor Jungs geheult. Ist aber deshalb nicht unbedingt etwas, was ich jeden

Tag brauche.

„Hey, ist ja gut“, versuchte mich Nico zu beruhigen.
Da war ich auf einmal etwas unkontrolliert.

„Nichts ist gut!“.
Ich schubste ihn weg von mir und ging einen Schritt zurück.

„Nico! So geht das doch nicht weiter!“.
Nico war sichtlich irritiert.
„Was meinst du?“.
„Du küsst mich fast nie. Du weist mich immer ab. Ich weiß
nie woran ich bei dir bin. Den einen Moment bist du zucker-
süß und im nächsten lässt du mich links liegen.“.

Nico war getroffen. Und ich wusste nicht, was ich noch sagen
sollte.
„Nati, das tut mir leid. Du hast da, glaub ich, sogar Recht.“.

Oh Gott, macht der jetzt etwa Schluss mit mir? Ist er wieder
mit Luna zusammen?

„Ich find dich toll! Ich fand dich von Anfang an toll! Du bist
ganz anders als die anderen Mädels, die ich kenne“.

„Ja klar, ich bin ja auch bescheuert!“, meinte ich frustriert
und wollte mich schon wegdrehen.

„Ach komm, das bist du nicht. Ich bin ein Idiot. Nati, ich bin
total verknallt in dich!“.

„Dann musst du auch bescheuert sein!“.
„Na, dann bin ich das wohl!“, lächelte er und kam wieder
einen Schritt auf mich zu.
Er nahm mich in den Arm. Das war so schön. Ich hatte noch
nie Streit und danach Versöhnung. Das ist ja der Hammer!

„Hör mal, ich war zugegebener Maßen etwas unsicher, einfach wie ich mich dir gegenüber verhalten soll. Und ich hab mich auch nicht immer so fair dir gegenüber verhalten. Das tut mir leid. Aber ich will jetzt mit dir zusammen sein und nicht mehr mit Luna oder sonst wem!".

Mann, kann das denn sein?

„Ehrlich?".
„Ja!".
Und dann folgte der schönste Kuss in meinem Leben.
„Hannes hat auch schon gesagt, ich solle mehr auf dich Acht geben. Ein Mädel wie dich muss man halten, meint er!".

Und dann folgte der übelste Moment in meinem Leben.
Ich hätte ihm fast vor die Füße gekotzt, weil schon allein der Name mir zusetzte.

„Alles wieder gut?".
„Ja", hauchte ich.
„Na, dann komm. Wollen wir wieder zurückgehen zu den anderen oder willst du lieber heim?"
„Nein, wegen mir, können wir gerne zurück auf die Party gehen!", hörte ich mich selbst sagen.

Eigentlich wäre ich lieber heimgegangen, aber auf der anderen Seite wollte ich auch mit Nico zusammen sein. Verwirrtes Leben!! Was jetzt?
Na gut, dann gehen wir eben wieder zurück.
„Aber ich sehe verheult aus", sagte ich auf dem Weg zurück.
„Ach was! Du siehst toll aus!".
Ich starrte ihn ungläubig an.
„Gut. Dann gehst du erst kurz auf die Toilette und machst dich frisch. Und dann ist die Welt wieder in Ordnung!".
Wenn es doch nur so wäre.
Aber so bin ich mit Nico wieder zurück auf die Party. Er war

total süß, meinte zu mir, ich solle kurz warten und kam doch tatsächlich mit meiner Tasche in der Hand wieder.

„Du hast doch hoffentlich Make-up dabei? Oder hab ich dir deine Tasche jetzt ganz umsonst gestohlen?" grinste er mich an.
„Nein, ich hab welches dabei", lächelte ich dankbar.
„Na, dann. Siehst du, alles wieder gut. Mach dich frisch, ich warte hier drüben auf dich okay?".
„Okay", hauchte ich.

Auf der einen Seite war ich sehr glücklich, dass Nico so lieb zu mir war, auf der anderen Seite wäre ich ehrlich gesagt am liebsten zu Hause gewesen, in die Badewanne gehüpft und hätte mich von meiner Mutter am liebsten trösten lassen.

Aber so stand ich nun vor dem Spiegel, richtete mein verheultes Gesicht wieder, hübschte meine Frisur wieder auf und zupfte mein Outfit zurecht.

Ich atmete noch einmal kurz auf, dann ging ich zur Tür und öffnete sie. Als ich raus kam, sah ich als erstes Hannes. Er stand auf der linken Seite des Raumes mit seinen Kumpels und sah zu mir rüber. Es war, als hätte er die ganze Zeit die Tür zur Toilette beobachtet. Und ich bin mir irgendwie ziemlich sicher, dass er es getan hat. Ich sah zu ihm und war unschlüssig. Dann hab ich rechts im Raum Nico mit seinen Freunden stehen sehen. Links oder rechts?

Ich sah nochmal zu Hannes. Er hat den Blick überhaupt nicht von mir abgewandt und ich fühlte mich auf einmal wie gefangen. Ich konnte ja hier nicht ewig rumstehen.

Da hatte mich aber auch schon Nico entdeckt und winkte mich zu ihm rüber. Ich ging auf ihn zu und war echt froh, dass er mich sofort in den Arm nahm.

Er legte ganz cool seinen Arm um mich und drückte mir einen Kuss auf die Wange.

Dann geschah das unglaubliche. Zum ersten Mal überhaupt band mich Nico in seine Gespräche mit ein. Er erzählte mir die Witze und Geschichten, um die es ging und ich stand zum ersten Mal nicht wie ein Doofi neben ihm.

Trotzdem musste ich immer mal wieder zu Hannes schauen, der mich unentwegt ebenfalls ansah. Ehrlich gesagt ein ziemlich seltsames Gefühl, dass ich jetzt noch nicht einordnen kann.

Spät am Abend spazierten Nico und ich nach Hause. Wir hatten uns von Nicos Freunden verabschiedet, ich mich auch ganz herzlich von Stefan. Hannes hatte ich nicht mehr gesehen. Und Nico wollte ich nicht nach ihm fragen, denn der schien ihn nicht zu vermissen.

Nico hielt aber auf dem Rückweg die ganze Zeit meine Hand und erzählte mir noch weitere Geschichten von seinen Jungs und dem Fußball und ich hörte ihm unheimlich gerne zu.

Vor meiner Haustür küsste er mich so lieb, dass ich glatt dahin schmolz.

Abend gerettet. Und ehrlich gesagt, war der ganz schön aufregend.

**Montag, der 18. Februar**

Gestern war ich den ganzen Tag beim Radio – wir haben jetzt das Sendestudio und eine Einführung bekommen, wie man welche Knöpfe drückt. Macht irre Spass.

Heute ist schon wieder so ein toller Tag. Und ich freue mich auf die nächste Woche. Heute in einer Woche ist Rosenmontagsball, am Dienstag ist Fastnachtdienstag und an diesem Wochenende wird auch schon gefeiert. Also wegen mir kann's jetzt schon losgehen.

Dummerweise hat der Mathetest heute meine gute Laune getrübt. Naja, aber ich will auch nicht Mathe studieren. Allerdings gerne mal was anderes. Und da braucht man leider Englisch. Und da wir morgen eine Klausur schreiben, heißt es jetzt leider lernen. Ich hab so ein armes Leben. Doch kein toller Tag. Habs mir schon anders überlegt.


**Dienstag, der 19. Februar**

Also, Marie und Lilly und später dann auch Nina – alle haben sie bei mir angerufen und gefragt, ob ich denn wüsste, was morgen so dran kommt und ob ich die ganzen Grammatikregeln verstanden hatte. Hatte ich natürlich nicht. Aber mit dem vielen telefonieren kommt man ja auch nicht weiter. Also hab ich die Mädchen gestern Abend noch kurzer Hand zu mir berufen und wir haben tatsächlich gelernt. Wow, war schwer beeindruckt!


**Mittwoch, den 20. Februar**

Nico hat gefragt, ob wir uns heute Abend sehen. Aber da hab ich leider schon Radiositzung.

**Donnerstag, den 21. Februar**

So, endlich, Weiberfasching. Wir hatten heute das große Vergnügen und durften unseren Lehrern die Krawatten abschneiden. Großartige Erfindung. Nico und ich sehen uns heute leider nicht. Aber morgen. Da gehen wir auf eine Party, Samstag auch, Sonntag auf einen Umzug und Montag auf einen Rosenmontagsball. Wird großartig. Ich hab übrigens ein Kostüm. Hab ich gestern noch gekauft. War gar nicht teuer. Hab das Kleid nämlich meiner Mutter geklaut und nur noch Accessoires gekauft. Großartig wird das! Und ab Samstag startet auch „Radio Lokal" - fette Welt. Und das Beste ist: Ab morgen Ferien. Gut, dass es davor noch Zeugnisse gibt, ist so richtig scheiße, aber ich hoffe ich werde damit leben können.

**Freitag, der 22. Februar**

FERIEN!!!
Leider nur eine Woche, aber wenn alles klappt, wird das die sensationellste Woche meines Lebens. Dazu nämlich auch noch ein gar nicht so schlechtes Halbjahreszeugnis.
Meine Eltern waren jedenfalls zufrieden und damit hab ich meine Ruhe in den Ferien.
Und jetzt geht's los! Party!
Hach, ich sehe mal wieder sensationell aus. Nico holt mich gleich ab. Ist eine Party im AKW – Autonomes Kulturzentrum. Ist sowas wie das Juze, nur auch für ältere. Wow, ein Aufstieg! Aber die anderen von uns sind auch da. Wird ein fröhliches Aufeinandertreffen.

**Samstag, der 23. Februar**

Gestern Abend wars echt nett. Aber nicht der Brüller. Nico
hatte mich abgeholt und wir sind mit der Straßenbahn ins
AKW gefahren, weil es nämlich total kalt war und dazu auch
noch ziemlich viel geregnet hatte. Dort haben wir dann auch
relativ bald die anderen Mädchen getroffen. Nico wollte lieber an die Bar, ich hatte gestern so Lust zu tanzen. Also haben
wir die ganze Zeit getanzt und unsere Jungs getrunken. Marc,
ehrlich gesagt, ein bisschen über den Durst. Aber Marie, ganz
Übermutter, hat sich natürlich rührend um ihren Schützling
gekümmert. Es war echt voll im AKW und ich habe übrigens
auch Hannes nicht gesehen.
„Ist dein Bruder heute gar nicht da?“ fragte ich später irgendwann mal Nico.
„Nein, der hatte heute keine Lust“, sagte er und küsste mich.
Auch er hat ehrlich gesagt ziemlich nach Alkohol geschmeckt.
Na, das kann ja ein Wochenende werden.

Jetzt hab ich gleich Radiositzung. Aber so langsam bin ich
echt fit. Bin sogar ganz gut im Schneiden, also Interviews mit
dem Computer zusammen schneiden, dass sie auch was tau-
gen. Bin dabei vor allem voll schnell. Doch Talent für irgendwas. Wer hätte das gedacht? Und dann geht's heute Nachmittag los. Juhu! So viel los!!!


**Sonntag, der 24. Februar**

Wow! Ähm, also, wow!

Okay, ich versuche meine Worte zusammenzufassen.
Oder ich sag's erst mal anders: Alles anders als man denkt!
Obwohl ich eigentlich gar nicht mehr klar denken kann. Ich
bin verwirrt. Wie öfters mal. Aber dieses Mal liegt es nicht an

mir. Höchstens an meiner falschen Wahrnehmung. Nehme ich das alles vielleicht falsch wahr? Ich hab keine Ahnung. Okay, ich versuchs nochmal von vorne, vielleicht wird mir dann einiges klarer.

Um zwölf Uhr war beim Radio. Wir alle waren total aufgeregt und gut gelaunt, es war richtig geile Stimmung. Tom und Jerry sind sie ganze Zeit nur grölend durch die Räume gerannt, saugeil.
Dann um vier Uhr ging's los mit der ersten Sendung. Die haben Volker und unser Leiter des Jugendtreffs eröffnet. Voll langweilig. Dann aber ab fünf gab's die Faschingsparty – on Air. Wir alle durften schon mal ans Mikro, die Sendung hatten aber zwei ältere Jungs moderiert, die ich bis dahin kaum kannte. Aber wir sind dann alle zu unseren jeweiligen Sendungen interviewt worden. Auch Melli, Tom, Jerry und ich. Es war so toll. Um sieben Uhr war ich zu Hause, und hab mich schnell fertig gemacht für unseren Kostümball.

Meine Mutter war wie immer super sentimental, als sie mich in meinem Kostüm gesehen hatte. „Meine Güte, du siehst aus wie..".
„Ja, das liegt daran, dass ich eine bin", grinste ich.
„Ich wünsch dir ganz viel Spass", meinte sie und gab mir noch einen Kuss.

Dann ging ich raus zur Tür und da wartete schon Nico. „Wow", sagte er. „Danke" grinste ich zurück und nahm seine Hand.

„Du bist aber auch nicht schlecht" lachte ich ihn an.
„Naja, ein Mann tut, was er kann", sagte er in einem sehr tiefen Ton.
„Dann muss ich mich aber heute vor dir in Acht geben, Pirat".
„In der Tat", grinste Nico männlich zurück.

An der Haltestelle trafen wir auch die anderen. Stefan war mit Nicos Freunden da, aber auch Marie – sie ging als Funkenmariechen, wie passend. Nina war Krankenschwester, wer hätte das gedacht und Lilly kam als Fußballerin, wie Thomas. Irgendwie süß, wenn auch einfallslos.
„Irgendwie passt dein Kostüm gar nicht so richtig zu dir", meinte Lilly.
„Wieso?", fragte ich entsetzt.
„Nein, das ist doch toll" beschwerte sich Marie gleich.
„Ja, es ist toll und es steht dir auch ausgezeichnet.", rechtfertigte Nina meine Kostümwahl
„Aber ich hätte nicht gedacht, dass du dich für eine Prinzessin entscheidest", meinte Lilly.

Ich trug ein altes lilafarbenes, langes Kleid von meiner Mutter, mit Puffärmelchen und einem ganz tollen rechteckigen Ausschnitt. Meine Haare hatte ich so zurück gebunden, dass sie ganz locker lagen und darin eine kleine Plastikkrone gesetzt. Außerdem hatte ich Billig-Ohrringe an, die echt schick aussahen und trug einen Schaal um die Arme, was ich irgendwie edel fand.

„Ja, naja, das war ein Vorschlag von jemand anderem".
„Von wem?" fragten mich die Mädels gleichzeitig.
„Ähm, naja, lange Geschichte. Hannes meinte, das würde mir stehen" erklärte ich etwas verwirrt.
„Wer ist Hannes?" fragte Nina.
„Das ist Nicos Bruder!" antwortete ich bestimmt.
„Von dem hast du noch nie erzählt" meinte Nina überrascht.

Ich sah Marie an. Denn ihr hatte ich durchaus schon von Hannes erzählt. Aber nicht viel. Nur ein bisschen.
Dass wir zusammen nach Kostümen geschaut hatten, dass er mir die Rose geschenkt hatte, hab ich ihr auch erzählt und dass er leider ziemlich süß ist irgendwie auch. Nina und Lilly

allerdings hatte ich gar nichts erzählt. Keine Ahnung warum.
Aber bei Nina ist so was immer gleich so eine große Sache. Da hatte ich keine Lust auf eine Diskussion.

„Naja, jetzt hab ich von ihm erzählt. Hannes ist der Bruder von Nico. So alt wie wir und echt nett". Mehr hatte ich dazu auch erst mal nicht zu sagen.

Später kamen wir auf der Party an und relativ schnell haben wir uns alle ein Eck gesucht. Ziemlich nah an der Bar, ehrlich gesagt. Aber natürlich nicht wegen uns, sondern wegen der Jungs. Wir sind mehrmals durch die Menschenmassen gesteuert, haben Leute aus der Schule getroffen und getanzt, unser Make-up in der überfüllten Toilette mehrfach aufgefrischt und sind wieder rein ins heiße Getümmel.

Marc war nicht bei unseren Jungs gestanden, sondern bei den Typen aus unserer Klasse. Und da bin ich dann auch Jonathan begegnet.
„Hey" begrüßte er mich. „Du siehst gut aus", meinte er.
„Und du langweilig", beschwerte ich mich gleich mal lachend.
„Du bist ja gar nicht verkleidet!".
„Naja", grinste er.
Jonathan ist irgendwie immer noch der alte. Zu cool für alles.

Und während wir uns so unterhielten fiel mein Blick auf einmal auf Hannes. Er stand viel weiter weg, aber ich konnte ihn genau sehen. Aber er sah auch zu mir. Dann drängelten sich wieder direkt Leute vor mir vorbei und danach war er weg. Hm, vielleicht hatte ich mich auch geirrt. Denn ich suchte ihn danach unauffällig, aber vergeblich.

Später waren die Mädchen und ich noch einmal tanzen. Ich

versuchte, in meinem Prinzessinnenkostüm anmutig zu tanzen und nicht so verrückt wie sonst, was irgendwie überhaupt nicht zu meinem Outfit gepasst hätte.

Auf einmal hauchte mir jemand ins Ohr: „Du bist Prinzessin!" und im nächsten Moment stand er schon direkt vor mir. Ich schaute ihn ungläubig an.
„Zorro!".
„Zu ihren Diensten!" sagte er und verbeugte sich tief vor mir.

Hätte ich nicht gewusst, dass es Hannes ist, ich hätte ihn nicht erkannt. Denn er trug einen Zorro Hut mit einem schwarzen Kopftuch drunter, ein schwarzes Hemd mit schwarzen Jeans, schwarze Turnschuhe, ein Plastikschwert an der Seite, einen Umhang und natürlich die Maske.

Er stand nun wieder vor mir, grinste mich an, beugte sich zu mir vor und flüsterte gerade noch so laut, dass ich ihn verstehen konnte: „Ein Retter für eine Prinzessin".
„Muss ich denn gerettet werden?", fragte ich ihn lächelnd.
„Das kommt auf die Umstände an."
„Auf welche?".
„Ob ihr euch in Gefahr befindet".
Er sah mir in die Augen.

„Ehrlich gesagt schon" antwortete ich ehrlich.
„Droht eine solche Gefahr, dass ihr gerettet werden müsst?" fragte er mich immer noch im Scherz.
„Nicht, wenn der Retter die Gefahr bedeutet".

Er stand da, sah mich kurz ernst an. „Da kommt ein Herzensdieb" sagte er auf einmal leise und deutete in Richtung hinter mich. Ich sah ihn noch kurz an, dann drehte ich mich kurz um, sah Nico und den Rest auf mich zusteuern und sah wieder zu Hannes. Doch ganz im Stile von Zorro sah

ich von ihm nur noch den Rücken und wie er in der Menge
verschwand.

Dann habe ich ihn den ganzen Abend nicht mehr wiederge-
sehen und war ehrlich gesagt auch irgendwie ganz froh darüber.
Nico hatte an dem Abend noch ziemlich viel getrunken und
ging mir dann auch ziemlich auf die Nerven. Ich war nämlich mal wieder abgemeldet. Stattdessen faselte er stundenlang und stammelnd mit seinen Freunden von irgendwelchen
Konsequenzen, die irgendwelche Spieler aus dem Verein zu
tragen hätten, wenn sie dies oder das oder jenes machen würden.

Ich hab ihm später dann noch auf Wiedersehen gesagt, denn
Marie und Marc hatten angeboten, mich mit heim zuneh-
men. Denn Maries Mutter wollte die beiden abholen. Dieses
Angebot hab ich dankend angenommen.
„Schätzchen, du willst schon gehen?“, fragte mich Nico ent-
setzt.

„Allerdings“ antwortete ich energisch, als Nico mich über-
schwänglich in den Arm nehmen wollte.

„Mach‘s gut, Schätzchen“, antwortete ich nur und ging. Ich
wollte heim in mein Bett und meine Gedanken ordnen.
Mein Bett hab ich jetzt, schlauer bin ich nicht.

Aber es geht schon wieder los, auf zum Faschingsumzug.


**Sonntag, der 24.Februar, abends**

Heute Mittag war ich beim Faschingsumzug. Es war soooo
kalt. Ich hatte mich auch nicht mehr groß verkleidet, weil es

einfach nur eisig war. Wir Mädels hatten aber alle Herzchen auf den Wangen. Nina, Marie, Lilly und ich haben uns mit den anderen Jungs direkt am Rathausplatz getroffen, wo nach dem Umzug noch eine Party war. Hannes war heute auch dabei. Und ohne Scheiß: Er hat mich die ganze Zeit angeschaut. Und irgendwie ist das doch total verrückt, weil es auch keiner mitkriegt. Also weder eine von den Mädels noch von den Jungs noch Nico.
Gut, Marie hat es sofort gecheckt. Und es war mit Nico heute mal wieder schwierig. Weil er die ganze Zeit mit seinen Fußball-Jungs voll viel getrunken hat. Schon wieder!
Wie kann man nur mittags schon so viel Alkohol trinken? Klar, es ist Fasching, aber was haben Jungs nur mit diesem sinnlosen Wegsaufen?

Marie war auch genervt, weil Marc schon wieder anfangen wollte, soviel zu trinken und er ja erst gestern Abend so betrunken war. Ich wollte auch gar nichts trinken, weil ich später noch zum Radio wollte. Außerdem, Entschuldigung, vielleicht bin ich spießig, aber a) schmeckt's mir nicht und b) was soll's bringen und c) ich darf ja wohl auch noch gar nicht so viel trinken. Immerhin bin ich erst 15.
Nico hat mich auf jeden Fall mal wieder links liegen lassen und Hannes stand dann die ganze Zeit bei mir. Aber er war nicht so locker wie sonst, erst später, als noch seine Freunde dazu kamen, da wurde es besser.
Wir haben uns dann echt gut verstanden, er war total lieb und lustig. Ich weiß auch nicht, mit Hannes ist es einfach so anders. So einfach. Wenn er neben mir steht, dann hab ich das Gefühl: Ja, das passt einfach. Er passt zu mir. Er ist einfach der Richtige! Nur ist er eben der Falsche!
Verrückte Welt.

Ich musste dann aber gehen, weil ich noch zum Radio wollte. Die Wochenendsendungen waren wieder voll am Laufen. Ich hatte mich mit Tom und Jerry und natürlich mit Melli dort verabredet. Es war echt total cool. Wir haben dort mit all den anderen zusammen rumgehangen, haben den anderen bei den Sendungen zugeschaut und uns nochmal abgesprochen. Morgen haben wir die erste eigene Sendung. Ich freu mich schon so. Und tatsächlich hatte ich doch später glatt mein Debakel mit Nico und Hannes vergessen.

Als ich dort fertig war, war's schon halb acht, es war stockdunkel und ich bin mit dem Bus nach Hause. Als ich dann auf mein Handy geschaut habe, hatte ich drei Mitteilungen und fünf Anrufe. Einen Anruf von Marie, vier von meiner Mutter. Oh, Mann, Scheiße. Könnte Ärger geben. Hab ihr nicht gesagt, dass ich später komme.
Eine Mitteilung war von Nico: „Na, meine Süße. Alles klar? Sind jetzt noch im Sax. Kuss. Hab dich lieb!"
Schluck.
Die zweite Mitteilung war von Hannes: „Bist du gut zu Hause angekommen? Es regnet und es ist kalt, vielleicht solltest du Schlittschuhe nehmen, dann fällst du wenigstens berechtigt auf den Hosenboden! :-)".
Die dritte Mitteilung kam von Marie: „Ruf mich an! Müssen reden!"
Oh Mann!

Unterwegs hab ich gleich angerufen. Gut, nicht gleich. Ein bisschen zögerlich. Ich wusste einfach schon, worum es ging. Also wählte ich von meinem Handy aus Maries Nummer.

„Mensch Nati, was ist denn da los?" begrüßte mich Marie.
„Was meinst du?"
„Mann, das ist nicht dein Ernst?"
„Was denn?"
„Das mit dir , Nico und Hannes."
Scheiße.
„Hallo? Nati?"
„Ja, ich bin noch da!"

„Was ist denn da jetzt los?"

„Keine Ahnung. Was meinst du denn?"

„Ich meine, dass man blind sein müsste, um nicht zu sehen, dass Hannes total in dich verknallt ist. Du aber mit Nico zusammen bist. Und Nico dich auch mag. Aber eben so ganz anders ist als Hannes. Und jetzt die große Frage ist, wen du lieber magst?"

„Ich hab keine Ahnung!"

„Du weißt nicht, wen du willst?"

„Nein!"

„Hm".

„Was heißt das?"

„Ähm, naja, das heißt, dass die Chancen für Nico schon mal schlecht stehen!"

„Wieso denn das?"

„Weil er dein Freund ist, und wenn du wirklich so in ihn verliebt wärst, dann müsstest du dich nicht fragen, wen du besser findest, oder?"

Hm. Keine Ahnung. Ist das so?

„Ich weiß nicht. Aber ich wollte Nico doch unbedingt. Ich war so verliebt in ihn."

„Ja, du wolltest ihn unbedingt. Aber warst du wirklich auch so verliebt in ihn? Oder bist du es noch? Oder wolltest du ihn nur kriegen, um ihn zu haben? Ich mein, das war ja fast ne Hetzjagd, die du da auf ihn abgezielt hattest."

„Was soll das denn jetzt heißen?"

„Naja, ich sag nur, dass in der Liebe ab einen gewissen Punkt alles wie von selbst gehen sollte. Ist das bei dir und Nico so?"

„Nein"

„Wie ist es dann?"

„Schwierig."

„Hhhmm.."

„Was soll das jetzt heißen?"

„Also, um es mal ganz einfach auszudrücken: Wenn's mit

dem großen Bruder nicht läuft, schnapp dir halt den kleinen!“

Super.
Ich musste lachen.

„Okay, ich denk drüber nach.“
„Mach das, bis dann Nati“.
„Bis dann, Marie. Danke“.
„Kein Problem. Tschüss.“

Ich kam zu Hause an und hab erst mal einen Anschiss von meiner Mutter bekommen. Und von meinem Vater auch. Weil ich, ohne Bescheid zu sagen, so lange weg war. Meine Mutter war voll fertig und aufgedreht.
Sie hat sogar geheult. Ich hab sie angefahren, was denn das jetzt für eine Aktion sei, dass sie hier rumgeheult. Da hat sie noch mehr geheult.
Bitte, heulen ist doch in letzter Zeit wohl eher meine Sache.
„Schatz, Schatz beruhige dich!“
Damit meinte mein Vater nicht mich.
Er nahm meine Mutter in den Arm und sie heulte noch mehr.

Was ist denn hier los?

„Schatz, wir sollten es Nati jetzt langsam mal sagen.“
„Was sagen?“
„Setz dich, Nati“, sagte mein Vater.
„Ich muss erst mal ins Bad“.

Also saßen mein Vater und ich schon mal schweigend auf der Couch und haben auf meine Mutter gewartet.

Ich war total genervt und trotzig auf der Couch gelegen.
Dann kam sie endlich.

„Also, was ist denn schon wieder los? Was hab ich Schlimmes angestellt? Ich war beim Faschingsumzug und dann beim Radio. Ihr wisst doch, dass ich jetzt diese Woche immer bis spät abends beim Radio bin!“
„Nati, darum geht es gar nicht“, sagte mein Vater.
„Ach nein, worum dann?“
„Ich bin schwanger“, sagte meine Mutter.

Ich starrte sie an.

Und habe seitdem keinen Ton mehr raus gebracht.

Jetzt liege ich auf meinem Bett und bin erschüttert und heule.

Mein Vater und meine Mutter haben schon tausendmal angeklopft, aber ich will sie nicht sehen.

Schwanger!!!
Meine Mutter!
Ich kotz hier gleich ins Eck.


**Montag, der 25. Februar, 01.24 Uhr**

Ich bin so verwirrt. Ich weiß gar nicht, warum ich so fertig bin. Ich kann's einfach nicht fassen. Wieso ist sie schwanger? Wieso bekommen wir jetzt ein Baby? Ich mein, ich weiß, dass sie letztes Jahr nochmal schwanger war. Aber wieso jetzt schon wieder? Passen die nicht auf? Da weiß ich ja schon mehr über Verhütung! Und wieso schlafen meine Eltern überhaupt noch miteinander? Das ist echt etwas, was ich mir überhaupt nicht vorstellen will. Davon will ich überhaupt nichts wissen. Meine Eltern sollen mich damit einfach in Ruhe lassen. Und jetzt krieg ich die volle Ladung ab. Das geht mir echt tierisch auf

die Nerven. Ich bin so sauer. Bin ich nicht eigentlich langsam an der Reihe mit Sex? Wieso die denn noch?  Im Fernsehen sehe ich immer wieder, dass Mädchen in meinem Alter schon schwanger werden. Aber nein, bei uns ist es meine Mutter. Aber was soll die Scheiße?
Ich kann nicht schlafen.


**Montag, den 25. Februar, 11.03 Uhr**

Ich bin erst um vier Uhr eingeschlafen. Ich bin aber immer noch müde, obwohl ich gerade erst aufgewacht bin. Was mach ich jetzt? Ich fühle mich schlecht. Ich weiß nicht, warum es mich so stört, dass Mama schwanger ist. Aber es stört mich echt.
Was mach ich jetzt also?
Am liebsten würde ich jetzt mit meiner Mutter über meine Probleme reden. Geht ja aber nicht. Denn um sie geht es ja. Wen ruf ich an?


**Montag, den 25. Februar, Nachmittag**

Hab Marie angerufen. Sie hatte keine richtige Lösung.
„Wollen wir nicht die anderen fragen, was sie meinen?“ fragte Marie zögerlich.
„Was soll das denn bringen?“, fragte ich zurück.
„Nati, ich weiß überhaupt nicht, was ich sagen soll! Ist das wirklich so schlimm. Ich meine, deine Mutter ist schwanger, na und? Du ziehst doch eh bald aus, wenn du älter bist!“.
Naja, also bald ist übertrieben.
„Du verstehst das einfach nicht!“
„Na, das sag ich doch!“ rechtfertigte sich Marie.
Ich sagte nichts mehr. Was hauptsächlich daran lag, dass mir

überhaupt nichts einfiel, dass ich hätte noch sagen können.
„Treffen wir uns im Café. In einer halben Stunde!".
Gut, dann halt so.


Als ich aber eine halbe Stunde später ins Café kam, völlig durchgefroren, da saßen Marie, Nina und Lilly schon da.
Man hat es mir wohl auch gleich am Gesicht angesehen, dass ich nicht begeistert war.
„Jetzt komm schon" sagte Lilly aufmunternd.
Also setzte ich mich.
„Wo ist das Problem?", fragte Nina.
„Keine Ahnung."
„Was fühlst du denn?"
„Ich weiß nicht. Ich fühle mich verwirrt. Wütend, Ich bin einfach durcheinander. Wieso ist sie schwanger? Wieso passen die nicht auf? Wieso haben die überhaupt noch Sex? Ich find das echt eklig!"
„Du findest es eklig, weil deine Eltern sich noch gut verstehen?" fragte Lilly entsetzt.
„Naja, irgendwie schon. Also nicht, dass sie sich gut verstehen, sondern dass sie miteinander schlafen."
„Hör mal, ich wäre froh, wenn meine Eltern das noch tun würden." sagte Nina. „Ich meine, mein Vater hat seit der Scheidung eine Freundin, die ist nur 10 Jahre älter als ich und meine Mutter hat ständig andere Typen zu Hause. Das ist eklig!"
„Und ich wäre froh, wenn meine Eltern sich scheiden lassen würden, oder sich wieder verstehen. Aber bei uns zu Hause gibt's ständig Streit. Immer!" meinte Marie.
„Wollten sich deine Eltern nicht schon scheiden lassen?" fragte ich Marie.
„Ja, irgendwie schon. Aber dann haben sie es doch nicht getan, weil sie meinen, es wäre besser für mich, wenn sie noch zusammen wären. So ein Scheiß. Ich würde gern mal wissen, wie es besser für mich sein soll, wenn sie sich ständig streiten."

Hm, die haben auch ihre Probleme mit ihren Eltern. Weiß ich ja eigentlich auch.

„Du hast ganz schönes Glück Nati! Deine Eltern lieben sich!"

Mag sein.


## Montag, den 25. Februar, abends

War heute beim Radio. Wir hatten ja unsere erste Sendung. Das war vielleicht so was von abgefahren. Tom hat die Technik gemacht und moderiert, Jerry, Melli und ich haben ja auch moderiert. Das war so was von abgefahren. Fett geil kann ich da nur sagen. Hab auch den ganzen Stress mit meinen Eltern vergessen, mit denen ich übrigens vor der Sendung auch nicht mehr groß geredet habe. Ich kam vom Café heim, bin in mein Zimmer, hab mich umgezogen und bin dann nur kurz in die Küche und hab meiner Mutter gesagt, die da stand und das Mittagessen hergerichtet hat, dass ich schon wieder gehen müsste, zum Radio. Sie hat mich angeschaut, ich sie auch, dann „in Ordnung" gesagt und damit bin ich wortlos gegangen.

Beim Radio war ich ziemlich früh dran, aber die anderen drei auch. Wir haben nochmal unsere Sendung abgesprochen, bei den Jungs vom Schülerradio zugehört und dann unsere eigene Show begonnen. Ich bin richtig gut, muss ich jetzt selbst mal zugeben. Ich bin viel schlagfertiger, als ich immer gedacht habe.
Hat auch Volkmar, unser Leiter gemeint. Der fand uns allgemein ganz gut, ein bisschen zu durchgedreht vielleicht, aber ansonsten ziemlich gut.
Allerdings sollen wir morgen weniger reden und wenn dann auch mal was Sinnvolles. Naja, mal sehen ob das klappt.

Bin dann auf jeden Fall ziemlich schnell aus dem Studio raus und Melli, Tom, Jerry und ich haben dann festgestellt, dass wir alle heute Abend auf demselben Rosenmontagsball sind und haben uns dann gleich für später verabredet. Nico wollte mich heute Abend ja abholen.

Macht er hoffentlich auch. Denn ich sitze schon geschniegelt und gestriegelt auf meinem Zimmer und warte. Ah, es klingelt, bis dann..!


## Dienstag, der 26. Februar, morgens

Mann, Fasching war noch nie so ausgedehnt wie in diesem Jahr. Ist ja fast schon anstrengend. Kommt mir das nur so vor, oder ist im Moment echt Hölle viel los? Nee, ist echt viel los.

Gestern war ich ja mit allen auf dem Rosenmontagsball.

Es war sooo geil. Nico hatte mich ja abgeholt, er ging dieses Mal als Polizist, was ich ehrlich gesagt ziemlich spießig und langweilig fand. Ich war wieder Prinzessin und ich fand, ich sah fast noch besser aus als beim letzten Mal.

Nico und ich sind dieses Mal wieder mit der Straßenbahn gefahren und haben uns an der Haltestelle schon mit den anderen getroffen. Die Bahn war schon so was von voll, war echt der Wahnsinn. Marie, Nina, Lilly und Marc, Thomas und Andi waren auch dabei. Dann kam auch noch Stefan mit den anderen Fußballjungs. Und da waren noch tausend andere Menschen im Bus. Wir sind dann alle auf derselben Party ausgestiegen und da war schon eine Riesenschlange davor.

Ich hab dort irgendwie voll viele Leute getroffen. Und das komische war, dass sich auch diese Menge an Leuten über das Treffen mit mir gefreut haben. Ich kam mir echt vor wie eine Prinzessin. Das waren Jungs und Mädels aus unserer Klasse, aus der Parallelklasse oder auch vom Radio. Selbst vom Fußball und von Nicos Leuten, die ich nur flüchtig kannte, haben mich alle voll nett begrüßt.

Und ganz viele hatten auch meine erste Show heute gehört. Juhu! Mann, hab ich jetzt einen Riesenbekanntenkreis.

Ich traf dann auch auf Melli und wir zwei haben total gut gelaunt Tom und Jerry gesucht und gefunden. Die Jungs waren auch total gut drauf, wir wurden alle auch sehr oft auf die Show angesprochen.

„Darauf müssen wir trinken!" meinte Jerry.

Wir quetschten uns durch bis an die Bar und Jerry bestellte vier Kurze. Das waren vier Jägermeister. Ich fand's voll eklig. War aber viel zu gut gelaunt.

Dann bestellte Tom nochmal dasselbe und auch die kippten wir weg. Erst Melli, dann ich, und dann war ich vielleicht so was von betrunken.


Ich weiß gar nicht mehr, jetzt muss ich überlegen, was war sonst noch so? Bin grad erst aufgewacht, liege noch im Bett und muss mich erst mal besinnen. Hab auch noch tierische Kopfschmerzen.

Ich glaub, dann bin ich zurück zu den anderen. Ach ja, oh Mann, Scheiße. Dann hab ich ja noch Hannes und seine Jungs getroffen. Mann, ich glaub, ich war echt ziemlich betrunken. Ich weiß noch, dass ich total laut war, befürchte ich auf jeden Fall. Und ich hab ganz viel Quatsch gemacht. Denke ich.

Dann war ich später irgendwie wieder bei Nico, der glaub ich, auch ziemlich voll war. Soweit ich mich zumindest erinnern kann. Dann hab ich mit ihm noch was an der Bar getrunken und dann haben wir glaub ich ziemlich wild rumgeknutscht. Und das war, glaub ich, ganz gut.

Und später bin ich mit Nina und ihrer Mutter, Marie und Lilly heimgefahren. So, das war's. Denke ich.

Geiler Abend! Und heute Abend der Abschlussfaschingsball. Ich muss dazwischen aber noch meine Sendung moderieren. Mann, ich bin sooo geil!!

## Dienstag, der 26. Februar, abends

Mann, ich bin echt die neue Partyqueen. Alle haben heute darüber gesprochen. Also zumindest beim Radio. Ich kam und es war zum ersten mal so, dass mich echt tausend Leute begrüßt haben. War total geil. Melli, Tom und Jerry waren noch nicht da und es war nicht mal schlimm, weil ich nämlich mit den anderen in der Küche stand und die ganze gequatscht habe, bis die drei so langsam eingetrudelt sind.
Dann haben wir eine soo lustige Show hingelegt. Wir haben auch von der Party gestern Abend gesprochen und Tom sagte: „Ja, liebe Leute, mit der Nati haben wir eine echte Partymaus hier im Studio – die trinkt uns ja locker unter den Tisch!".
Ich hab gelacht und irgendwas zurück gesagt wie: „Du bist ja auch ein Mädchen!".
Ich fand's saulustig. Die anderen auch. Nur Volkmar hat sich angestellt. Er fand's nicht so toll. Wir sollen doch bitte nicht on Air erzählen, dass wir uns weggeschossen hätten, wir seien ja noch nicht mal 16 und das sei auch überhaupt nicht erlaubt, dass wir darüber so reden.

Danach hab ich mich gleich mit Marie und Lilly getroffen. Nina kam ein paar Minuten später und zu viert sind wir auf die nächste Party. Heute war ich aber keine Prinzessin mehr. War mir dann doch zu viel. Ich war heute Hippie. Aber auch geil. Mit Stirnband im Haar. So bin ich schon den ganzen Tag rum gelaufen und kam mir irrsinnig cool vor.

Dann bin ich mit den Mädels zu unseren Jungs. Jonathan und Marc waren da. Andi und Thomas standen in einer anderen Ecke und ich hab Nico nicht gefunden. War ja klar. Dafür hatte mir Hannes auf einmal eine Whatsapp geschickt: „Hey Partymaus, was muss man denn da über dich hören? Coole Sendung. Hast ja doch Talent... :-) „.
Ich hab ihm gleich zurück geschrieben: „Natürlich habe ich Talent. Hab nichts anderes angenommen. Du etwa? Bin

entsetzt! Und von einer Party weiß ich nichts.. ;-)“.
Dann kam auch gleich zurück: „Sag bloß, du sitzt heute mal
zu Hause?“.
„Nein, ich bin nicht zu Hause. Bin grad auf der Faschingspar-
ty in der Stadthalle. Wo bist du?“
„Auch gleich da. Dann sehen wir uns. Wo stehst du?“
„An der kleinen Cocktailbar grad im Moment!“
„Cool. Da komm ich gleich hin. In zehn Minuten. Bis
gleich..“
Okay, Nico ist nicht da, aber wenigstens einer aus der Familie. Der kleine Bruder.
Eine viertel Stunde später etwa stand Hannes tatsächlich vor
mir.
Wir haben dann den ganzen Abend zusammen gestanden,
geredet, getanzt und getrunken. Da ich jetzt ja die Partymaus
war, wollte ich gleich wieder durchstarten. Dieses Mal gab's
aber Himbeerschnaps, war saulecker.


Nina und Lilly waren auch ganz angetan von Hannes. „Der ist
ja voll süß“, meinte Nina dann auch bald. „Und der hat keine
Freundin“, fragte sie mich nun schon zum vierten Mal.
„Nein, hat er nicht!“.
„Schade, dass wir vier alle schon vergeben sind. Der wäre
was!“ meinte Nina weiter.
Marie und ich sahen uns an. Irgendwie fühlte ich mich komisch. Denn auch Marc verstand sich saugut mit Hannes,
die beiden waren voll auf einer Wellenlänge. Auch die ganzen
Freunde von Hannes waren wieder mit dabei und die sind
alle so nett. Es ist mit Hannes so ganz anders als mit Nico.
Wie können zwei Brüder nur so unterschiedlich sein? Oder
liegt´s an mir?
Jedenfalls hatte ich dann wieder ziemlich was getrunken und
habe später ziemlich heftig mit Hannes getanzt.
Zum Abschied haben Hannes und ich uns Bussis rechts und
links auf die Backe gegeben und ich hab ihn dabei ganz fest
an mich gedrückt, und er mich auch an sich. Gott, ich wär

ihm am liebsten um den Hals gefallen und hätte ihn abgeknutscht. Wir haben uns dann auch noch kurz angeschaut. Und ich schwöre, es hat nicht viel gefehlt und wir hätten uns geküsst. Nase an Nase waren wir ja schon. Aber es waren ja auch all die anderen noch da. Und ich bin ja schließlich auch mit Nico zusammen. Seinem Bruder!!
Scheiße. Vielleicht lag's auch nur am Alkohol.


Als ich heimgekommen bin, haben mich meine Eltern schon empfangen. Ich war natürlich total gut drauf, ganz im Gegensatz zu den beiden! Die fanden das überhaupt nicht lustig. Sie haben mir beide gleich eine Szene gemacht. Das ist dann allerdings auch ziemlich ausgeartet.
Ich hab gesagt, dass sie sich wieder einkriegen sollen, dass dabei doch nichts ist. Sie fanden das ganz anders. Zum einen, dass ich überhaupt getrunken habe und zum anderen, dass ich auch noch darüber rede.


Ich habe dann gesagt, ich sei wenigstens nicht schwanger. Da ist mein Vater total ausgerastet und hat gemeint, ob ich eigentlich noch alle Tassen im Schrank hätte. Dann hab ich ihnen vorgeworfen, dass ich ihnen doch am Arsch vorbei gehe. Daraufhin meinte mein Vater, ich solle aber mal ganz schnell meinen Ton zügeln. Ich hab dann gefragt, woher sie das überhaupt wissen, dass ich das gesagt habe. Meine Mutter meinte, weil sie das natürlich gehört haben.
„Ach ja, das ist mir aber neu, dass ihr euch überhaupt noch für das interessiert, was ich mache!" brüllte ich sie an.
„Was soll das denn jetzt heißen?" brüllte meine Mutter zurück.
„Das heißt, dass es euch die letzten Wochen doch auch nicht interessiert hat, was ich mache. Ihr habt vor dem Sendestart nicht nachgefragt und zu meiner ersten Sendung gestern habt ihr auch nichts gesagt!"
„Was sollen wir denn auch sagen? Dir ist ja nie was recht!" behauptete meine Mutter auf einmal.

„Ach, seit wann das denn? Ich hör dir doch ständig zu und erzähle alles. Nur jetzt hörst du mir ja nicht mehr zu. Du bist ja mit deinen Gedanken ständig woanders!".
Ist ja wohl auch echt wahr!
„Das ist ja wohl überhaupt nicht so!" behauptete nun mein Vater lautstark.
„Ach nein? Fühlt sich aber so an. Und wisst ihr was? Jetzt ist es mir mal egal, was ihr denkt und macht!"
Damit bin ich in Richtung Zimmer gelaufen.
„Nati, du kommst sofort wieder zurück!" brüllte mein Vater hinterher.
„Auf keinen Fall!" brüllte ich zurück und schloss lautstark meine Zimmertür.
Die können mich ja wohl mal!

Mit denen rede ich nie wieder ein Wort!

Zumal jetzt schon zwei Stunden seit dem Streit vergangen sind und noch keiner an meiner Zimmertür geklopft hat. So wie sonst immer. Die meinen wohl auch noch, sie sind im Recht. Arschgeigen! Mit denen rede ich nie wieder ein Wort! Sie sind ins Bett ohne sich bei mir zu entschuldigen! Bei denen piepst es wohl!

**Dienstag, der 26. Februar, nachts**

Mann, jetzt ist hier aber wirklich mal Funkstille. Kein Wort von meinen Eltern. Ich bin aber auch nicht mehr aus meinem Zimmer raus gekommen. Kotzt mich das zu Hause an! Ich will endlich 18 sein und ausziehen!

## Mittwoch, der 27. Februar, morgens

Meine Eltern sind immer noch sauer auf mich. Perfekt. Denn ich bin auch sauer auf sie. Wegen mir können wir für immer nicht mehr miteinander reden. Die gehen mir so dermaßen auf die Nerven. Ich könnte schreien vor Wut. Mach ich aber nicht. Bin ja kein Baby mehr. Das macht ja in Zukunft deren neues Baby. Super, ich wechsle keine Windeln.
Ich war auf jeden Fall gerade in der Küche, hab mir Cornflakes geholt und bin jetzt wieder auf meinem Zimmer.
Das Leben ist vorbei. Kein Fasching mehr, keine gute Laune. Dabei hätte ich gerade jetzt nochmal Lust auf ein paar Jägermeister. Jetzt erst Recht!

Naja, vielleicht später, beim Radio. Dauert aber noch. Ist erst neun Uhr. Wieso bin ich schon wach?

## Mittwoch, der 27. Februar, abends

Ich wollte Hannes sehen, also hab ich Nico angerufen. Er hat gemeint, er hätte einen Kater von den letzten Tagen und gammelt zu Hause rum. Ich hab gefragt, ob es okay wäre, wenn ich auch kommen würde. Er war, glaub ich, etwas überrascht, ich lade mich sonst ja nie selbst ein, aber so meinte er nur, ich solle auf jeden Fall kommen, wann immer ich will. Also stand ich schon um halb eins vor seiner Haustüre. Wollte auf jeden Fall weg von zu Hause.
Das hält ja kein Mensch zu Hause aus.
Heute Morgen stand nämlich auf einmal mein Vater vor meinem Zimmer und meinte, er will mit mir reden.

Ich hab durch die verschlossene Tür gebrummt, dass ich noch schlafe. Daraufhin meinte er, dann solle ich jetzt eben aufstehen. Ich meinte dann wiederum, dass ich Ferien hätte und

deshalb ein Recht auf Ausschlafen. Wenn nicht jetzt, wann
dann?

Er war einverstanden, meinte aber, danach, also wenn ich in
diesem Jahrtausend noch ausschlafen würde, dann sollten wir
reden.
Das „sollten" wir reden hab ich so interpretiert, dass wir das
können, aber nicht müssen. Das hinter dem „sollten" durchaus ein „müssen" stecken könnte, war mir natürlich auch bewusst, aber man kann schließlich alles anders deuten, wenn
man will. Ich wollte jedenfalls dem Zwang des Gesprächs aus
dem Weg gehen und hab mich deshalb bei Nico gemeldet,
mich angezogen und aus dem Haus geschlichen.

Auf dem Weg zu Nico ist mir durchaus durch den Kopf gegangen, dass das zu Hause im Moment durchaus scheiße
läuft. Immerhin mag ich meine Eltern ja eigentlich. Die sind
längst nicht so scheiße wie andere. Aber im Moment muss ich
ehrlich sagen, gehen sie mir ganz schön auf den Wecker.

Und nächste Woche ist auch schon wieder Schule. Die Welt
ist ungerecht. Aber gut, Zeit sich um andere Dinge zu kümmern.
Nico. Scheiß auf Hannes. Schließlich wollte ich ihn, jetzt hab
ich ihn. Jetzt bleib ich auch bei ihm.

Also klingelte ich an Nicos Haustüre und Hannes öffnete.
War ja ein Superplan, den ich da hatte. Schon in die Hose
gegangen.
„Hallo" strahlte er mich an.
„Hey" sagte ich kleinlaut zurück. Mann, manchmal denke
ich echt, ich bin im falschen Film. Ich meine, wer kommt
schon endlich, nach ewigen Zeiten mit seinem Traumtypen
zusammen und verliebt sich dann in den Bruder?
„Ich wollte zu Nico."

Hannes Lächeln verschwand sofort.
„Ach so, ja klar. Komm rein."
Oh Mann!

„Hey Nati, Kleines!"
Nico kam auf mich zu und drückte mich. Ich meine, wer drückt schon seine Freundin? Es wäre mir jetzt zwar auch unangenehm gewesen, wenn er mich vor Hannes geküsst hätte, aber so geht's ja wohl auch nicht.
Ist der schwul oder was?

Nico nahm mich an die Hand: „Komm, wir schauen grad noch Sporttreff!" Oh ja, super. Das war genau die Sendung, die ich auch auf keinen Fall verpassen wollte. Unbedingt wollte ich den Sporttreff sehen! Wie kann man nur ohne die Sendung überleben. Und jetzt noch mal auf Deutsch: Kotz! Wer will das schon sehen??
Na gut, wenn ich die Alternative betrachte, nämlich zu Hause auf den Anschiss meiner Eltern zu warten, dann sehe ich tatsächlich lieber den Sporttreff, bei dem irgendwelche unwichtigen Menschen ganz wichtig über Fußballer und Transfers sprechen. Und ich mache mir Gedanken, dass ich mittlerweile schon das Wort „Transfer" kenne.
Aber gut, wir gingen also ins Wohnzimmer, wo der Fernseher schon lief, Nico hielt mich an der Hand und Hannes trottete uns hinter her.
Ans Wohnzimmer grenzt bei Nico zu Hause das Esszimmer an und daran die Küche. Ich konnte sehen, dass Nicos Mutter gerade den Tisch deckte.
Oh Scheiße, ich hatte ganz vergessen zu fragen, ob es denn überhaupt Recht ist, wenn ich so früh komme.
„Habt ihr noch gar nicht gegessen?" fragte ich Nico.
„Nein, machen wir jetzt aber gleich."
„Oh Mann, das tut mir leid. Ich wollte euch nicht stören. Ich komme dann einfach später nochmal!".
„Quatsch, du isst natürlich hier", meinte Nico bestimmt.

„Mama, Nati kann doch hier mit essen" schrie er in die Kü-
che rüber. Mann, wie peinlich.
Keine Antwort.
„Mama" brüllte Nico nochmal.
Wird ja immer schlimmer.
Wahrscheinlich kommt sie gleich um die Ecke und schmeißt
mich aus dem Haus.
In dem Moment kam sie schon um die Ecke.
„Was? Wieso könnt ihr nicht wie jeder andere Mensch kom-
men und normal mit mir reden? Wieso müsst ihr immer so
brüllen? Ich bin doch nicht euer Dienstmädchen!"

Geil, dieselben Vorwürfe wie bei mir zu Hause.

Hier gefällt's mir.
„Mama, Nati ist da. Sie kann doch mit uns essen, oder?"
„Aber natürlich. Hallo Nati, grüß dich!".
Ich sprang schnell von der Couch auf und reichte ihr die
Hand.
„Hallo"
„In zehn Minuten gibt's Essen. Dieses Mal pünktlich", mahn-
te sie ihre Jungs.
Ich setzte mich wieder.
Im Übrigen direkt zwischen die beiden. Links von mir saß
Nico, rechts von mir Hannes.
„Es gibt übrigens Fisch", meinte Hannes auf einmal rechts
von mir.
Ich schaute ihn angeekelt an.
„Du magst wohl kein Fisch?" fragte er.
„Nein."
„Wieso magst du kein Fisch?" fragte Nico links von mir.
„Der ist so glitschig, sieht eklig aus und ich esse überhaupt
nichts aus dem Wasser".
„Auch keine Schnecken?" grinste Hannes.
„Iihh, nein!"
„Heute gibt's nur Forelle!" meinte Nico.

„Gibt´s auch was dazu?“ fragte ich hoffnungsvoll.
„Ja. Schnecken!“ meinte Hannes und grinste von der einen bis zur anderen Seite.
„Gar nicht wahr! Oder?“ fragte ich Nico.
Der lachte: „Nein, es gibt auch Seelachs.“
„Ihr seid beide blöd“ meinte ich gespielt beleidigt.
„Ihr werdet ja wohl irgendwas dazu essen. Kartoffeln oder Nudeln oder so“.
„Ja“, meinte Hannes.
„Es gibt Algen“.
Nico prustet los vor Lachen.
Ich musste auch lachen und schaute Hannes an. Er strahlte.
Mann, ist der scheiße süß!

„Essen“, schrie es in dem Moment aus dem Esszimmer.
Nico nahm mich an der Hand und zog mich zum Tisch.

Sein Vater stand auch schon da.
„Oh, hallo“, sagte ich und reichte ihm die Hand.
Da kam auch noch die Oma angewatschelt. Mann, volles Familienessen. Und ich mittendrin.
Nicos Eltern saßen an den beiden Kopfenden vom Tisch, ich neben Nico und mir gegenüber Hannes, an seiner Seite saß seine Oma.
Und das Essen war toll. Bis auf den Fisch wohlgemerkt. Den gab´s nämlich wirklich. Die Familie ist nämlich katholisch, und weil Aschermittwoch ist, gibt's kein Fleisch, sondern nur Fisch. Weiß zwar nicht warum, aber gut.
Es gab übrigens Kartoffeln und Spätzle, die hab ich gegessen. Ohne Fisch.
Dann meinte Hannes, Fisch wäre aber gesund und fettarm.
„Also Hannes, wirklich“, sagte seine Mutter empört.
„Nati sieht doch wirklich gut aus. Fast ein bisschen dünn! Ich finde, du siehst spitze aus Nati!“
„Danke“, sagte ich brav.
Mann, wie peinlich. Denn ich sah Hannes an, dass er sich

innerlich tot lachte.

Dem wollte ich eins auswischen.

„Aber Hannes hat vielleicht recht. Ein paar Kilos hier und da weniger...“

„Nati, hör sofort auf sowas zu sagen. Bei dir ist alles wo es hin soll. Ein bisschen mehr könntest du sogar vertragen. Hannes, ich finde du solltest Nati sagen, wie gut sie aussieht.“

Ich grinste Hannes nun an.

Der grinste anerkennend zurück. Haha, mit meiner Schlagfertigkeit kann er es eben nicht immer aufnehmen.

„Nati, ich finde du siehst sensationell aus“ meinte er frech.

„Lass dir von dem nichts einreden“, meinte Nico in dem Moment zu mir. „Der ist nur eifersüchtig!“

Könnte ja tatsächlich wahr sein und zwar in mehrfacher Hinsicht.

In dem gleichen Moment verflog mein Grinsen und auch das von Hannes. Ich schaute auf meinen Teller und widmete mich meinen Kartoffeln.

Dann hatte sich die Situation endlich wieder normalisiert, die Familie führte ihre Gespräche und ich merkte immer mehr, dass ich an Hannes Seite sitzen wollte. Gut, er müsste für mich jetzt nicht, wie seiner Oma, den Fisch klein schneiden, und er müsste auch nicht so laut mit mir reden, aber den Rest fänd ich toll. Neben ihm zu sitzen und dass er sich die ganze Zeit um mich kümmert und so.

Ja, schöne Scheiße, wenn man das feststellt während man neben dem Falschen am Familientisch sitzt.

Aber so ist es, ich beobachtete ihn, wie er mit seiner Oma so liebevoll umging, wie er die Gespräche mit seiner Mutter führte, mit seinem Vater und mit Nico. Er war so ganz anders als Nico.

Nico war irgendwie schon viel erwachsener, aber auch ein kleiner Besserwisser. Er hatte zu allem eine andere, bessere Meinung. Er gab überall seinen Senf dazu. Hannes hingegen hörte interessiert zu, war irgendwie cooler.
Und manchmal, nicht immer, aber ganz intensiv schaute er zu mir, zwinkerte mich nach einem coolen Spruch an oder lächelte mich einfach auch nur interessiert an.

Wie sagt man es am besten, wenn man von jemandem hin und weg ist?
Ich bin hin und weg. Ich bin verliebt. In Hannes. In den Bruder meines Freundes! Auf einmal war es mir so klar.
Beim Hauptgang war ich schon am überlegen, was für Möglichkeiten es gab, zusammen zu kommen. Beim Dessert war mir klar, dass Hannes meine echte erste große Liebe sein könnte. Dass er es ist, mit dem ich zusammen sein will. Der zu mir passt. Mit dem ich meine Jugendliebe verbringen möchte.
Aber das wir durch die Umstände keine Chance hätten. Ganz abgesehen davon, dass ich ja auch nicht weiß, was er für mich empfindet.

Wir saßen noch am Esstisch, als Nicos Vater meinte: „Trefft ihr euch heute gar nicht mehr mit den Jungs?".
„Doch, ich, mit der ersten Mannschaft."
Ich schaute verständnislos in die erste Runde.
„Ich hab heute Abend noch Fischessen mit der Mannschaft."
„Ah, Fußball" meinte ich verständnisvoll.
„Ja, frag mich nicht, wo sie das herhaben. Von mir nicht", lachte die Mutter.
„Als sie klein waren.."
„Oh Mutter" unterbrach Nico.
„Nein, lass mich erzählen."
Ich lachte: „Oh ja, bitte erzählen Sie", meinte ich aufmunternd.
„Die beiden haben schon mit dem Ball gekickt, da konnten

sie noch gar nicht richtig laufen. Und was meinst du, was es für Tränen gab. Nico hat Hannes immer den Ball abgenommen. Oder wenn sie alleine miteinander gespielt haben, dann hat Nico Hannes Tore nicht gelten lassen und sich selbst immer zum Sieger erkoren. Und ich muss dir ja wohl nicht sagen, wie viel in der Wohnung kaputt gegangen ist. Oder wie oft Hannes wegen Nico geweint hat!" lachte die Mutter.

„Tja, ich hatte halt schon immer das Nachsehen", meinte Hannes und schaute mich provozierend an.
Mann, das ist doch eine Anmache, oder?
Oder nicht?
War verwirrt.

„Wenn du willst, kannst du aber noch ein bisschen mit mir mitkommen, ich treffe mich noch mit meinen Leuten. Oder hast du was mit deiner Familie oder deinen Mädels vor?" fragte mich Hannes.

Nein, oh Gott, bloß nicht meine Familie.

„Nein. Nein, ich hab nichts vor. Ich muss vorher nur noch zum Radio", sagte ich und schaute zu Nico.
Der meinte schon total begeistert: „Ja, das ist doch super. Dann macht ihr zwei noch was Schönes heute Abend!".
Ähm, okay, wenn Nico das so wünscht, soll uns sein Wunsch Befehl sein.

Also sind wir irgendwann später aufgebrochen. Nico gab mir noch einen Abschiedskuss nachdem ich mich von seinen Eltern verabschiedet hatte und Hannes schaute dabei verlegen weg.

Dann warf sich Nico mit dicker Jacke auf seinen Roller und düste davon.

Ich ging dann erst mal zum Radio und moderierte meine Sendung. Ehrlich gesagt, war ich heute Abend nicht ganz so lustig und schlagfertig. Ich war mit meinen Gedanken irgendwie woanders. Weiß auch wo. Bei Hannes.

Nach der Sendung stand er schon beim Juze, um mich abzuholen.
Hannes und ich stapften dann durch ziemlich viel Schnee in Richtung seiner Freunde.
Schweigend wohl gemerkt.
Wir kamen an einem Café vorbei.
„Ganz schön kalt", meinte Hannes auf einmal.
„Allerdings. Schneit ja auch wie Sau", antwortete ich.
„Komm", meinte Hannes und ging vor ins Café.
„Bin für eine heiße Schokolade!"
Damit war ich auf jeden Fall einverstanden.

Hannes bestellte „einen Riesenbecher heißer, fetter Schokolade mit viel Schlagsahne, Kakaostreuseln extra und einen Schokokuchen!".

„Willst du mich mästen?" fragte ich lachend.
„Nein, aber ich hab Hunger!"
„Du hast eben gerade das halbe Meer aufgefuttert!"
„Nein, das war nur die Nordsee. Und das ist auch schon wieder vier Stunden her!"
„Du bist sehr faszinierend!"
„Findest du?" sagte Hannes frech grinsend und rückte mir auf einmal ziemlich nah.
„Ja, finde ich" grinste ich zurück.
„Und jetzt?" fragte er auffordernd lächelnd.
„Naja, meine Freundinnen haben schon gesagt, wenn's mit dem großen nicht läuft, dann schnapp dir halt den kleinen Bruder!"

Wow, damit war's raus. Gesagt. Mann. Krass. Scheiße!

„Echt?"
Ich schaute ihn an.
Mittlerweile war mir ein bisschen das Grinsen vergangen.

In dem Moment kam Gott sei Dank die Kellnerin.

„So, zwei extra große Schokoladen mit Sahne, Schokostreuseln, ein Schokokuchen mit extra Sahne und extra groß mit
zwei Löffeln!"

Ich musste lachen. Hannes hat echt einen an der Klatsche.
Das war doch viel zu viel. Ich hab's aber natürlich trotzdem
gegessen.

Und zwischen Sahne und Schokolade hat's echt extrem gefunkt. Ich meine, so richtig gefunkt. Ganz eindeutig ist Hannes mein Typ. Er ist genau das, was ich mir immer vorgestellt habe. Er ist ein bisschen größer als ich, damit kleiner als
Nico, hat wilde dunkle Haare, dunkle Augen, ein total süßes
Lachen, ist irgendwie ein brauner Typ, selbst im Winter und
dafür könnte ich ihn echt beneiden. Zumal er noch Wimpern hat, wo jede andere neidisch werden würde.

Ich hab ihn total angestrahlt und ach, er ist soooooo
süüüüüüß!!! Wir haben total viel gelacht, dann hat Hannes
irgendwann die Rechnung bestellt und die Kellnerin sagte:
„Na ihr Turteltauben? Zahlen wollt's?"

Ich grinste. Hannes auch. Er zahlte und sie sagte noch: „Die
erste Liebe ist halt doch die schönste. Hertha, gell, die erste
Liebe war die schönste?" brüllte sie zu der anderen Kellnerin
rüber.

„Ja!" brüllte die zurück. „Jetzt mach ich nur noch Wäsche
und erziehe seine Kinder!"
Die Kellnerin bei uns am Tisch lachte.

„Na, da könnt ihr euch mit beidem aber noch Zeit lassen!“

Ähm, glaub ich auch.

Ich lächelte nur nett.
Mensch, das könnte alles so schön sein. Aber da ist ja noch Nico.

„Gehen wir?“ fragte Hannes.
Ich nickte und als wir später zu Hannes seinen Freunden liefen, hatte uns die Realität längst wieder eingeholt. Ich bin ja mit dem beknackten Nico zusammen. Sorry, klar, der Typ ist toll, sieht gut aus und ist schon ein halber Mann. Aber er ist eben nicht toll für mich. Das passt einfach nicht.

Und ich bin mir ziemlich sicher, dass er das doch auch merken muss, oder?

„Was denkst du jetzt?“ fragte Hannes so mitten in meine Gedanken rein.
Hm, das ist doch eigentlich eher eine Frauenfrage. Zeigt mir aber, dass Hannes sich dieselben Gedanken macht.

Ich blieb stehen und schaute ihn an.
Wir standen uns genau gegenüber.

Ich wollte all meinen Mut zusammen nehmen und ihm sagen, dass ich nicht mit Nico zusammen sein will. Das ich mit ihm zusammen sein möchte.

Dass er der Richtige ist.

Dass ich mit ihm für immer zusammen sein will.
Oder zumindest mal deutlich länger, als ich es bis jetzt jemals geschafft habe.

Dass er es ist, mit dem ich mir als einzigem vorstellen kann, auch mal mehr zu haben. Also vielleicht sogar das 1. Mal.

So, ich holte gerade Luft, da tönte ein: „Ey Hannes, alter Sack!" und Lukas kam angerast.

„Beste Freunde sind doch immer für was gut", grinste Hannes.

Ich lächelte.
„Hey Nati, grüß dich!" flötete Lukas und bremste mit seinem Fahrrad scharf neben mir, rutschte aber durch den vielen Schnee und lag kurz darauf direkt neben mir auf dem Hosenboden.

„Mann, hier liegen einem die Jungs ja echt zu Füßen!" strahlte ich.
Lukas lachte.
„Ja, aber da muss ich mich wohl hinten anstellen." Damit stand er auf und klopfte im selben Moment Hannes auf die Schulter.

Ich schaute ihn fragend an.
Hannes grinste, zog die Augenbrauen hoch und tat als wüsste er von nichts.
Ich musste lachen.
„Ihr seid ja ein Verein!"
„Ja, warte bis du die anderen alle siehst!"

Wir gingen in einen Garten von dem es eine Nebentür ins Haus und direkt in den Keller gab.
„Was ist das denn?" fragte ich.
„Das ist der Fuchsbau!" sagte Lukas.
„Wie ein Fuchs sind wir hier versteckt und liegen auf der Lauer!" grinste Hannes.
„Okay, und darf ich da mit rein oder ist das nur was für Füchse?"

„Klar darfst du rein“, brüllte Lukas, der schon ums Eck runter und damit voraus gegangen war.
„Du bist doch ein Hase. Und Hannes hat dich in unseren Bau gelockt!“
Ich lachte. „Oh oh!“
„Zu spät“, lachte auch Hannes und gab mir einen Schubs in Richtung Keller.

Dort unten lagen und saßen wirklich viele Typen rum. Wenn ich meine Mädels dabei hätte, müssten wir uns erst mal aufs Klo verdrücken, um unsere Gedanken und Eindrücke zu ordnen.

„Setz dich zu mir“ meinte Lukas, der schon auf der Couch lag. Da ich nicht wusste wohin sonst, tat ich das auch.
Die Jungs waren alle freundlich, aber auch irgendwie abwesend.
Dann sah ich auch warum. Neben kleinen Tüten, also Joints, ging auch eine Wasserbong durch die Runde.
Ich war übrigens die einzige Frau da und die einzige die nüchtern war.
Denn ich konnte gar nicht so schnell schauen, da hatte Lukas und dann auch Hannes die Tüte im Mund.

Alles klar, meine erste Drogenerfahrung. Was mach ich jetzt? Verdammt! Was mach ich jetzt?

Da bot mir Lukas schon die Tüte an.

Ich schaute drauf.

„Du musst nicht, wenn du nicht willst!“ sagte Hannes da im nächsten Moment leise zu mir.

„Ich weiß! Ich muss nicht, weil ich nicht will, weil ich´s nämlich nicht brauche!“ sagte ich bestimmt und lächelnd und war im nächsten Moment tierisch stolz auf meine feste Aussage.

Doch was gelernt im Leben.

Hannes grinste und reichte seine Tüte an irgendeinen anderen weiter, während er mich fest anschaute.

„Gut, dann bleibt mehr für uns! Außerdem kann ich Mädels nicht leiden, die kiffen!" sagte Lukas in dem Moment.
Ich schaute ihn entsetzt an. „Ist nicht dein Ernst?" fragte ich ihn entsetzt.
Lukas grinste und zog nochmal.

„Klar" sagte er, während ihm der Rauch aus dem Mund schoss.
Igitt. Aber irgendwie auch cool.
„Und Frauen gehören hinter den Herd?" fragte ich grinsend und provozierend.
„Nur wenn sie es können!"
„Und wenn nicht?"
„Dann kommt eine polnische Haushälterin!" lachte er und die anderen grinsten mit.
„Gutaussehend natürlich!" fügte er hinzu.
„Ach, ihr seid ja sooo cool. Und während ihr mit euren Söhnen im Garten spielt, vögeln wir längst mit dem Gärtner, dem KFZ-Mechaniker in der Werkstatt, dem Klempner auf der Waschmaschine und dem Postmann auf dem Küchentisch!" lächelte ich ihn siegesgewiss an.

Lukas blieb kurz die Tüte im Hals stecken.

Dann schaute er zu Hannes, die Tüte übrigens immer noch im Mund, was echt lässig aussah. Irgendwie unmöglich der Typ, aber irgendwie auch cool.

„Ey Hannes, da hast dir ja ein Kaliber ausgesucht!"

Ich schaute sofort zu Hannes.
Der grinste nur wissend. „Sag ich doch!"

Und nach einer kurzen Pause: „Aber die hat Nico ausgesucht,
nicht ich!".

Dabei schaute er mich auch gar nicht mehr an, sondern nur
auf den Boden.

„Ja, was ist das eigentlich für ein Scheiße?" fragte da lautstark Lukas.
„Was denn?" fragte ich und tat so, als wüsste ich von nichts.
„Ach komm.." sagte Lukas.
Ich wusste nicht, was ich sagen soll.

„Ihr zwei seid ja offensichtlich fett ineinander verknallt und
du bist aber mit seinem Bruder zusammen. Ich mein, nicht
irgendeinem Kumpel oder einem anderen Vollidiot. Seinem
Bruder!!!!".

Ja, ich weiß. Ganz blöde Geschichte.

Ich mein, was soll ich dazu sagen?
Mir wurde ganz heiß, der Boden drehte sich.
Lag´s an der Luft mit dem vielen Gras oder tatsächlich an der
Tatsache, dass hier gerade jemand ganz offen ausgesprochen
hatte, was ich zu Hannes fühlte.

Und er ja offensichtlich auch für mich.
Was sollte ich also jetzt sagen?
Nach einer kurzen Pause sagte Lukas: „Na, da seid ihr sprach-
los?" und grinste.

„Hör auf Lukas", sagte Hannes da auf einmal.
„Sie hat sich für Nico entschieden!" meinte er.

„Da kannte ich dich aber noch gar nicht", rutschte mir in dem Moment raus.

Scheiße! Scheiße! Scheiße!

Gerade gestanden.

Hannes und ich schauten uns an.
„Und ich könnte nie meinen Bruder betrügen!"

Ich sah ihn an, dann schuldbewusst auf den Boden.
Was hatte ich mir nur gedacht? Dachte ich wirklich, ich könnte mit Hannes zusammen sein? Nachdem die gesamte Familie und auch der Freundeskreis von beiden schon wusste, dass ich mit Nico zusammen bin? Was hatte ich mir nur gedacht?

Danach saßen wir noch so eine ganze Zeit rum, die Jungs haben irgendwelchen Quatsch gemacht, dabei gekifft und gelacht. Aber waren alle ganz schön rumgehangen. Irgendwann hab ich dann keine Lust mehr gehabt. Ich musste raus. Aus der ganzen Luft, aus dem Kiffzentrum, aus der dicken Luft zwischen Hannes und mir. Also sind wir gegangen. Lukas und die anderen haben sich noch von mir verabschiedet.

Lukas hat mich angegrinst und gesagt: „Ich hoffe, du hast jetzt keinen schlechten Eindruck von uns?"
„Nein, bestimmt nicht", antwortete ich ehrlich irgendwie traurig.

„Das ist sein Leben!" meinte Lukas und nickte mit seinem Kopf zu Hannes.

Ich nickte. Und sagte noch mal Tschüss und ging die Treppen vor.

Hannes gab allen noch einen kurzen Handschlag und folgte
mir dann.
Als wir los liefen meinte ich auch gleich: „Ich wusste nicht,
dass du kiffst!“
„Stört es dich denn?“
„Nein! Wieso sollte es auch. Wir sind ja nicht zusammen!“
Hannes nickte nur.
„Genau!“
Genau.

Wir gingen noch ein Stück und mittlerweile war es schon
längst dunkel geworden.
„Du brauchst mich nicht heimbringen“, sagte ich zu Han-
nes.
„Nati, ich...“ stotterte Hannes auf einmal.
Ich stand vor ihm und wollte irgendwas hören.
Ich weiß nicht was, aber irgendwas.
Er sagte aber nichts.
„Ich geh jetzt“ sagte ich zu ihm.
Er schaute mich traurig an.

Gott, das ist ja wie wenn man einen Hund die Wurst vor die
Nase hält und sie ihm nicht gibt. Genauso treu doof kann
Hannes auch schauen.

Ich war gerade echt noch stock sauer. Aber als er da so vor mir
stand, so traurig, so hilflos und so sexy, dachte ich mir nur:
„Lieber Himmel, ich will diesen Typen!“

Dumm nur, weil ich ja Nico auch unbedingt gewollt habe
und jetzt wollte ich Hannes. Will ich tatsächlich immer nur
das, was ich nicht haben kann?

„Ich mag dich Nati!“ sagte da Hannes auf einmal.

Ich lächelte.

„Ich mag dich auch" antwortete ich.

„Gute Nacht" fügte ich noch hinzu und trat einen Schritt auf ihn zu. Das Herz schlug mir bis zum Hals.

„Gute Nacht" hauchte er.

Dann gab ich ihm einen ganz leichten Kuss auf die Wange. Ich hauchte ihn nur und er küsste im selben Moment meine Wange.
Ich trat wieder ein Stück zurück, sah ihn an, lächelte und ging.

Dann dachte ich, okay, Gedanken ordnen. Jetzt sofort. Der Heimweg war allerdings nicht mehr lange genug, um mich zu ordnen.

Nico oder Hannes? Wer soll es sein? Wer kann es sein? Würde es mit Hannes und mir überhaupt klappen? Würden wir uns verstehen? Was wäre mit den Umständen, dass ich ja eigentlich mit Nico zusammen bin? Und was ist mit Nico und mir? Vielleicht mach ich ja alles falsch und bin total unfair? Also irgendwie ist es schon unfair. Nico weiß von nichts und Hannes und ich checken uns ja schon ganz eindeutig ab. Oder? Tun wir doch?

Die Gedanken habe ich bis jetzt noch nicht ordnen können. Wie denn aber auch?
Ich kam nämlich heim und da hat mich gleich meine schwangere Mutter empfangen: „Sag mal Nati, piept es bei dir?" brüllte sie mich gleich an.
„Was ist denn jetzt schon wieder los?" fragte ich genervt.
„Was los ist? Ich kann dir sagen, was los ist! Du bist einfach weg gelaufen! Wir haben uns Sorgen gemacht. Dich auf dem Handy angerufen."
„Das liegt hier!"

„Super, denn da gehört es ja wohl nicht hin!"

„Ach komm, Mama! Reg dich nicht so auf! Und ich bin überhaupt nicht weggelaufen!"
„Ich soll mich nicht aufregen? Dann hör mal gut zu, junge
Dame: Du magst zwar im Moment verwirrt sein, du magst
sauer sein. Aber all das gibt dir kein Recht diese Familie hier
in Angst und Schrecken zu versetzen!"

„Gott Mama, jetzt ist ja gut. Ich war halt unterwegs!"
„Halt unterwegs?! Was ist denn das für ein Ton?" brüllte sie
mittlerweile deutlich zwei Stimmlagen über ihrer sonstigen
Tonhöhe.

„Es tut mir leid, Mama. Ich wollte euch keinen Schrecken
einjagen. Ich musste halt mal raus hier", sagte ich und versuchte mit einem ganz ruhigen Ton einem Streit aus dem
Weg zu gehen.

„Wo warst du denn?" fragte sie.

„Bei Nico und seiner Familie. Wir haben dort Mittag gegessen, dann war ich beim Radio und dann waren wir danach
noch bei Freunden!"
„Du hast dort gegessen?" fragte meine Mutter schon wieder
leicht aggressiv.
„Ja, was ist daran jetzt so schlimm?" antwortete ich genauso
genervt.

„Du kannst doch nicht einfach bei dieser Familie essen!"
brüllte sie jetzt wieder.
„Warum denn nicht?" brüllte ich zurück.

„Was willst du denn überhaupt mit dem Jungen? Der ist doch
viel zu alt für dich! Habt ihr denn auch schon miteinander
geschlafen?" brüllte sie weiter.

„Nein, denn dafür bist ja du zuständig!" schrie ich und mir stiegen sofort die Tränen in die Augen.

Ich drehte mich um und lief die Treppen hoch in mein Zimmer.

„Nati! Nati warte..." rief mir meine Mutter jetzt in einem deutlich sanfteren Ton hinter her.
Aber ich wollte nicht warten.

Ich lief in mein Zimmer und heulte Rotz und Wasser. Man sieht's jetzt noch! Was ein Tag.
Geschätzte sieben Minuten später, also mitten im Timing, klopfte meine Mutter leise an die Tür und rief leise meinen Namen.

Okay, alles wieder im Lot. Haben wir nämlich Streit, dann schaffe ich es meistens, ihr ein schlechtes Gewissen wegen irgendwas zu machen, dann lauf ich beleidigt weg, sie geht in die Küche, atmet durch, schenkt sich ein Glas Wasser ein, trinkt ein Schluck, stützt sich auf die Spüle und schaut aus dem Fenster, denkt kurz nach, atmet nochmal tief ein und aus, dann setzt sie sich auf den Küchenstuhl, denkt nochmal kurz nach, um dann bestimmt aufzustehen und zu mir zu kommen. Ich kenne meine Mutter eben.
Hab ich früher ganz oft beobachtet, um heraus zu finden, wie ich am besten aus einem Streit rauskomme. Soll nicht heißen, dass das ein abgekartetes Spiel ist. Gut, früher vielleicht schon.
Mittlerweile nicht mehr.
Denn dieser Streit ist wirklich ernst.

Also kam sie schließlich in mein Zimmer, hatte ich ja auch nicht abgeschlossen.
„Nati.." sagte sie leise und setze sich zu mir aufs Bett.

Ich sagte nichts, aber das Schluchzen hörte nur langsam auf. Aber ich heulte wenigstens nicht mehr hysterisch.

„Wieso noch ein Baby?" fragte ich.

Ich konnte förmlich hören, wie die Tränen bei meiner Mutter in die Augen stiegen.
„Ich hab es mir gewünscht" sagte sie.
„Wieso?" fragte ich und setzte mich auf.

Sie zuckte nur mit den Schultern.

„Ich weiß nicht", begann sie. „Ich war so jung als ich dich bekommen habe. Und viele werden in meinem Alter überhaupt das erste Mal schwanger. Ich freue mich auf noch ein Kind."

Ich schüttelte verständnislos den Kopf.

„Aber du hast doch schon ein Kind? Und jetzt nochmal eins? So spät?"
„Ich weiß, aber das Leben mit dir war so schön. Und damals hatten wir weder Zeit, noch Geld, noch Nerven für ein zweites Kind. Wir wollten erst mal sehen, wie es läuft, dann haben dein Vater und ich trotz Kind bessere Jobs bekommen, wir konnten das Haus hier kaufen und dann sind die Jahre so vergangen. Und jetzt ist die letzte Chance."

Ich sagte nichts. Irgendwie ja einleuchtend und ziemlich überlegt.

„Außerdem, Nati, du wirst jetzt eine junge Frau. Überleg doch mal, du machst jetzt noch ein paar Jahre Schule, dann hast du dein Abi und wirst wahrscheinlich ausziehen wollen. In irgendein Studentenheim, Party machen und studieren. Und das sollst du auch tun. Dein Vater und ich haben das auch gemacht, ich hab dich nur gleich im Studium bekommen, was richtig war. Aber wenn du draußen in der Welt bist, dann sind wir hier schon alleine. Und wir sind irgendwie noch zu jung, für einen Zwei-Personen-Haushalt. Ich möchte hier noch einige Jahre Leben drin haben. Verstehst du?"

Ich sagte erst mal nichts. Klar verstehe ich das. Wie könnte ich nicht.

„Du kannst dir ja Oma hier rein holen. Und für den Rest sorge ich!" grinste ich leicht.
Meine Mutter lächelte.
Sie packte mich und umarmte mich!
„Du bist und bleibst meine Maus!"

Gut, das wäre geklärt. Was immer das für ein Geschwisterchen wird, es wird das Nachsehen haben. Ich bin die Maus. Es wird der Arsch. So wie Nico zu Hannes war. Ich werde ihm alles abnehmen, ihn kneifen und ärgern, was das Zeug hält. Hoffentlich wird's ein Junge. Dann macht's noch mehr Spass. Wobei, Jungs haben wir durchaus genug. Noch ein paar Jungs in meinem Leben und ich drehe total am Rad.

„Was wird es denn?" fragte ich also vorsichtshalber gleich mal nach.
„Oh, das kann man noch nicht sehen."
Oh, blöd!
„Naja, Hauptsache es ist gesund" sagte ich und wunderte mich über mich selbst. Bin ich human!

Aber meine Mutter lächelte und strich mir eine Strähne aus dem Gesicht.

In dem Moment kam mein Vater heim und brüllte nach meiner Mutter: „Judith??!!!!".

Meine Mutter verdrehte die Augen. „Ich schau mal nach deinem Vater!".

Ich nickte und sie lief aus dem Zimmer.

Als sie ging rief ich ihr noch zu: „Wenn der bald zwei von uns hat, dann solltest du ihm ganz dringend irgendwas verschreiben. Doppelherz oder so."
Meine Mutter musste sich ein echtes Lachen verkneifen, was ehrlich gesagt ganz süß aussah.

Ich hatte dann für den Rest des Abends meine Ruhe, keiner klopfte an mein Zimmer und ich war echt froh darüber.
So konnte ich in Ruhe meine Anrufe auf meinem Handy ordnen.

25 Anrufe in Abwesenheit – von meinen Eltern.

2 Mitteilungen. Eine von meiner Mutter: „Wo bist du?"

Und eine von Nico: „Hey Süße, wie geht's? Hattest du Spass mit Hannes? Gut heimgekommen, oder seid ihr noch unterwegs? Kuss Nico"

Ich hab nicht geantwortet.


**Donnerstag, der 28. Februar**

Okay, neuer Tag, neues Glück. Dachte ich mir so. Bin also aufgewacht und es gab durchaus in der letzten Zeit schon Tage, wo ich verzweifelt war, als ich aufgewacht war. Heute dachte ich aber nur: „Zeit, um in ein neues Leben zu starten!". Immerhin hab ich noch bis Samstag Radio, es taugt mir voll und ich bin heute dran mit der Technik. Das heißt, heute sitze ich am Mischpult und drücke die Knöpfchen.

Bin also gut gelaunt aus dem Bett gesprungen, dann allerdings ist mir aufgefallen, dass meine Mutter ja schwanger ist. Aber kein Problem! Das schaffe ich! Dann ist mir auch aufgefallen, dass ich zwei Mitteilungen auf meinem Handy hatte. Noch eine von Nico: „Hey Süße. Geht's dir gut? Wollen wir uns heute sehen? Ferientag genießen?"
Und die zweite Whatsapp kam von Hannes, eine Stunde später: „Hey Nati. Alles klar bei dir? Nico hat gefragt, ob alles ok ist bei dir. Hast dich wohl nicht gemeldet. Ist alles ok?"

Mann, scheiße. Was jetzt?

Hab zurück geschrieben: „Bin jetzt schon unterwegs. Vielleicht heute Abend? Liebe Grüße Nati"

Und an Hannes: „Können wir uns sehen? Heute Mittag oder so? Sag nichts Nico!"

Kurze Zeit piepste es zwei Mal. Nico meinte, er hätte heute Abend Fußballtraining. Hannes schrieb: „Klar, treffen wir uns um halb zwei am Stadtbrunnen?"

„Geht klar!" schrieb ich schnell zurück. Dann schaute ich auf die Uhr. Halb zwölf. Gott sei Dank hat Gott die Ferien erfunden. Ein bisschen Schlaf hat noch niemandem geschadet.

Bin dann runter in die Küche, hab mir einen Kaba gemacht und aus dem Fenster geschaut. Dann entdeckte ich einen Zettel auf dem Küchentisch.
„Komme zum Mittagessen heim. Um zwölf. Gruß Mama!"
Oh Mann! Jetzt werde ich wieder überwacht.

Bin also schnell in mein Zimmer, hab mich angezogen und gerade noch rechtzeitig mit einem Buch auf die Couch geschmissen, damit ich auch ja den Anschein erwecke, ich sei schon länger wach.

„Hallo Nati", rief mir meine Mutter entgegen, während sie einen Korb in die Küche schleppte.
Ich erhob mich schwerfällig, stapfte in die Küche und schaute ihr zu, wie sie schnell zwei Teller von der Aluminiumfolie befreite und in die Mikrowelle schob.

„Ich hab was zu essen mitgebracht!"

Aha. Lecker.

„Deckst du bitte mal den Tisch!"

Verstehe ich nicht. Da hat sie ein Fertigessen im Pappteller. Wozu also jetzt noch die Mühe machen, Porzellan aus dem Schrank zu holen und dreckig zu machen? Reicht doch auch vom Pappteller. Aber hatte keine Lust zu streiten

Wir haben dann irgendwann angefangen zu essen, als sie angefangen hat mich wegen Nico auszufragen.

„Wie läuft es denn so zwischen dir und deinem Freund?"
„Du meinst Nico?"
„Ja, oder hast du sonst noch einen?"
„Naja.."
„Was soll das heißen?"
„Nichts..."
„Nati?"
„Nein, gar nichts.."
„Ja und wie läuft es dann?"
„Schwierig."
„Warum?"
„Ich weiß auch nicht.. Es ist eben... schwierig.."
„Und was macht es so schwierig?"
„Ich weiß nicht. Es läuft eben nicht so von alleine. Mit Jonathan war es leichter, irgendwie."
„Naja, aber auch nur am Anfang. Bis dann der ganze Trouble

mit Stefanie und dem Kuss kam."

„Ja, aber trotzdem lief es da leichter. Mit Nico ist es mehr so, als wäre ich ihm ein Klotz am Bein. So zumindest fühl ich mich."

„Nati, du bist halt noch so jung!"

„Oh Mann, Mama!"

„Nein, jetzt mal ehrlich! Wie alt ist Nico?"

„17!"

„Und du bist 15. Noch dazu hatte er doch schon eine Freundin. Er drängt dich doch zu nichts oder?"

„Nein."

„Ehrlich? Sag´s mir!"

„Nein, im Gegenteil!"

„Was heißt das?"

„Ich hab das Gefühl, er kann gar nichts richtig mit mir anfangen. Es ist, als ob er sich mit mir langweilen würde. Er mag mich zwar, aber es läuft fast nichts."

„Was läuft denn?"

Ich grinste.

„Nati??"

Meine Mutter bekam Kulleraugen. Ich musste kurz lachen. Dann wurde ich wieder ernst.


„Es läuft gar nichts. Wir haben uns so selten richtig geküsst, das kann ich an einer Hand abzählen. Er interessiert sich einfach gar nicht für mich."

„Vielleicht will er dich aber auch einfach nur nicht drängen."

„Naja, aber es fühlt sich so an, als wäre ich für ihn einfach nur eine gute Freundin. Oder eine Schwester. Er ist zwar immer so besorgt um mich, aber sonst läuft gar nichts. Er macht nicht wirklich mit mir rum, er küsst mich fast nie und ich glaube, er fühlt sich auch nicht so zu mir hingezogen. Also so irgendwie.."

„Nati, du kannst dir doch damit auch noch Zeit lassen."

„Ach Mama.."

„Nati. Lass dir Zeit!"
„Darum geht es doch gar nicht!"
„Nein, worum dann?"
„Zu Nico fühle ich mich auch nicht so hingezogen."
„Und was soll das heißen?"

Ich zögerte. Soll ich es ihr erzählen? Wer weiß, was dann wieder los ist.

„Sag schon Nati. Was willst du machen?"
„Es gibt da einen anderen.."
„Wen denn?"
„Du darfst nicht sauer werden!"
„Wer?"

Ihr Ton wurde schon ein bisschen schärfer.

„Sein Bruder!"
„Ach, Nati", sagte meine Mutter echt genervt.
„Mama, das verstehst du nicht!"
„Nein, das verstehe ich auch nicht! Jetzt hörst du mal auf damit! Du kannst nicht ständig von einem Jungen zum nächsten rennen!"
„Das mach ich doch gar nicht!" motzte ich lautstark zurück.
„Doch das machst du! Erst Jonathan, dann Stefan, dann Nico und jetzt sein Bruder! Du spinnst ja wohl!"

Ich hätte es ihr nicht erzählen sollen!

„Spinnst du jetzt?!" brüllte ich zurück.
„Nicht in dem Ton!"
„Doch! Sehr wohl in dem Ton! Du weißt genau, das mit Jonathan ist scheiße gelaufen. Konnte ich ja nichts dafür. Und Stefan ist doch nur ein Freund!"

„Und wieso jetzt sein Bruder? Nati! Sein Bruder?!"

„Er ist toll. Und wenn du ihn kennen würdest.."

„Wage es nicht, ihn hierher mitzubringen!"

„Was soll das denn heißen?"

„Wenn du mit Nico nicht mehr zusammen sein willst, dann ist das die eine Sache. Dann mach Schluss. Dann bleib aber auch erst mal alleine. Du brauchst doch jetzt nicht ständig einen Freund!"

„Tu ich ja auch nicht!"

„Anscheinend ja schon!"

„Nein, anscheinend ja wohl kaum. Ich brauche keinen Freund! Mit Nico ist es aber scheiße!"

„Schwierigkeiten gehören aber auch zu einer Beziehung. Du kannst nicht immer gleich weglaufen, wenn es schlecht läuft!"

„Tu ich doch auch gar nicht!"

„Tust du wohl! Was ist das jetzt wieder? Es läuft nicht so mit Nico, wie du es dir vorgestellt hast und schon haust du wieder ab. Das geht so aber nicht!"

„Kein Mensch kann mich zwingen mit ihm zusammen zu sein!"

„Natürlich nicht! Aber du kannst deshalb auch nicht gleich zum nächstbesten rennen. Schon gar nicht zu seinem Bruder!"

„Aber mit Hannes ist es anders!"

„Nein, Nati! Nein! Nico war der, den du unbedingt wolltest. Er hat dir Blumen gebracht.."

„Oh, mein Gott. Nur weil er mir einmal Blumen gebracht hat. Die waren außerdem gar nicht von ihm, sondern von den Jungs seiner Mannschaft!"

„Aber er hat sie gebracht!"

„Ja, weil er mich schließlich auch mit seinem dämlichen Fußball bis zu einer Gehirnerschütterung abgeschossen hat!"

„Und dieser Hannes, der spielt kein Fußball?"

„Doch, tut er!"

„Na also!"

„Was soll das jetzt heißen?"

„Dann kannst du auch bei Nico bleiben. Wenn ohnehin beide Fußball spielen. Und dann sind die zwei auch noch Brüder. So unterschiedlich können die ja wohl nicht sein!“

Hat die eine Ahnung!

„Oder du machst mit Nico Schluss, dann ist aber auch Schluss!“
„Ach ja?!“
„Ja, Nati! Werde mal erwachsen!“
„Du sagst doch die ganze Zeit, ich solle noch nicht so schnell erwachsen werden!“
„Du sollst dich aber auch nicht wie ein dummes Mädchen aufführen, dass immer nur das will, was sie nicht haben kann!“
„Du hast doch keine Ahnung!“
„Doch, Nati! Die hab ich! Und lass dir von meiner Erfahrung sagen, dass das alles nur Spinnereien sind. Wenn du mit Nico unglücklich bist, dann mach Schluss. Aber bandle nicht mit seinem Bruder an. Das wäre für Nico peinlich, für uns und seine Familie. Ganz abgesehen von seinen Freunden. Und überleg mal, wie du dann dastehst. Was sollen dann die Leute von dir denken? Das macht man nicht! Nico wäre mit Sicherheit auch von euch beiden sehr enttäuscht!“

Zum ersten Mal während des ganzen Gesprächs konnte ich nichts erwidern. Weil ich einfach weiß, dass sie damit Recht hat. Also sagte ich nichts.

„Ich muss jetzt wieder los in die Arbeit. Und du solltest dich mal zurückziehen und nachdenken. Du kannst ja mal Tagebuch schreiben und dir überlegen, was dir da eigentlich im Kopf rumgeht. Und ich bin mir sicher, dass du dir hoffentlich wieder klarer wirst! Wir sehen uns heute Abend!“

Damit ist sie abgedampft.

Ich hab jetzt Tagebuch geschrieben.

Und ich hasse meine Mutter. Sie hat ja Recht. So irgendwie.


**Donnerstag, der 28. Februar, später**

Ich komme aus dem Grübeln nicht raus. Was soll ich denn jetzt machen? Bin in einer halben Stunde mit Hannes verabredet... Fuck!


**Donnerstag, der 28. Februar, noch später**

Also, ich hab mich mit Hannes getroffen. War nicht gut drauf. Bin an den Stadtbrunnen gekommen und da stand er schon.
„Hey", sagte er fröhlich.
„Hallo", antwortete ich.
„Was ist los?"
„Können wir reden?"
„Klar!"
„Wollen wir ein bisschen spazieren gehen?"
„Okay!"

Hat schon wieder geschneit. Aber nur ganz leicht.

Irgendwann fing ich halt an zu reden. Wir gingen nämlich die ganze Zeit schweigend nebeneinander her.
„Ganz schön kompliziert alles!"
„Ja, schon!"
Ich schwieg wieder für eine Weile.
Mann, ist das scheiße. Ich meine, wir reden hier über etwas, von dem wir nie etwas offen ausgesprochen haben.

Wenn ich jetzt nur alle Zeichen richtig deute, dann ist es so, dass wir zwei tierisch ineinander verknallt sind. Oder eben auch nicht und uns nur was einbilden. Oder aber, er auch alles gar nicht so dramatisch findet wie ich.
Würde er überhaupt so einen Streit mit seinen Eltern wegen mir auf sich nehmen?
Ich weiß gar nicht genau, wie er denkt. Was er sich wünscht. Ob er überhaupt mit mir zusammen sein will.
Ich lief so neben ihm her, dachte über all das nach und wusste einfach nicht, was ich sagen soll. Immerhin hatten wir ja nie darüber geredet bis jetzt. Also liefen wir weiter schweigend nebeneinander.

Irgendwann hielt ich diese Stille aber nicht mehr aus.

Ich blieb stehen, er auch, ich schaute ihn ernst an.

Ich hätte ihn am liebsten geküsst.

„Ich bin mit Nico zusammen!“
„Ja und er ist mein Bruder!“

Kurzes Schweigen.

„Wir sollten uns nicht mehr hinter seinem Rücken treffen“, sagte ich bestimmt.
„Und auch nicht mehr so zu zweit weggehen. Das irritiert mich!“ sagte ich und schaut ihn dabei an.

Er starrte mich an, sagte erst mal nichts.

Dann meinte er: „Du wolltest das Treffen hier, ohne ihn!“

„Ja, um das zu klären!“
„Gut, geklärt!“
„Gut!“

Damit standen wir uns wieder schweigend gegenüber und sahen uns an.

„Du solltest dann gehen!" sagte er und schaute traurig.

Dann bin ich gegangen und hab geweint.


**Donnerstag, der 28. Februar, abends**

Nachdem ich mich mit Hannes getroffen hatte, bin ich also ja zum Radio und hab dort das erste Mal selbst die Technik gemacht. Und wundersamer Weise lief sogar alles glatt. Nur einmal hatte ich mich verdrückt. Statt der Musik hatte ich so ein Lachen abgefahren. Ich hab dann gegrinst und on Air gesagt: „Ups, falsches Knöpfchen!"
Das fanden alle total süß und lustig, weil ich da eigentlich ganz cool reagiert habe und dann einfach die Musik abgespielt habe.
Außerdem war ich heute wieder voll gut. Wir hatten als Thema den letzten Ferientag morgen und was man da noch Sinnvolles machen kann. Tom und Jerry, Melli und ich hatten eine heiße Diskussion, es konnten auch Leute anrufen und tatsächlich haben auch Leute aus unserer Schule angerufen. War echt witzig.


War also mal wieder gut gelaunt. Deshalb bin ich nach der Sendung dann auch noch kurz mit den anderen vom Radio zusammen gesessen.


Dann bin ich in die Küche, hab mir noch eine Cola geholt und auf einmal sah ich jemanden neben mir stehen. Es war Philip, einer vom Radio. Eine Stufe über mir bei uns an der Schule. Eigentlich ein ganz schnuckliger Typ. Längere, dunkle Haare, dunkle Augen und ziemlich groß. Hat aber immer so komische Hemden an.

„Na, Nati, wie läuft's bei dir?"
„Gut. Und bei dir?"
„Ja, doch passt. Die Sendung läuft. Wie letztes Jahr auch."
„Ach ja, du warst ja letztes Jahr schon dabei.."
„Ja genau, aber dieses Jahr sind die Sendungen alle irgendwie besser. Die Morningshow mit Katrin und Jörg ist richtig gut, das Mittagsmagazin auch, Schülerradio sowieso und ihr seid echt auch fit. Sauber die Sendung gefahren heute!"
„Danke", strahlte ich ihn an.
Er lachte.
„Sollten wir eigentlich feiern!"
„Naja", wertete ich ab. Immerhin hab ich das zwar gut gemacht, ist ja aber wohl nichts Besonderes. Denn die anderen fahren ja auch jeden Tag ihre Sendungen. Also bitte..
„Wir können ja nachher was trinken gehen, wenn du magst. Ich lad dich ins Café ein."

Oh Mann, nein! Nicht noch ein Mann! Was ist nur los? Hab ich ein neues Deo, wie in der Werbung? Dass mir auf einmal alle hinterher rennen? Nein, wirklich, noch ein Typ, das halte ich nicht aus.

Außerdem, ja, Philip sieht echt ganz süß aus. Aber für mich ist der wirklich nichts.

„Ähm, ich kann leider nicht. Mein Freund und ich treffen uns schon heute Abend."

Damit hab ich die Situation ganz gut gelöst, fand ich. Dem Typen ist klar, dass ich einen Freund habe und direkt abblitzen lassen habe ich ihn auch nicht.

„Na gut, dann vielleicht morgen.."

Äh, hat der was nicht mitgeschnitten? Ich hab einen Freund! Und ich hab auch schon einen, der danach auf der Liste steht. Also die sollte echt nicht noch länger werden. Erst Nico, dann Hannes und dann noch Philip?

Nein, ich glaub echt nicht.

Also hab ich ihn mit, glaub ich, echt großen Augen angeschaut, gelächelt und gesagt: „Nein, ich glaube das wird nichts", mich umgedreht und bin einfach gegangen.

Der hat ja Nerven!

Hab daraufhin Nico angerufen. Eigentlich wollte ich ihm absagen. Aber er hat dann so süß gemeint, er hätte eine DVD für uns ausgeliehen. Hab vorsichtig gefragt, wer noch dazu kommen würde. Er hat gemeint niemand.
Hab gefragt, wo wir denn die DVD anschauen würden, ob dann sein Bruder auch dabei wäre. Er sagt nein, der wäre vorhin gleich nach dem Essen weg gegangen und seitdem fort. Wohl im Fuchsbau.
Dann kann ich nur hoffen, dass er da auch bleibt. Fahre nämlich jetzt zu Nico. Er ist immerhin mein Freund! Er und kein anderer!

Bin kurz heim, hab mich umgezogen, meiner Mutter einen Zettel geschrieben, dass ich bei Marie sei um mit ihr eine DVD zu schauen. Hatte echte keine Lust, mir schon wieder was anhören zu müssen, nur weil ich mich jetzt wieder mit Nico getroffen habe. Marie hatte ich natürlich aufgeklärt, falls meine Mutter sie hysterisch anruft oder noch schlimmer, ihr vorher auf der Straße oder irgendwo in der Stadt begegne. Man weiß ja nie.
Musste Marie natürlich die ganze Geschichte erzählen. Kam dann auch später zu Nico als ausgemacht. Aber da gab´s eben einiges zu bereden.

Hab ihr alles erzählt. Von vorne bis hinten.

„Mensch, Nati", sagte sie zum Schluss.

„Bist du dir ganz sicher, dass du wirklich mit Nico zusammen sein willst und nicht mit Hannes?"

„Ja! Und darüber gibt's auch keine Diskussion mehr. Das stimmt schon, dass die beiden Brüder sind, mit dem gleichen Freundeskreis, dem Fußballverein und so, das geht einfach gar nicht."

„Ja, schon irgendwie. Aber wenn ihr zwei nun mal ineinander verliebt seid und es mit Nico auch nicht so läuft.."

„Dann gibt mir das noch lange nicht das Recht, immerhin ausgerechnet das zu wollen, was ich nicht haben kann. Glaubst du nicht, dass ich vielleicht ein bisschen übertrieben reagiert habe auf meinem Beutezug nach Nico? Und das wäre doch jetzt das gleiche mit Hannes, oder?"

„Ja, irgendwie vielleicht schon. Vielleicht aber auch nicht.."

„Tja, aber da wir das nicht wissen, kann ich das ja nicht schon wieder ausprobieren. Nachher bin ich mit Hannes zusammen und will dann Lukas oder wer weiß sonst wen. So ein Mädchen will ich nicht sein. Da bin ich ja nachher wie Stefanie.."

Nein, so will ich wirklich niemals werden.

„Naja, also davon bist du ja echt noch ein Stückchen entfernt!"

„Sag das nicht", sagte ich und musste leicht lachen.

„Okay, dann wünsch ich dir heute einen schönen Abend mit Nico!"

„Danke", sagte ich, legte auf, dachte kurz nach, ging in die Küche, trank ein Schluck Wasser, lehnte mich auf die Spüle, schaute aus dem Fenster, atmete mal tief ein und aus, setzte mich auf den Stuhl, dachte nochmal kurz nach, mein Kopf war allerdings ziemlich leer, also stand ich bestimmt auf, zog mir was Nettes an, kämmte meine Haare und stiefelte durch den Schnee zu Nico.

Als ich dort klingelte machte mir seine Mutter auf: „Oh, hallo Nati. Das ist ja schön. Komm rein. Nico ist oben in seinem Zimmer!“

Ich ging also hoch, kam ins Zimmer und er hatte die Couch so gestellt, dass wir bequem darauf liegen konnten, hatte schon Saft und Wasser geholt und Chips, einen Film bereit liegen und mich dann beim Film schauen endlich mal in den Arm genommen. Immerhin, wir kommen doch mal weiter.

Während dem Film musste ich auch immer wieder nachdenken. Nein, ich hatte alles richtig gemacht. Ich wollte Nico, jetzt bleibe ich auch bei ihm. Ich fühlte mich echt auch total wohl, so in seinem Arm.

Als der Film später fertig war, stand er auf, machte den DVD-Player aus und zappte noch ein bisschen durch die Kanäle, hielt mich aber wieder im Arm. Eine halbe Stunde später war ich so gelangweilt, dass ich ihm sagte, ich müsse dann langsam mal heim.
Er stand mit mir auf und begleitete mich noch zu Tür.

Auf dem Weg zur Tür trafen wir noch seinen Vater. „Sagt mal, wisst ihr wo Hannes ist?“
„Nein, keine Ahnung“, antwortete Nico.
„Weißt du nicht wo er steckt?“ fragte mich Nico.
„Ich? Nein! Woher denn?“ antwortete ich etwas genervt.
Woher soll ich wissen, wo der Idiot steckt?

„Der ist bestimmt im Fuchsbau!“, sagt Nico noch.
„So spät? Na gut, ich versuch's nochmal auf dem Handy“, sagte sein Vater und ging.

Nico wandte sich zu mir.

„Und du bist sicher, dass du alleine heim laufen kannst?“

„Ja, aber klar doch. Kein Problem."
„Aber schreib, wenn du angekommen bist."
„Ist gut, mach ich!"

Und dann endlich, gab mir Nico einen richtigen Kuss. Mein erster an diesem Abend. Er war allerdings total kurz.

Ich ging. Enttäuscht. Traurig. Niedergeschlagen.

Läuft doch echt Scheiße! Bin doch nicht seine Schwester. Und natürlich würde es mich freuen, wenn er mich noch heimbringt. Wenigstens ein Stück. Es ist immerhin schon nach zehn, stockdunkel und es schneit. Ich bin ja eigentlich kein Angsthase.
Aber ein bisschen mulmig ist es mir schon, so weit heim zu laufen. Ohne jemanden an meiner Seite. Ich finde, da sollte Nico mich schon ein Stück begleiten. Ich sehe zwar in meiner dicken Jacke aus wie ein Michelinmännchen, dass bestimmt nicht so leicht von jemandem sexuell belästigt wird, zumal es dem bestimmt auch zu kalt wäre, aber trotzdem.
Nico bietet mir ja auch immer an, dass er mich heimbringt. Aber immer nur so halbherzig. Nicht so ernst gemeint.
Und wenn ich dann sage, dass ich es schon alleine schaffe, so schnell kann ich gar nichts sagen, wie er dann schon sagt: „Na gut, aber schreib, wenn du angekommen bist!"
Super.

Ich stapfte also schon durch den Schnee als ich auf einmal eine Gestalt auf mich zukommen sah. Konnte lange nichts erkennen, weil der Typ die Jacke ins Gesicht gezogen hatte und mit gesenktem Kopf lief und ich immer nur was sehen konnte, wenn er unter der Straßenlaterne durchlief.

Erst als er mir schon ziemlich nah war, erkannte ich Hannes.

Mir rutschte sofort das Herz in die Hosen.

„Hallo" sagte ich und blieb ganz kurz stehen.
„Hey", sagte er, blieb nicht stehen und lief an mir vorbei.

Arschloch!

Ich lief also auch weiter.

Fünf Schritte später hörte ich ihn auf einmal hinter mir rufen: „Gehst du jetzt heim oder was?"

„Ja, nach was sieht es denn aus?"

Ich drehte mich rum. Er schaute genervt. Dann lief er wieder auf mich zu.

„Dann komm", sagte er bestimmt und lief an mir vorbei.
„Was machst du denn?"
„Ich bring dich heim!"
Ich blieb weiter stehen, während er schon vorausging.

„Oh danke, das ist aber nicht nötig!" sagte ich ein bisschen bissig.
„Meinst du etwa, ich lasse dich alleine hier um die Uhrzeit durch die Dunkelheit latschen?" fragte er nun.
„Hey, du musst mich nicht heimbringen. Ehrlich nicht! Außerdem warten deine Eltern schon auf dich!"
„Ja und?! Deine auch. Also los jetzt! Sonst kriegen wir beide noch Ärger!"

Ich überlegte kurz.

Es war kalt und mit ihm hier zu streiten machte ja jetzt auch keinen richtigen Sinn, oder?

„Los jetzt! Oder ich bin längst vor dir bei dir zu Hause", sagte er und stapfte weiter.

Also folgte ich ihm. Er wartete kurz und dann liefen wir mal wieder schweigend nebeneinander her.

„Das er dich alleine laufen lässt, ist echt unmöglich", meinte er auf einmal.
„Das ist schon okay.."
„Ja, klar..." meinte er wütend.
„Er ist sich nur zu fein, um bei dem Wetter raus zu gehen, der feine Kerl", sagte er aggressiv.
Ich wusste nicht, was ich dazu sagen sollte. Er klang so wütend. Ich hatte Angst, dass jedes Wort das falsche sein könnte.

Also sagte ich nur: „Danke, dass du mich begleitest!"
„Das ist ja wohl selbstverständlich", murmelte er.

Ich sah ihn verstohlen von der Seite an.

Ja, es sollte tatsächlich selbstverständlich sein, dass ein Freund seine Freundin bei dem Wetter und der Dunkelheit nach Hause bringt. Aber Nico tat es nicht. Stattdessen war es Hannes. Was soll mir das jetzt sagen?

Als ich nach Hause kam, hab ich gar nichts groß zu meinen Eltern gesagt. Ich hab nur kurz ins Wohnzimmer geschaut. Mein Vater hatte Fernsehen geschaut und meine Mutter schon geschlafen. Die Hand auf ihrem Bauch.

„Ich bin wieder da. Ich geh gleich ins Bett Papa!"
„Ist gut, Nati. Schlaf gut!"

Gut schlafen. Von wegen. Zwei Stunden später und bin immer noch hellwach!

**Freitag, der 29. Februar**

Meine Mutter kam heute Morgen in mein Zimmer. Hab noch voll geschlafen.
„Geh heute mal zur Oma", sagte sie ziemlich laut.
„Mann, Mama, ich schlaf noch!"
„Ja und? Du musst doch nicht immer bis um zwölf schlafen!"
„Tu ich ja gar nicht. Aber ich hab Ferien."
„Ja, deshalb hast auch nur Flausen im Kopf."

Oh Mann!!!!!!! War ich wütend. Hab mein Kissen über meinen Kopf geschmissen und gebrüllt:
„Was ist denn jetzt schon wieder los?"
„Du sollst zur Oma gehen!"
„Ja, ist ja gut. Kann ich machen!"
„Da kannst du Mittagessen."

Manchmal könnt ich sie echt erwürgen.

„Ja, mach ich."
„Was machst du dann heute noch?"

Was geht sie das an?
Ich setzte mich also voll genervt auf, schaute sie verständnislos und an meinte: „Wieso?"

„Weil ich's gerne wissen würde. Musst du eigentlich noch Hausaufgaben machen?"
Ich warf mich rücklings wieder ins Bett. Ich kotz ihr jetzt echt gleich hier vor die Füße.

„Nein. Keine Hausaufgaben. Und dann geh ich zum Radio. Denn da hab ich ja eine Sendung.."
„Das musst du jetzt überhaupt nicht so schnippisch sagen."
„Ja, aber du fragst ja schon wieder so blöd!"

„Jetzt krieg dich mal wieder ein. Wie man es macht, dir ist es nicht recht. Auf der einen Seite beschwerst du dich, dass sich niemand für dich interessiert und auf der anderen Seite willst du nichts erzählen. Bist wohl schon zu cool für uns!"

Ich weiß ehrlich nicht, was im Moment los ist. Früher waren meine Mutter und ich quasi fast beste Freundinnen. Also nicht ganz. Eine Mutter bleibt immer eine Mutter. Aber es war alles in Ordnung. Ich konnte ihr alles erzählen. Und heute läuft es andauernd so scheiße, dass wir uns die ganze Zeit streiten. Ich weiß echt nicht, was das heute Morgen schon wieder für eine Aktion war.

„Ist ja gut. Ja, ich gehe heute zur Oma zum Mittagessen. Und dann zum Radio!"
„Gut. Wollt ich ja nur wissen. Und für die Schule musst du nichts mehr machen?"
„Nein."
„Gut, dann glaub ich das. Wir sehen uns heute Abend."
„Ja..."

Dann glaub ich das? Denkt die jetzt etwa, ich lüge sie an, was die Schule betrifft?
Weiß echt nicht, was sie hat.

Bin dann jedenfalls zu meiner Oma gegangen und hab dort Mittag gegessen. Die hat mich dann gefragt, was das Radio so macht, die Schule, mein Freund und meine Mädels.

Und das war echt krass. Denn zu allem hatte ich eine Antwort. Nur zu meinen Mädels hatte ich keine Antwort. Also hab natürlich schon gesagt, dass es ihnen gut geht, dass wir alle die Ferien genießen und dass sie auch alle einen Freund haben. Aber ich war mir gar nicht sicher, ob das noch so ist. Bei Nina könnte es mit Andi auch schon längst wieder rum sein.

Hab zwar vor ein paar Tagen mit Marie auch immer wieder telefoniert, aber da ging es nur um mich. Ich glaube, ich habe sie nicht mal gefragt, wie es ihr geht. Geschweige denn den anderen beiden.

Ich glaub, ich verhalte mich grad voll arschlochmäßig.

Ich muss jetzt dann zum Radio, hab davor aber noch genug Zeit, um sie mal anzurufen.


**Freitag, der 29. Februar, abends**

Hatte heute Mittag dann erst mal Marie angerufen. Sie war total lieb, wie immer. Aber sie war schon reserviert. Hab aber gleich gesagt, dass ich mit meinen Eltern, mit dem Radio und mit Nico viel Stress im Moment habe,,. Das hat sie dann gleich verstanden und erzählt, dass es mit ihr und Marc ganz gut läuft. Dass ihr aber manchmal jetzt so in den Ferien ein bisschen langweilig ist und Marc manchmal auch nervt. Sie hat aber gesagt, sie hört jeden Tag meine Sendung. Das fand ich echt total süß.

Und dann hab ich gleich ein total schlechtes Gewissen bekommen. Hab mich ja echt aufgeführt wie ein egoistisches Arschgesicht.

„Willst du nicht heute Mittag ins Juze kommen und bei der Sendung im Studio zuschauen? Das ist echt total toll. Und alle da sind voll nett."
„Ehrlich? Aber ich weiß nicht. Ich kenne doch da gar keinen. Und ich will auch nicht stören!"
„Quatsch, du störst doch nicht. Du bist meine Freundin und damit auf jeden Fall willkommen. Los, komm mit. Ich hol dich in einer halben Stunde ab, ja?"

„Ja, okay", sagte Marie schließlich doch ganz begeistert.

Hab mich voll gefreut, dass sie tatsächlich mit ist.

Marie und ich sind dann gemeinsam zum Juze gelaufen und haben uns echt gut unterhalten.
Dann sind wir im Juze angekommen, ich hab ihr ganz viele Leute vorgestellt, Melli, Tom und Jerry kannte sie ja von der letzten Party, aber erst dieses Mal fielen ihr die blöden Namen von den beiden Jungs auf und darüber hätte sie echt stundenlang kichern können.

Dann haben wir Sendung gemacht. Heute war wieder Tom an der Reihe und ist echt eine gute Sendung gefahren. Aber wir Co-Moderatoren waren auch nicht schlecht. Ich war sogar mal wieder richtig gut. Was hauptsächlich auch daran lag, dass Marie mit dabei war und das natürlich enorm pusht, weil man ja nicht wie ein Idiot dastehen will.

Danach sind wir aus dem Studio gelaufen und Marie war total aufgedreht und gut gelaunt.
Dann hing sie auf einmal am Handy: „Ja, ich bin schon unterwegs. Ich war noch bei Nati im Studio. In der Live-Sendung von ihr. Da konnte ich nicht telefonieren. Aber jetzt bin ich gleich da. Gut, bis gleich."

Ich grinste sie an. „Marc?" sagte ich süß affig.
Marie lächelte: „Nein, die Mädchen!"

Mein Lächeln verschwand. Die Mädchen. Die Mädchen? Ich meine, unsere Mädchen? Nina und Lilly?

Scheiße, die gehen ins Café und haben mich nicht mal gefragt, ob ich mitkommen will. War ich so ein Arsch die letzten Tage?

„Hast du Zeit? Dann komm mit!“
„Ich weiß nicht..“
„Warum nicht?“ fragte Marie entsetzt.
„Ich weiß nicht. Vielleicht wollen die zwei ja gar nicht, dass ich dabei bin.“
„Was?? Wieso das denn??“
„Keine Ahnung. Ihr habt ja auch nicht mich gefragt..“
„Nati, jetzt mal ganz ehrlich: Du warst diese Woche tierisch eingespannt. Und du bist echt mit dir beschäftigt..“

Ja, ich bin scheiße. Weiß Bescheid.

„Und genauso geht's den anderen auch“, sagte sie aber gleich darauf.

Ich schaute sie fragend an.

„Los, komm mit! Ich bin mir sicher, wir vier, wir haben eine ganze Menge zu besprechen.“
„Okay. Ich sag hier noch schnell Tschüss und dann muss ich schnell meine Mutter anrufen und ihr Bescheid geben. Sonst ist gleich wieder Polen offen!“

Hab ich gemacht. Meine Mutter war etwas skeptisch.

„Du kannst gerne am Café vorbei fahren und dich davon überzeugen, dass ich mit den Mädels da bin und nicht mit einem Haufen Jungs, wenn du dir nicht sicher bist“, hab ich relativ schnell und schnippisch zu ihr am Handy gesagt.

Dann hat sie nicht mehr viel dazu gesagt und nur gemeint, ich solle bis um acht zu Hause sein.

Gut, das ist eine Ansage, mit der ich leben kann. Ist zwar Freitag, ich hab Ferien und sonst nichts mehr zu tun, aber gut. Dann bin ich eben um acht Uhr zu Hause wie ein Baby.

Bald liegt die Aufmerksamkeit ohnehin nur noch auf dem neuen Baby, dann bin ich abgemeldet und hab endlich meine Ruhe. Olé ‚olé – kann's kaum noch abwarten.

Sind dann ins Café.

Lilly und Nina saßen schon da.

„Hey Nati", sagte Lilly.
„Hallo", antwortete ich.

Dann haben wir uns dazu gesetzt und Marie und ich haben bestellt.

„So liebe Freundinnen, ich glaube, ihr habt euch einiges zu erzählen!" sagte Marie auf einmal.
Ich sah in die Runde. Hä?

Lilly sah ziemlich fertig aus, Nina ziemlich verwirrt, Marie war die einzige, der es offensichtlich gut ging.

„Ich kenne all eure Geschichten, ihr hingegen habt die letzten Tag hauptsächlich mit euch selbst und euren Problemen verbracht. Also was ist bei euch los?"

„Thomas hat mit mir Schluss gemacht", sagte Lilly.
Ich war entsetzt.
Nina auch. Offensichtlich wusste auch sie von nichts.

„Ich hab mit Andi geschlafen!" sagte Nina. Das traf mich wie ein Hammer. War kurze Zeit weggetreten.

Dann sahen die drei zu mir. „Ich bin in den Bruder meines Freundes verliebt!"
„Und meine Eltern lassen sich scheiden!" sagte Marie.

Mann, ganz offensichtlich tatsächlich genug Gesprächsbedarf. Was war auf einmal mit unserer vorher so heilen Welt los? Thomas und Lilly hatten sich nach dem Faschingsumzug am Fastnachtsdienstag gestritten, weil er mit einer anderen ganz offensichtlich geflirtet hatte. Sie haben lautstark gestritten, Schluss gemacht und seitdem nichts mehr voneinander gehört.

Nina hat nach dem Rosenmontagsball total betrunken mit Andi geschlafen. „Es war richtig scheiße, wehgetan hat's auch!" sagte sie. Ich war total geschockt. Dass eine von uns so schnell mit einem Jungen schläft, damit hätte ich gar nicht gerechnet.
„Andi war total voll, ich auch und es war überhaupt nicht romantisch, es war richtig scheiße. Es war wie ein schlechtes Doktorspiel."

„Und jetzt?", fragte ich.

Nina stiegen ganz leicht Tränen in die Augen, aber sie hat gelächelt.
„Am Faschingsdienstag haben mich daraufhin seine beiden besten Freunde angesprochen. Sie wollten mit mir anstoßen. Auf meine nicht mehr vorhandene Jungfräulichkeit! Ich war dagestanden wie ein Idiot! Dass er das auch noch erzählt. So ein Arsch!"

„Hast du ihn darauf angesprochen?" fragte Lilly.
„Ja, hab ich natürlich. Er hat gesagt, ich solle mich nicht so anstellen, es wären seine beiden besten Freunde und natürlich würde er es ihnen erzählen."
„War es denn auch sein erstes Mal?" fragte ich Nina.
„Nein, er hatte es schon mal mit seiner Ex."
„Und dann war er so unvorsichtig?" fragte Marie.
Nina zuckte mit den Schultern: „Ich glaube, der Alkohol hat nicht geholfen. Und ich kann euch nur abraten, dasselbe auch

so zu probieren.“

Krass.

„Und jetzt?“ fragte ich sie.
„Keine Ahnung. Wir haben uns zwar nochmal gesehen und auch telefoniert. Aber auf einmal ist es total scheiße!“

Das ist echt scheiße.

„Und bei dir?“ fragte Nina.
„Mit Nico läuft´s auch scheiße. Ich meine, er ist lieb und nett. Aber es ist mehr so, als wäre ich seine kleine Schwester. Da kommt überhaupt nichts rüber. Wir machen nie wirklich rum und es ist auch überhaupt nicht so, dass ich Schmetterlinge im Bauch hätte. Die ganze Zeit schon nicht. Ich glaube auch, dass er sich überhaupt nicht richtig für mich interessiert. Er hat mich halt. Und eigentlich hängt er noch an seiner Ex-Freundin Luna.“

„Und was ist das jetzt mit seinem Bruder?“ fragte Lilly.
„Naja, da ist es ganz anders. Hannes ist total süß, er kümmert sich um mich, er bringt mich abends heim, er stellt mir seine Freunde vor, holt mich vom Radio ab, er zahlt mir einen riesigen Schokoladenbecher und Kuchen und so..“
„Ihr hattet schon Dates?“ fragte Lilly.
„Naja, was heißt Date?“
„Im Allgemeinen genau das, was du gerade beschrieben hast“, antwortete Nina.
„Was sagt denn eigentlich Nico dazu?“ fragte Lilly.
„Naja, das ist ja das Ding. Er findet es gut, dass ich mich so gut mit Hannes verstehe. Dann hat er mich irgendwie von der Backe.“
„Wow. Das ist ja echt krass!“ sagte Lilly.

„Hannes? Ist das der kleine Zorro von Fasching, oder?“

„Ja, genau", antwortete ich und musste unweigerlich lachen.
„Ja und was hindert euch jetzt genau daran, zusammen zu sein?" fragte Nina weiter.
„Weil das nicht geht. Nico interessiert sich zwar nicht so für mich, aber immerhin ist er mein Freund und der Bruder von Hannes. Eine Familie. Das macht es kompliziert. Und deshalb hab ich Hannes gesagt, dass wir uns nicht mehr alleine treffen können. Er fand das auch. Weil er seinen Bruder auch nie hintergehen würde."

„Das ist scheiße", sagten Lilly und Nina.

Seh' ich ja auch so.

„Und was ist bei dir los Marie?"
„Keine Ahnung. Ewige Zeiten hab ich mir gewünscht, dass sich meine Eltern endlich trennen, weil sie nur noch gestritten haben. Und jetzt ist es soweit und daheim ist die Hölle los. Mein Vater hat eine neue Frau, ist zu ihr gezogen und meine Mutter heult die ganze Zeit. Ist echt scheiße."

Mann, wie beknackt! Wie kann ein eben noch so unbeschwertes Leben von vier Freundinnen auf einmal so kompliziert sein? So traurig? So voller Probleme?

Und das schlimmste ist, man kann dem anderen keinen Rat geben. Was sollen wir Lilly raten mit Thomas? Trennen, reden, vergessen?

Und Nina ist ganz dramatisch. Mit einem Jungen zu schlafen ist schon ein enormer Schritt, aber dann wissen auch noch alle Bescheid. Das ist doch echt scheiße.

Und seit es mit meinen Eltern so scheiße läuft, kann ich auch Marie total gut verstehen. Wenn zu Hause ständig Ärger und Stress ist, kann das Leben zu Hause ganz schön nervig werden. Aber was kann man da machen?

Und mir kann natürlich auch keiner was raten. Dass es schön wäre, wenn ich mit Hannes zusammen wäre, das ist klar. Aber unter den Umständen ist das unmöglich. Also kann ich Hannes nur aus dem Weg gehen, mich auf Nico konzentrieren oder aber Schluss machen. Keine Optimallösung. Wirklich nicht. Und dazu, dass meine Mutter und ich in der letzten Zeit irgendwie nicht mehr auf einem Nenner kommen, dazu konnte mir natürlich auch keiner richtig was sagen. Weil's einfach sackschwer ist, bei so vielen Problemen die richtigen Lösungen zu finden.

Also saßen wir vier irgendwann ganz schön traurig vor unserer Cola light.

Um viertel vor acht sind wir alle los gegangen und haben uns fest gedrückt und ich hab allen dreien befohlen, morgen zu unserem Radio-Abschlussabend ins Juze zu kommen. Damit wir mal auf andere Gedanken kommen.
Ich moderiere da nachmittags noch Sendung und dann ist da ab acht die totale Party. Und ohne die drei wollte ich nicht feiern. Das hat sie natürlich auch total gefreut. Wenigstens ein kleiner Lichtblick, mal aus seinem Leben rauszukommen.

Wir haben uns dann alle noch gedrückt, dann bin ich heim.

Hab mich kurz mit meiner Mutter unterhalten. Sie wollte genau wissen wie es war, hab aber nur erzählt, dass Maries Eltern sich getrennt haben. Hatte keine Lust auf weitere Diskussionen.
Deshalb hab ich nichts weiter gesagt.

Hab dann kurz ein Brot gegessen, bin hoch in mein Zimmer und hier liege ich jetzt.
Mir ist langweilig. Ich glaube, ich schlafe jetzt. Ist zwar erst

neun, aber die Welt ist gerade irgendwie zu traurig, um wach
zu bleiben.


## Samstag, der 01. März

Heute war ja unser Radioabschluss. Ich bin schon früh da
gewesen. Es ist toll, mit all den anderen Leuten auch einfach
nur rumlungern zu können. Ich hatte kurz zu Hause Mittag
gegessen, mich dann aber vom Acker gemacht.

Meine Mutter wollte aber noch, dass ich ihr Zusage, dass
mich Papa um halb zwölf vom Juze abholt. Hab dann gleich
gefragt, ob er meine Mädels dann auch nach Hause fahren
kann. Ging natürlich klar.

Mittags saß ich die ganze Zeit mit irgendwelchen Leuten vom
Radio rum und hatte mich echt wieder besser gefühlt.

Dann kam ein Anruf von Nico. Er wollte wissen, ob ich am
Abend Lust habe, mit ihm ins AKW zu gehen. Hab ihm ge-
sagt, dass das nicht geht, weil wir den Abschlussabend beim
Radio im Juze haben.
Er hat, glaub ich. übrigens nicht einmal meine Sendung ge-
hört. Irgendwie ganz schön traurig, oder?

Jedenfalls hab ich ihm dann abgesagt und wäre es nicht Mittag gewesen, noch vor meiner Sendung, ich glaub, ich hätte
echt Lust gehabt, mich zu betrinken. So ging das aber nicht,
was auch besser ist, betrachtet man vor allen Dingen die Tatsache, dass mein Vater mich abholen wollte und ich da besser
nicht voll blau aufschlagen sollte.

Also hab ich später mit all den anderen meine Sendung moderiert und es war echt lustig und irgendwie traurig, jetzt auf-

zuhören. Jetzt, wo es gerade so schön war. War zwar auch viel Arbeit, aber ich hatte mich schon dran gewöhnt. Ich hätte echt noch weiter machen können.

Dann später, nach unserer Sendung ging dann schon langsam die Party los. Es wurden extra noch ganz viele Getränke geliefert und wir Mitarbeiter vom Radio bekamen ein Bändchen um den Arm. Damit konnten wir alles umsonst trinken.

Später kamen dann auch Nina, Lilly und Marie. Sie sahen richtig gut aus. Aufgebrodelt wie halt früher auch schon fürs Juze. Ich hingegen war, durch die Stunden beim Radio, schon leicht geschafft.

„Kein Problem", sagte Nina und die drei gingen mit mir ins Bad und kurze Zeit später waren meine Frisur und Make up frisch und gutaussehend.

Dann begann die Party, das Radio wurde laut ins Juze übertragen und es war ein echt gemütlicher Abend. Ich kannte natürlich tausend Leute, alle haben sich kurz mit mir unterhalten wollen, aber ich habe schon geschaut, dass ich viel bei meinen Mädchen bin. Immerhin können wir uns im Moment, glaub ich, alle ganz schön gut gebrauchen.

Dann, so gegen neun als das Juze schon ziemlich voll war, begann Volkmar, unser Leiter, dann auf einmal eine Rede. Davon wusste ich auch nichts. Er erzählte nochmal von den Anfängen des Radios, wie es sich in diesem Jahr entwickelt hatte und wie toll alle mitgemacht hätten. Wie viel Arbeit wir gehabt hätten und so.
Dann sagte er, dass er sich besonders freue, in diesem Jahr so vielen jungen Leuten die Auszeichnung und Urkunde zu überreichen, dass man hier erfolgreich teilgenommen hatte.

Davon wusste ich gar nichts.

Aber Volkmar rief jeden einzeln auf, man bekam eine Urkunde und eine Teilnahmebescheinigung, wo drauf stand, dass man moderiert hatte, Redaktion gemacht hat, Technik, Interviews, Schnitt und so weiter.

Einer nach dem anderen kam also dran und ich war ziemlich nervös. Dann wurde mein Name aufgerufen, ich ging vor, um meine Urkunde abzuholen und Marie, Lilly und Nina grölten und klatschten ganz laut, aber natürlich klatschten auch alle anderen. Das war echt ein schönes Gefühl. Ich bin noch nie von Leuten beklatscht worden. Das hat mir auf jeden Fall echt getaugt.

Ich hab mich dann zu den anderen vom Radio auf die Bühne gestellt und dann hat ein Fotograf von unserer Regionalzeitung ein Bild von uns allen gemacht. Wir standen im Halbkreis, alle mit unseren Urkunden in der Hand und ich hab gestrahlt.

Und zum ersten Mal in meinem Leben kann ich sagen, dass ich wirklich stolz bin auf mich. Ich stand da oben und bin fast geplatzt vor Stolz. Dass ich mich getraut hatte, mich da überhaupt anzumelden. Dass ich dann tatsächlich da hingegangen bin, obwohl ich keinen kannte und dass ich dann auch noch so gut Anschluss an die Leute gefunden habe und tatsächlich auch gar nicht so schlecht moderiert habe.

Ich habe so in die Runde geschaut. So viele Leute haben uns nochmals applaudiert. Uns allen. Damit auch mir. War ein echt irres Gefühl.

Und als ich so zu meinen Mädchen geschaut habe, hab ich auch gesehen, dass sie stolz auf mich waren.

Und in dem Moment hätte ich mir tatsächlich gewünscht, dass meine Eltern da gewesen wären. Dass sie das auch hätten sehen können. Dass ich eben nicht auf einmal so scheiße bin, wie es für sie im Moment wohl rüber kommt. Aber wie das halt manchmal so ist. Manche Dinge kann man nicht ändern. Denn natürlich haben weder Nico noch Hannes diesen Moment miterlebt. Irgendwie fand ich das schade. Andererseits war das eben mein Moment. Meiner ganz alleine. Ich hatte das ja auch alleine geschafft. Und war ich froh, dass meine Mädels da waren. Auf Freundinnen ist eben doch immer Verlass.

Um zehn Uhr ging dann die Abschlusssendung los und da wurden wir alle nochmals interviewt, wie wir die Woche so erlebt haben und was uns am meisten Spaß gemacht hat.

Um zwölf Uhr wurde das Radio abgeschaltet. Ich war gerade nach Hause gekommen, bin schnell hoch in mein Zimmer, hab´s eingeschalten und dann wurde der Jingle gespielt, den wir heute Nachmittag noch schnell produziert hatten. Volkmar, der Leiter bedankte sich förmlich bei den Hörern und verabschiedete sich ins nächste Jahr und wir brüllten dann alle im Hintergrund „Bis nächstes Jahr" grölten und pfiffen. Dann war es ruhig auf der Leitung. Nur kurz, aber dieser kurze Moment hat mir gezeigt: Alles klar, jetzt ist es vorbei!

Klar, die Frequenz wird ja jetzt auch wieder von unserem Lokalsender belegt, der mehrere Frequenzen hat und wir haben ja von Radio Lokal jetzt jeden Dienstagabend zwei Stunden Sendezeit. Aber es ist eben nicht mehr das Gleiche. Nicht alle von uns werden immer da sein. Im Gegenteil. Das Studio wird abgebaut und die Dienstagssendung wird aus dem Studio von unserem regionalen Sender gefahren. Wir können also nicht mehr 24 Stunden im Juze rumlungern. Ich werde die anderen alle nicht mehr so oft sehen und moderieren werde ich da auch nicht so schnell. Das machen eher die Großen von uns.
Dann kam ein Jingle von unserem Regionalradio, man bedankte sich für die Jugend der Stadt und ihren Einsatz und es

folgte der Hinweis, dass auf der Frequenz nun wie gewohnt wieder das Lokalradio zu hören sei. Dann folgte ein total spießiger 80er Jahre Song.

Ich schaltete das Radio aus und hörte in die Nacht hinein. Voll still. Mein Vater ging ins Bett. Meine Mutter schläft schon. Jetzt liege ich immer noch hier.

Kein Radio, keine Harmonie mehr zu Hause, kein Hannes und wenn man ehrlich ist, ja wohl auch kein Nico. So kann das echt nicht weiter gehen. Irgendwas muss sich jetzt ändern..

**Sonntag, der 02. März, morgens**

Gestern hat sich weder Nico noch Hannes bei mir gemeldet. Jetzt lieg ich hier in meinem Bett und weiß nicht, was ich tun soll. Morgen ist wieder Schule. Zum Kotzen. Und heute kein Radio mehr.
Ich weiß überhaupt nicht, was ich machen soll. Mir fällt hier gleich die Decke auf den Kopf, weil schlafen kann ich auch nicht mehr.
Ich glaub, ich geh mal schnell frühstücken..

**Sonntag, der 02. März, später**

Hab vorhin mit meinen Mädels telefoniert. Marie war froh, dass ich angerufen habe. Wir haben fast eine Stunde telefoniert. Sie hat sich heute auch nicht mit Marc getroffen. Aber für mich hatte sie leider auch keine Zeit. Sie wollte zu Hause bei ihrer Mutter bleiben. Ihr Vater hat heute nochmal einen ganzen Batzen seiner Sachen aus der Wohnung geholt.

Und Nina ist zum ersten Mal, seit ich sie kenne, wirklich down. Ich meine so richtig. Sie ist frustriert. So kenne ich sie überhaupt nicht. Dementsprechend kurz war auch unser Telefonat. Ich hab versucht, sie ein bisschen aufzumuntern. Hat allerdings so überhaupt nicht geklappt.
Lilly war ebenfalls gefrustet und zu Hause. Ich hab ihr geraten, jetzt doch mal Thomas anzurufen. Wollte sie aber nicht. Sie war sich unsicher. Ich hab gesagt, dann weiß sie wenigstens, woran sie ist.
Sie hat gemeint, dass sie lieber abwartet.
„Auf was willst du denn warten?" fragte ich sie.
„Auf ein Wunder!"

Ich hab dazu nicht viel gesagt. Aber ich wünsche ihr das Wunder wirklich. Ich fühle mich auf einmal so verantwortlich. Was kann ich nur machen, um meinen Mädchen zu helfen???


**Sonntag, der 02. März, noch später**

Ich glaub es ja nicht, was ich gemacht habe. Aber ich fühle mich saugut. Ich war in der Kirche!!! Kein Scherz! Ich war wirklich in der Kirche. Natürlich war die Messe schon längst rum, da hab ich ja noch geschlafen, als alle ihren Kniefall gemacht haben. Aber ich wollte später einfach mal frische Luft schnappen und als mir ja alle meine Mädchen abgesagt hatten, und ich ja wohl schlecht Hannes fragen konnte, ob der was machen will und ich auf Nico keine Lust hatte, obwohl der mir später eine Whatsapp geschrieben hatte, ob ich Zeit hätte, da bin ich dann aber einfach mal raus. Ab an die frische Luft.
Ich bin durch die Stadt marschiert und kam an unserer Kirche vorbei. Und ich dachte einfach, ja, das ist jetzt mal genau das, was ich brauche.

Also bin ich rein, hab mich auf die Bank gesetzt, die ganzen gemalten Engel und Figuren auf der Decke und an den Wänden betrachtet und nachgedacht. Und irgendwie hab ich mich tatsächlich so gefühlt, als würde mir jemand die Last von den Schultern nehmen. Nicht, dass ich jetzt voll an Gott glauben würde, aber ich glaub jetzt auch nicht nicht an ihn. Weiß nicht, es ist so absurd darüber nachzudenken. Das schöne ist doch aber, dass es einen Ort gibt, an den man flüchten kann. Auch mal von zu Hause aus.

Ich hab also nachgedacht. Und dann gebetet. Besser gesagt gebeten, dass es meinen Mädchen besser geht. Dass Maries Mutter mit der Trennung klar kommt und sie trotzdem noch ihren Vater sehen kann, dass Lilly nicht das Herz von Thomas gebrochen bekommt und dass Nina nicht jeden Tag mit ihrem vielleicht größten Fehler konfrontiert wird, indem andere sie die ganze Zeit hänseln.

Und dann hab ich auf einmal an meine Eltern gedacht. Und ihnen hab ich auch was gewünscht. Nämlich, dass mit dem Baby alles gut geht. Und das es so toll wird wie ich. Ich finde, das war ganz schön nett von mir!


**Sonntag, der 02. März, ganz spät**

Alter Schwede! Ich glaub, ich geh jetzt jeden Sonntag in die Kirche. Ich kam schon mal von der Kirche heim und konnte ohne weitere Zwischenfälle mein Zimmer betreten, Tagebuch schreiben vorhin und habe heute tatsächlich keinen Anschiss von meiner Mutter bekommen. Und jetzt ist es schon Zeit zu schlafen. Ein Tag ohne Streit. Kann das die Möglichkeit sein?
Es geschehen eben doch noch Zeichen und Wunder. Aber nicht nur das!

Marie hatte mir vorhin eine Whatsapp geschickt, ob wir telefonieren können. Hab sie natürlich gleich angerufen und schon das schlimmste Drama erwartet. Aber gar nicht. Sie hat erzählt, dass ihr Vater da war und sich aufgeführt hat wie ein Arsch, aber ihre Mutter eigentlich ganz cool gewesen wäre. Irgendwann wäre sie dann voll ausgeflippt. Das hätte nicht nur sie, sondern auch vor allem ihre Eltern total überfordert und überrascht. Sie schrie nämlich ihren Vater auf einmal an, dass sie es eine absolute Frechheit findet, dass sie jetzt jahrelang deren Streitereien hätte aushalten müssen und froh wäre, wenn sie sich wieder wie gesittete Leute aufführen würden. Und jetzt, wo beide die Chance hätten, endlich wieder frei zu sein, ohne Streit zu leben und ein neues Leben zu beginnen, würde er sich aufführen wie ein ausgewachsenes Arschloch (hat sie wohl wirklich so gesagt!!!).
Sie fände es nämlich total daneben, dass er auszieht und sein neues Leben beginnt und sie hier mit der Hälfte der Möbel sitzen lassen will und dann auch noch die Frechheit besitze, sie und ihre Mutter mit seiner schlechten Laune runter zu ziehen, wo sie doch gerade dabei wären, auch ein neues Leben aufzubauen.

So war das wohl. Marie war selbst noch ganz geschockt von ihrem Gefühlsausbruch, als sie mir davon erzählt hat.

Ihre Eltern waren jedenfalls auch ziemlich erstarrt, Marie ließ sie einfach stehen und rannte aus dem Haus.

Als sie später wieder gekommen wäre, hätten beide auf einmal friedlich nebeneinander am Küchentisch gesessen und sie zu sich gebeten. Sie hatten sich geeinigt, dass Marie, wann immer sie wolle, bei ihrem Vater anrufen könne und auch bei ihm schlafen dürfe. Er will jetzt nämlich extra ein Zimmer für sie in seiner neuen Wohnung einrichten, dass sie natürlich gestalten darf. Außerdem soll sie jedes 2. Wochenende bei ihm sein und immer die Hälfte der Ferien, natürlich nur,

wenn sie will.
Und er hatte sich bei ihr entschuldigt. Und beide dafür, dass sie so viele Jahre gebraucht hätten, sich zu trennen und ihr so viel zugemutet hätten.


In dem Augenblick war Marie seit sehr langer Zeit das erste Mal traurig, dass sich ihre Eltern wohl nicht mehr versöhnen würden. Denn irgendwas muss ja mal toll gewesen sein zwischen ihnen, sonst würden sie sich ja wohl nicht so leicht einigen.
Meinte jedenfalls Marie. Ich stimmte ihr zu.
„Aber du bist doch glücklich, dass der Streit jetzt vorbei ist, oder?" fragte ich sie am Telefon.
„Ja, bin ich. Das hab ich mir lange gewünscht. Aber jetzt ist eben die Familie auch vorbei", stellte sie traurig fest.
„Ach, Marie, das muss doch gar nicht so sein. Im Gegenteil, du bekommst jetzt eine Großfamilie. Mit verschiedenen Leuten. Wie die Reichen. Das wird gigantisch!"


Da musste sie doch tatsächlich lachen.
Aber das war noch nicht das Beste!


Lilly hat angerufen und mir eine unglaubliche Story erzählt!


Thomas hätte sie heute Nachmittag angerufen, ob sie reden könnten. Lilly war total überrascht, sie meinte, dass sie sich nicht sicher ist. Wenn er mit der anderen jetzt zusammen wäre, dann würde sie nicht mehr mit ihm reden wollen.
Er sagte aber, dass er natürlich nicht mit ihr zusammen sei.
Dann sagte sie nichts.
Er fragte, ob er sie besuchen könne.
Sie stimmte zu, er kam zu ihr und entschuldigte sich. Mit einer Rose. Thomas meinte, dass er an Fasching echt ein Arsch gewesen sei, dass er da übertrieben hätte und es ihm unendlich leid täte, auch das er sie die letzten Tage nicht angerufen hat.

Lilly war natürlich total schnell eingewickelt, das Weichei.
Und schon ein paar Minuten später lagen sie sich im Arm.

Jetzt fehlen nur noch Nina und ich und die Welt ist wieder
so, wie ich sie liebe. Also bitte lieber Gott, was auch immer
du heute gemacht hast, mach es morgen nochmal. Aber für
mich und Nina!


**Montag, der 03. März**

Mann, das war heute vielleicht ein komisches Gefühl, nach
der ganzen Action der letzten Woche mit Fasching und Radio wieder in der Schule zu sein. Am Anfang habe ich mich
gefühlt, als wäre ich ein Jahr oder so weg gewesen. Aber dank
des Radios und vielleicht auch dank meiner Trinkfestigkeit,
die ich ja für mich entdeckt habe, war ich total bekannt. Wie
ein bunter Hund würde jetzt meine Oma sagen.

Voll viele haben mich begrüßt, ich kannte einen Großteil von
den Leuten gar nicht. Woher die wohl alle wussten, dass ich
es bin, die da beim Radio war?
Ich hab auch Melli, Tom und Jerry in der Pause getroffen.
Die gehen nämlich auf dieselbe Schule wie ich.

Und meine Mädels waren total stolz auf mich.
„Mann, du bist ja jetzt voll der Star. Und wir sind mit dir
befreundet. Wie geil!" stellte Marie begeistert fest.
Ich wurde rot, hab natürlich abgewehrt, dass das doch gar
nicht stimme, aber ich hab mich natürlich schon wie ein
Schnitzel über seine Panade gefreut.

Nach der Schule bin ich mit meinen Mädels aus der Schule
gelaufen, da stand auf einmal Nico vor der Schule.
„Hallo" sagte ich überrascht.

„Hallo, meine Süße“, lachte er.
„Was hast du da?“, fragte ich ihn, nachdem er mir die Zeitung vor die Nase hielt.
„Den ersten Artikel über dich!“
„Was?“
„Na, von dir und den anderen von Radio Lokal. Seite 13.“

Und tatsächlich. Da war ein Riesenfoto von uns von Samstag, bei der Verleihung der Urkunden. Und man hat mich echt ganz gut erkannt. Zumal wir alle namentlich unter dem Foto erwähnt wurden.
Aha! Deshalb haben mich heute in der Schule die Leute erkannt. Ist ja fett!

Ich freute mich also wie ein Schnitzel über Panade mit Ketchup und hab Nico angestrahlt.
„Ist dein Exemplar. Hab ich extra für dich gekauft!“
„Danke“, strahlte ich ihn an.

Dass er das gesehen hatte. Ich war echt verwundert. Immerhin hatte er sich die ganze Zeit überhaupt nicht fürs Radio interessiert.

„Hast du Lust, ein bisschen in die Stadt zu gehen?“
„Ja, klar!“

Also sind wir in die Stadt gegangen.

Nico spendierte mir bei uns in der Stadtpizzeria eine Pizza und seit einer echt langen Zeit waren wir endlich mal wieder unter uns. Ich war so froh, dass es endlich mal zwischen Nico und mir lief.

Danach hat er mich sogar noch heimgebracht, mir einen Kuss gegeben und gesagt, er müsse jetzt leider noch ein bisschen was für die Schule machen.

„Oberstufler sind halt doch Streber", lachte ich.
„Und 9. Klässler sind noch doof", grinste er zurück und gab
mir noch einen Kuss.

Dann war ich glücklich wie eine Sau, die vom Schlachter
verschont wurde und bin nach Hause und hab tatsächlich
später noch Hausaufgaben gemacht. Also, nachdem ich mich
erkundigt hatte, wie es Lilly, Marie und Nina ging.

Bei Marie war heute alles ruhig, Lilly und Thomas hatten
heute nach der Schule schon wieder rumgeknutscht, Gott
sei Dank übrigens, und Nina hatte wenigstens keine dummen Sprüche gehört. Wenn sie auch seltsam ruhig heute war.
Aber so etwas verkraftet man wahrscheinlich auch nicht so
schnell. Denn Andi hatte sich auch nicht gemeldet. So eine
feige Sau!

Apropos verkraften. Meine Mutter kam heute Abend nach
der Arbeit in mein Zimmer und schenkte mir einen nagel-
neuen iPod. Ohne Scheiß! Einen rosafarbenen.

„Ich hab den Artikel über dich und deine Freunde vom Radio
gelesen. Und ich bin so stolz auf dich. Du wurdest sogar von
diesem Volkmar als eine von vielen neuen Talenten bezeich-
net. Das hast du echt gut gemacht, Nati!"

„Danke", antwortete ich und freute mich echt.
Dann überreichte sie mir den iPod.
„Hier, den hast du dir verdient!"
Ich schaute sie strahlend an.
„Mann, fett. Wieso das denn?"
„Ach, Papa und dachten uns, ein bisschen gute Musik, oder
Radio im Ohr kann doch nie schaden. Aber hör nicht so
laut!"
Ich musste lachen.

Hab ich schon mal erwähnt, dass eine Mutter eben immer eine Mutter bleibt. Tja, so ist das eben.

„Nein, ich höre nicht zu laut“, sagte ich also ganz artig.

„Danke“, sagte ich nochmal und schaute auf mein iPod.

Meine Mutter drückte mich und fachsimpelte dann darüber, dass sie ja früher noch Schallplatten hatten, dann Kassetten, dann CDs und sie jetzt gar nicht weiß, wo denn in diesem Ding da namens iPod eigentlich die Musik abgespielt wird. Digital versteht sie irgendwie anscheinend nicht richtig.

Jedenfalls war es so echt okay. Obwohl ich schon eins sagen muss. Ich habe zum ersten Mal eine Distanz zu meiner Mutter gespürt. Ich weiß nicht, ob das an den vielen Streitereien der letzten Tage lag. Aber auf jeden Fall war es anders. Als sie mich gedrückt hat, war das nicht so wie sonst immer. Von ihr aus wahrscheinlich schon, denn sie hatte nichts gesagt. Aber ich hab mich irgendwie einfach komisch gefühlt. Auch ihr so gegenüber zu sitzen.

Ich wollte gar nicht, dass sie mir so nahe kommt. Weiß auch nicht warum.

Vielleicht bilde ich mir das alles auch einfach nur ein.

Ich höre jetzt auf jeden Fall noch ein bisschen Musik. Mein Papa hat mir die Lieder auf den iPod mit seinem Computer gespielt. Gut, dass der nicht weiß, was Kopierschutz ist. Hab ich schon mal erwähnt, dass er Anwalt ist?

Also kein richtiger. Mehr so ein Immobilienanwalt. Wenn er das jetzt hören würde, wäre er wahrscheinlich beleidigt. Also gut, er ist Anwalt. Aber eben nicht für Kopierschutz. Und meine Mutter, die Lektorin, das heißt bessere Deutschlehrerin für schlecht Deutsch schreibende Buchautoren, die unterstützt das Ganze auch noch! Weil sie sich nämlich die Bedienungsanleitung von dem Teil nicht genau durchgelesen haben, bei der ganz eindeutig steht, dass man den Kopierschutz nicht umgehen darf und keine geklauten Titel überspielen darf.

Meine Mutter sagte nur, sie lese den ganzen Tag so viel, sie hätte echt keinen Bock das auch noch zu lesen. Das solle mein Vater machen. Der wollte sich aber anscheinend nicht die Blöße geben, die Bedienungsanleitung durchzulesen, also machte er es so.
Hach, manchmal sind die beiden einfach herrlich dämlich!


**Dienstag, der 04. März**

Hab mir gestern Abend, zu Hause und auf dem Bett mit meinem iPod noch so Gedanken gemacht und festgestellt, dass der Tag gestern herrlich einfach war. Also im Gegensatz zu den Tagen der vergangenen Wochen. Und woran lag das?
Weil es endlich mal mit Nico geklappt hat. Weil wir endlich mal wie ein normales Paar unterwegs waren.
Und weil es mal keinen Streit wegen meinen Eltern gab. Und da hab ich aber auch gemerkt, dass man manchmal gar nichts dafür kann, wenn einem das Leben dann ziemlich schwierig gemacht wird.
Also als ob ich was dafür kann, dass Nico sich manchmal überhaupt nicht für mich interessiert, oder dass meine Eltern ab und an einfach Streit mit mir anfangen. Besonders gerne ja meine manchmal echt hysterische Mutter.
Und dann hab ich mir gedacht, dass das Leben ganz schön einfach sein könnte, wenn man ein einfaches Leben führt und gut gelaunt ist. Also hab ich mir das für heute ganz fest vorgenommen..


Ich war gut gelaunt in der Schule, hab sogar im Vokabeltest, der heute unangemeldet dran kam, meine gute Laune trotz meines Versagens dabei nicht verloren und später zu Hause total glücklich vor dem Fernseher abgegammelt.

Dann hab ich abends noch ein unspektakuläres Abendessen

mit meinen Eltern verbracht, mit Nico telefoniert und mich darüber gefreut, dass wir ein ziemlich gutes Telefonat über die Schule und den Tag hatten. Und dass schon an dem zweiten Tag hintereinander meine Beziehung zu Nico Fortschritte zu machen scheint und nicht einmal der Name Hannes fiel.


## Mittwoch, der 05. März

Ich glaube ja mittlerweile, dass meine Mutter vielleicht sogar Recht hat, was Nico und Hannes betrifft. Vielleicht hab ich mit Hannes echt nur wegen Nico rumgesponnen. Weil's da halt so schlecht lief.
Hab ihm heute von der Geschichte mit Nina und der Aktion heute auf dem Schulhof erzählt.

Achso ja, hab ich ja noch gar nicht geschrieben. Also, das war so: Nina, Lilly, Marie und ich sind heute wieder gemeinsam in die Pause.
Marc kam und hat Marie einen Schokoriegel vom Kiosk gebracht und ich dachte mir gerade, wie schön doch Liebe sein kann, da liefen die zwei dämlichen Kumpels von Andi vorbei. Die so scheiße zu Nina am Fastnachtsdienstag waren.

Ich hätte die ja gar nicht erkannt. Aber die haben so blöd lachend zu Nina geschaut. Und sie war total blass. Da war mir alles klar.
„Sind das die beiden Affen? Die Kumpels vom Andi?" fragte ich sie unauffällig und leise.
Sie nickte nur.

Und ich musste auf einmal daran denken, wie sehr mir Nina mit Jonathan und Steffi geholfen hatte. Als Jonathan so scheiße zu mir war und Nina meine Ehre gerettet hatte in der Schule. Das kann ich auch, dachte ich. Für Nina kann ich das auch!

Also liefen wir ebenso in die Richtung der Jungs, aber an ihnen vorbei. Und ich fing an zu grinsen, dann zu kichern. Wer mich kennt, weiß natürlich, dass das alles nur gespielt war. Müssen sie ja aber nicht gleich wissen.

Ich hab dann jedenfalls lachend zu Nina gemeint: „Lachen die etwa, weil hier jemand Sex hatte?"

Die beiden Jungs grinsten schon etwas zurückhaltender.

Ich lachte während wir an ihnen vorbei liefen: „Mann, wie peinlich. Wenn man in dem Alter noch so über Sex lachen muss, dann durften die aber noch nicht ran!"

Ich musste dann echt lachen, weil ich auch echt nach wie vor finde, dass der Spruch einfach zu ihnen gepasst hatte. Die beiden hörten nämlich sofort auf zu lachen, während Lilly und vor allem Marie und dann auch Nina lachen mussten. Marc stand ja daneben und verstand die Welt nicht mehr. Grinste die Jungs aber einfach mal auch frech an. Immerhin fanden seine Mädchen das ja wohl lustig.

Und Nina strahlte: „Du bist so geil, Nati!"

Tja ich weiß!

Dafür sind doch Freundinnen da!

Ich hab mich später dann mit Nico getroffen. Bei mir zu Hause. A) weil ich der Ansicht bin, dass ein Mädchen nicht immer nur im Haus ihres Freundes auftauchen sollte und b) weil ich ja schließlich mittags sturmfrei habe und c) weil ich da Hannes nicht begegnen kann. So einfach kann´s gehen.

Jedenfalls hab ich ihm dann von Nina und unserem Spruch erzählt und er hat gemeint, wenn er die Jungs in die Finger kriegt, dann geigt er ihnen auch mal die Meinung.
Ich hab dann gemeint, dass ich sie schon ganz gut fertig gemacht hätte, daraufhin meinte er, dass er das einfach unmöglich fände. Wenn man mit einem Mädchen schlafe, dann würde das niemanden etwas angehen. Und schon gar nicht dürfe man sich drüber lustig machen. Was mich natürlich zu der Frage brachte, ob er denn mit Luna schon geschlafen hatte.
Er meinte ja.

Mir wurde schlecht.

Ich hatte immer gehofft, einen Freund zu haben, der noch genauso unerfahren ist wie ich und bei dem ich mir sicher sein kann, dass wir uns ewig Zeit lassen und das gemeinsam erleben. Nico hingegen hatte das alles schon mit einem anderen Mädchen gehabt.

„Aber das hat überhaupt nichts mit dir zu tun", sagte er auf einmal in meine Grübeleien hinein und drückte sich an mich, gab mir einen Kuss und drückte mich nochmal.

Er ist manchmal so geil männlich. So bestimmt. Er weiß eben schon, was er will und das finde ich schwer beeindruckend.

Dann meinte er aber, er müsse jetzt gehen, weil er noch Fußballtraining hätte und so ließ er mich zu Hause und alles ist eigentlich soweit gut.
Bin selbst überrascht, wie gut das im Moment mit ihm läuft.

**Donnerstag, der 06. März**

Heute nach der Schule bin ich mit den Mädels noch ins Café gelaufen. Unterwegs sind wir tatsächlich auf den dämlichen Trupp von Andi und seinen dummen Kumpels gestoßen. Nina wurde sofort schlecht. Hat man ganz eindeutig gespürt.

„Hey Andi, ist das nicht deine Ex?" hat der eine gesagt, als sie uns entgegen kamen.
„Ey, Nina, ist das nicht der, der so schlecht performt?" hab ich daraufhin gleich hörbar laut erwidert.
Andi hat mich angeschaut. Ich ihn auch. So wütend ich konnte. Immerhin waren wir alle mehrfach zusammen feiern. Und ich finde es einfach das letzte, wie er meine Freundin und damit ja auch uns alle behandelt.

„Ja, das ist er!" meinte auf einmal Nina.
„Hat seine Ex nicht auch nach dem Sex Schluss gemacht?" fragte ich sie, während ich ihn immer noch anschaute.
Andi richtete sein Blick auf Nina, während wir zwei Gruppen immer näher aufeinander zu liefen.
„Ja, das hat sie. Ich würde mir ja so langsam mal Gedanken machen. Aber ich kenne ja die Lösung!" lachte sie laut.

Wir gingen an ihnen vorbei und sie zeigte ihm mit ihren Fingern das große L auf der Stirn: Loser!

Dann liefen wir weiter und der Spuk war vorbei.

Im Café sagte Nina dann: „Ich danke dir, Nati. Du hast mich da echt aus der Scheiße geholt!"
„Das ist doch kein Problem, Nina!"

„Doch, ich fühle mich einfach so scheiße! Dass er so ein Arsch ist, das hätte ich nicht gedacht. Er hat mich zwar schon immer ganz gerne geärgert, er hat ja auch mit anderen geflirtet und war manchmal ja auch ein totaler Arsch, aber irgendwie hab ich das immer gebraucht. So liebe Kerle sind mir halt einfach zu langweilig..“

„Ich weiß..“ antwortete ich.

„Aber trotzdem, dass mir das passiert ist. Dabei wollte ich es wirklich. Ich wollte Sex. Ich wollte das ausprobieren. Und jetzt kann ich euch eins sagen: Ich warte auf einen, der das wirklich kann. Und der gut ist. Nicht nur im Bett sondern und vor allem auch danach!“

„Ich glaube, das ist doch mal ein guter Neuanfang!“

„Danke“, sagte Nina nochmal und drückte mich auf einmal. Dann Marie und dann Lilly.

„Ihr seid echt die Besten!“

„Wir haben doch gar nichts gemacht“, sagte Marie kleinlaut.

„Das ist doch gar nicht wahr. Ihr seid für mich da. Das ist das wichtigste!“

Freundinnen sind echt das wichtigste. Merkt man so echt immer wieder.

Wir haben dann noch über all unsere anderen Probleme gesprochen. Wobei, Probleme?

Irgendwie haben wir alle keine mehr. Bei Marie ist jetzt einigermaßen jetzt tatsächlich Friede zu Hause eingekehrt, wenn es für sie jetzt manchmal auch ungewohnt still ist, bei Lilly und Thomas läuft alles besser denn je, Marc und Marie sind eh ein Herz und eine Seele und seit heute war Nina dann auch wieder die Alte. Sie hat ihre Ehre wieder und damit auch ihr Selbstbewusstsein. Das mit dem Liebeskummer, das wird nicht so lange dauern, schätze ich.

Und bei mir läuft's ja auch wieder. Klar, mit Nico. Nicht mit Hannes. Auch wenn die anderen tausend Mal nachgefragt haben. Nein, ich denke nicht ununterbrochen an Hannes. Ich bin mit Nico zusammen. Und diese Woche war er richtig aufmerksam.

Geht doch!


## Freitag, der 07. März

Die Mädels und ich wollen heute Abend mal wieder ins Juze gehen. Werde also die vier aus dem Vokabeltest diese Woche noch verschweigen. Zumal wir sie sowieso nicht mehr unterschrieben vorzeigen müssen. Also was soll´s!
Hab heute bis um elf Ausgang.
Nicht die Welt, aber immerhin.


## Samstag, der 08. März, morgens

Die Samstage werden einfach nicht besser. Muss gleich schon wieder mit einkaufen gehen. Zuvor aber kurze Berichtslage von gestern: War totaaaaal langweilig. Ehrlich. War die Hölle.
Marc war zwar da und ich hab auch Jonathan getroffen, mich auch ganz gut mit ihm unterhalten, dann kam aber später seine neue Freundin von der ich bis dahin noch nichts wusste. Susi heißt sie und sieht echt blond aus. Liegt wahrscheinlich daran, dass sie es ist. Aber wie. Lange blonde Haare und einen dermaßen dämlichen Blick. Sie hat immer nur dumm in der Gegend rumgelächelt. Als ob sie belämmert wäre, was sie wahrscheinlich einfach ist.

Die Mädchen und ich haben uns dann auch voll über sie lustig gemacht, was echt Spass gemacht hat. Später kamen dann noch Thomas, Stefan und Nico vorbei und dann hatten wir wenigstens noch ein bisschen Unterhaltung. Die haben uns aber schnell verlassen, die wollten noch in den Stadtclub. Mann, da bin ich leider echt noch einige Jahre von entfernt. Wir waren dementsprechend auch schlecht gelaunt.

„Ihr könnt ja sonst auch noch im AKW vorbei schauen. Da ist auch der Hannes", meinte Nico.

Mir blieb fast die Spucke im Hals stecken.

„Ja nee, wir bleiben eher hier!"

„Wieso? Hier ist doch gar nichts los!"

„Ja, aber wir bleiben hier."

„Okay, wie ihr wollt. Ich wünsch dir auf jeden Fall noch viel Spass."

„Danke."

„Wir telefonieren morgen, ja?"

„Gut, tschüss!"


Damit gab mir Nico noch kurz einen Bussi auf den Mund und machte sich mit den anderen Jungs auf und davon.


Nina und Lilly sahen mich prüfend an.

„Und du willst nicht noch ins AKW?", fragte Nina.

„Nein, will ich nicht!"


Und um ihren prüfenden Blicken schnell auszuweichen schaute ich zu Marie und fragte mich im selben Moment, wen sie da so anhimmelte. Ihr Gesicht auf ihre Hände gestützt, ein verliebtes Lächeln auf dem Gesicht. Ich folgte ihrem Blick und entdeckte Marc, der ihr per Zeichensprache zu erklären versuchte, dass es keine Cola light mehr gab.


„Alles klar Marie?" fragte ich lachend.

„Ach, es ist so schön, dass Marc so jung ist wie wir und nicht in den Stadtclub will. So kann ich mich den ganzen Abend über ihn lustig machen!"

„Du meinst wohl eher anschmachten!"

„Ach naja, er ist ja auch echt süß", erwiderte sie.

Ist er echt. Marie hat einen echten Glücksgriff gelandet. Da kann man nur sagen: Herzlichen Glückwunsch!

Aber dem Rest von uns geht's ja auch gut. Bis auf die Tatsache, dass wir am Montag Erdkundearbeit schreiben. Wo sind eigentlich die Philippinen? Doch irgendwo in der Nähe von den chinesischen Inseln, oder???


**Samstag, der 08. März, Nachmittag**

Nico hat vorhin angerufen und gefragt, ob ich mit ihm heute zu ein paar Jungs aus dem Fußballklub mitgehen wollte. Der eine hätte da einen Partykeller und Stefan sei auch da. Er meinte, es gehe schon um acht los.
Ich meinte: „Ich kann ja mal auf zwei Stündchen mit vorbeischauen!"

Liegt natürlich daran, dass ich a) überhaupt nicht weiß, ob es mir dann da gefällt, b) dass meine Eltern mir wahrscheinlich nicht erlauben, so lang weg zu bleiben wie Nico, der schläft nämlich da und c) ich ja nicht weiß ob Hannes da ist. Wenn ja, muss ich nämlich ganz schnell die Flucht ergreifen. Zwischen mir und Nico läuft es gerade so gut, da kann ich nichts riskieren.

Also, ich hol jetzt Nico ab. Eigentlich könnte er mich ja abholen. Aber die Party ist bei ihm in der Nähe. Und ja, eine ganz leichte Hoffnung hab ich, Hannes zu sehen. Aber einfach nur, weil ich ihn eben gerne mal wieder sehen würde. Sonst nichts.

**Sonntag, der 09. März**

Die Party gestern war echt schräg. Also ich bin bei Nico zu Hause angekommen, hab geklingelt und war echt überrascht, dass es zur Abwechslung mal Nico selbst war, der geöffnet hat.
Wir sind ins Wohnzimmer gegangen, weil Nico meinte, er wolle noch schnell die Sportschau zu Ende schauen. Jungs gehen mir manchmal echt ziemlich auf die Nerven. Wer will so eine Scheiße sehen?

Hannes! Der war nämlich auch da gesessen und hat mich ganz komisch angeschaut als ich rein bin. Auf einmal war ich wie heiser, hab also nur so ein seltsames: „Hi" rausgebracht. Er murmelte etwas zurück und ich setzte mich neben Nico.

Dann herrschte für zehn Minuten Schweigen. Nein, das stimmt nicht, denn der Moderator hat ja gesprochen. Über Fußball. Gähn.

Hab versucht unauffällig mal zu Hannes rüberzuschielen. Der saß ehrlich gesagt ziemlich unentspannt vor der Glotze. Auf jeden Fall hat er total anders gewirkt als sonst immer. Das hat dann auch Nico festgestellt.
Als nämlich die Sendung zu Ende war ist Nico aufgestanden, um seinen Geldbeutel, Jacke und so aus seinem Zimmer zu holen.
„Hey Hannes, was ist los mit dir?"
„Nichts", antwortete er kurz und schaute mich an.

Mir wurde sofort schlecht und mein Herz rutschte in die Hose. Mann, wie im Film oder in schlechten Musikstücken.

„Kommst du jetzt mit auf die Party?"
„Nein, ich denke nicht, dass ich da erwünscht bin", sagte er und schaute mich schon wieder so dämlich an.

„Jetzt heul nicht rum!“ rief Nico mittlerweile aus dem Flur. „Weißt du, Nati, Hannes ist seit Sonntag schlecht drauf.“

Jetzt sah ich ihn an und Hannes sah auf den Boden.

„Dabei gibt es doch gar nichts Schlimmes, oder?“ frage Nico aus seinem Zimmer raus.

Hannes antwortete nicht und zappte stattdessen durch die Kanäle. Mir war wie wenn die Luft abgeschnürt würde.

„Vielleicht ist er aber auch beleidigt, weil er nicht beim Radio dabei war“, lachte Nico und kam wieder ins Wohnzimmer. Ich sah Nico fragend an.
„Er hat mir nämlich den Bericht über euch in der Zeitung gezeigt und mir die Zeitung für dich gegeben. Er sagte, du wärst echt gut. Nächstes Mal muss ich unbedingt rein hören! Aber ich hoffe, ich habe es diese Woche wieder gut gemacht. Waren ja ganz viel unterwegs.“

Meine Gedanken flogen ganz wirr durch den Kopf. Während Nico seine Schuhe anzog starrte ich Hannes an. Er sah mich an. Ganz ernst.

Wie war das jetzt? Hannes hatte den Artikel entdeckt, ihn Nico gegeben, damit er ihn mir gibt? Da war überhaupt nichts von Nico selbst? Und ich dachte es läuft so gut, weil er sich endlich mal für mich interessiert. Weil er doch mal reingehört hatte. Weil er stolz auf mich war. Dabei war das Hannes! Nico hat nicht ein Mal reingehört. Er hat sich überhaupt nicht für mich interessiert. Er war die Woche zwar mit mir weg, aber er war es nur, weil er ein schlechtes Gewissen hatte? Nico hat sich überhaupt nicht geändert!!

Ich hab Hannes angeschaut. Es tat mir so leid.
Verdammt schwer, so große Worte in einen Blick zu fassen.

Aber irgendwas muss Hannes verstanden haben.

Auf einmal stand er nämlich auf und brummelte etwas von: „Ich komm doch mit!"

Mein Herz hüpfte vor Freude und als Nico sich zu mir umdrehte und mir ein Bussi auf die Backe gab, hatte ich ein echt schlechtes Gewissen.

Ist das jetzt Spinnerei oder große Liebe?

Auf der Party war nämlich mit Nico alles so wie früher. Wir kamen da hin und er ließ mich stehen. Stefan war ja Gott sei Dank noch da und natürlich Hannes. Wir standen den ganzen Abend zusammen.

Ich hab mich nicht getraut, was über uns zu sagen und glücklicherweise war immer jemand bei uns gestanden und so gingen die Gespräche über Schule, Studium, die Welt und Fußball. Hannes war am Anfang ziemlich ruhig, hat mich nur ganz ernst angeschaut.
Später allerdings wurde er lockerer und ich dann auch. Wir haben gelacht, wir haben mit den anderen erzählt und sie haben mir total nette Geschichten über lustige Fußballspiele und Trainingslager erzählt.

Und ich dachte mir, bitte gib mir ein Zeichen. Lieber Gott, gib mir ein Zeichen. Hannes oder Nico? Nico oder Hannes? Gib mir ein Zeichen.

Gab er mir nicht. Natürlich nicht. Stattdessen wurde es elf und ich musste gehen.

„Ich muss gehen", sagte ich also zu Hannes, als er gerade von der Toilette kam und wir das erste Mal an diesem Abend kurz unter uns waren.

„Ach so, okay.“
Er sah irgendwie enttäuscht aus.
Ich hab ihn angelächelt.
„Es war total schön heute Abend. Hier, also so, mit dir..“ sagte ich.
„Ja, fand ich auch“, meinte er total lieb.
„Mach‘s gut“, sagte ich und ging einen Schritt auf ihn zu, um
mich von ihm zu verabschieden. Und als wir uns so ein Bussi
rechts und links gaben, hatte ich echt das Gefühl mein Herz
würde brechen. Weil ich ihn so gerne hätte und nie haben
kann.

Ich schaute ihn nochmal ernst an, drehe mich um und ging
zu Nico. Nico, hey, ich muss jetzt gehen..“
„Was jetzt schon?“
„Ja, jetzt schon. Aber bleib ruhig noch. Du schläfst ja hier.
Das ist echt kein Problem!“
„Doch, der Hannes soll dich noch ein Stück heimbringen!“

Ich hab ihn angeschaut und dachte, mich tritt ein Pferd! Hat
der sie noch alle?! Für was hält der sich? Das sich sein kleiner
Bruder immer um seine Freundinnen kümmern muss, wenn
er gerade keine Lust mehr hat? Und was für ein Arsch muss
man sein, seine Freundin alleine heim laufen zu laufen lassen?
Das ist verdammt nochmal sein Job! Und er kann doch nicht
einfach immer Hannes den schwarzen Peter zu schieben!
Wieso bitte soll Hannes die Party verlassen und der gnädige
Herr nicht????

Ich schaute Nico total wütend an.
„Weißt du was, mein Lieber?! Ich frage mich ja schon, was
dich dazu veranlasst, mich ständig wie ein kleines Mitbringsel
zu behandeln. Für dich bin ich keine Freundin, sondern nur
ein kleines Anhängsel, das man mal beachtet und mal nicht.
Du lässt mich auf Partys einfach stehen und sorgst dafür, dass
dein kleiner Bruder mich unterhält. Weißt du was, ich kann

ganz gut alleine auf mich aufpassen. Ich habe 15 Jahre bis jetzt gut überlebt, ich werde diesen Weg heute Abend auch noch nach Hause schaffen. Und du kannst getrost bei deinem Bier bleiben. Genauso wie dein Bruder. Der hat die Party hier genauso verdient. Wieso soll er mich denn jetzt heimbringen und die Party verlassen? Das könntest du doch genauso machen. Ist doch eigentlich verdammt nochmal dein Job. Und nicht seiner. Nicht, dass ich was dagegen hätte, wenn er mich heimbringt. Also, ich meine, Hannes ist lieb und so. Aber, also was ich sagen will, der ist doch nicht weniger wert als du. Und ständig schiebst du ihm den schwarzen Peter zu. Hannes ist doch nicht dein Butler. Im Gegenteil. Vielleicht solltest du ihm mal etwas mehr Freiheit gönnen und den Freiraum, sich eine eigene Freundin zu suchen und nicht nur deine, als Leihfreundin. Ich finde ihn nämlich, also, ach, das hätte er auf jeden Fall verdient. Mach's gut!"

Damit drehte ich mich rum und verließ die Party, ohne, dass ich nochmal Nico oder Hannes anschaute.

Hab aber gestern Abend noch eine Whatsapp von Stefan bekommen: „Starker Abgang. Endlich mal jemand der ihm die Meinung geigt.. :-) Hast du gut gemacht. Telefonieren morgen mal!"

Na, immerhin.
Jetzt ist es 11 Uhr morgens und mit mir hat noch keiner telefoniert. Ich geh jetzt frühstücken. Aber ich weiß auch nicht, auf einmal habe ich die totale Wut und Kraft. Könnt grad einen Tisch zerhauen. Gut, vielleicht keinen Tisch. Ein Kissen klein klopfen würde ich vielleicht hin kriegen. Bin ja nicht so stark.

Aber die Tatsache, dass Nico sich überhaupt nicht richtig für mich interessiert, dass er mich ständig auf ein Abstellgleis packt und nur in Betrieb nimmt, wenn er Laune hat, das mach ich nicht mehr mit.

Und ich hab auch keine Lust mehr, dass ich nie weiß, woran ich an ihm bin. Mit Nico war es von Anfang an schwierig. Vielleicht hätte ich mir gar nicht so viel Mühe geben sollen, ihn zu erobern. Das war von Anfang an total utopisch, dass sich ein Typ in seinem Alter wirklich ernsthaft für mich interessiert.
Das geht so nicht. Ich will nicht ständig mit meiner Laune von jemand anderem abhängig sein.
Ich mach Schluss. Heute! Falls wir das nicht gestern schon gemacht haben.


## Sonntag, 09. März, später

Okay, also, Wut ist ein bisschen weg. Entschluss noch da. Ich mache mit Nico Schluss. Und wenn ich jemals in meinem Leben vielleicht eine Chance auf eine Beziehung zu Hannes haben will, dann muss ich sowieso mit Nico Schluss machen. Umso länger ich warte, umso mehr bringt mich seine Familie und sein gesamter Freundeskreis mit Nico in Verbindung. Will ich aber nicht. Ich will Hannes!

Die Mädchen waren in unserer Telefonkonferenz dazu begeistert.
„Na endlich ist sie aufgewacht, unser Schneewittchen", lachte Nina.
„Und was machst du, wenn das mit Hannes nichts wird?", fragte Lilly vorsichtig.
„Dann wird das mit Hannes eben nichts. Aber mit Nico wird das auch nichts. Das geht so einfach nicht. Darauf habe ich auch keine Lust mehr. Ich will so nicht behandelt werden."
„Das ist auch gut so", sagte Marie.
„Ja, ich träume halt immer noch von Mr. Right. Einem, den

ich wirklich lieben kann! So wie du Marc, Marie!"

Stille.

„Marie?"
„Meinst du denn, ich liebe Marc?"
„Meinst du denn nicht?"

Und nach einer kurzen Pause: „Doch, ich glaub schon!"
„Das glaub ich auch", lachte ich.
„Wow, das eine von uns echt liebt. Wir werden echt erwachsen!", stellte Nina erschüttert fest.
„Ja, das werden wir. Und ich mache heute zum ersten Mal selbst mit einem Jungen Schluss. Also so richtig."
„Und wie willst du dich mit ihm treffen?", fragte Lilly.
„Er hat mir schon eine ganz lange Whatsapp geschrieben, dass es ihm leid tut, wenn ich das Gefühl hätte, er würde mich so behandeln und ob wir reden können!"
„Und?"
„Hab gemeint, dass ich heute Nachmittag zu ihm komme."

Und so ist es.

Ich geh jetzt gleich zu ihm und bin mir trotzdem unsicher.

Moment, Handy piepst..

Du meine Güte. Whatsapp von Hannes: „Hallo Nati. Wollt hören, ob du gestern noch gut heim gekommen bist? Ist alles wieder okay zwischen euch?"

Krass, dass er mich das fragt und nicht sein Bruder.

Schreibe gerade zurück: „Naja, ich geh nachher zu ihm und werde mit ihm reden. Hast du denn gehört, was ich gesagt habe?"

Warten, warten, warten.. bin nervös.. ah, Antwort..

Hannes schreibt: „Ja, ganz schön krass. Aber irgendwie fand ich´s auch gut, was du so gesagt hast. Aber so ist er halt. Was machst du jetzt?“

Ich hab gerade zurück geschrieben: „Ich weiß nicht genau. Denke, ich werde Schluss machen. Macht nicht so viel Sinn. Hätte ich vielleicht viel früher machen sollen. Verschiedene Gründe..“
Oh Gott. Ich hab gerade Hannes geschrieben, dass ich mit seinem Bruder Schluss machen will. Was kann er schon groß darauf sagen?! Wir haben ja noch nicht einmal unsere Fronten abgeklärt. Vielleicht findet er es ja auch total blöd, dass ich nun Schluss mache. Vielleicht ist er auch sauer, weil ich seinen Bruder verlasse. Vielleicht fühlt er sich auch schlecht, weil er irgendwie Teilschuld hat. Vielleicht ist er sich dessen aber auch gar nicht bewusst.

Es gibt eigentlich nichts, was er schreiben könnte, was die Situation besser macht. Wenn er schreibt, dass ich Schluss machen soll, dann ist er irgendwie seinem Bruder in den Rücken gefallen und das fänd ich irgendwie nicht gut. Und wenn er schreibt, ich solle es nicht machen, dann steht er nicht zu mir.

Es hat gepiepst. Mir ist ganz schlecht....

„Mach einfach das, was du als erstes denkst, wenn du diese Nachricht liest!“

Ich mache Schluss mit Nico und dann will ich ihn. Für immer! Hannes!

## Sonntag, der 09. März, noch später

Bin also vorhin zu Nico, um das Ganze zu beenden.
Hab zu Hause nicht gesagt, wo ich hin will. Hab meiner
Mutter gesagt: „Ich bin mal unterwegs. Bin aber zum Abend-
essen wieder zu Hause."
Und sie hat keinen Aufstand geprobt. Es geschehen eben doch
noch Zeichen und Wunder. Dann bin ich zu Nico gelaufen.
Ein bisschen schlecht war mir aber schon. Hab also bei Nico
geklingelt und es war auch er, der aufgemacht hat.

„Hallo", sagte er und hat echt gestrahlt. Er hat sich also echt
gefreut, dass ich gekommen bin.
Hat mich aber nicht aus der Fassung gebracht. Ich hab´s auf
jeden Fall versucht.

Dann sind wir hoch in sein Zimmer gegangen und er hat
unterwegs schon gefragt, ob ich was zu trinken will. Hat er
mir dann auch gleich geholt und ich konnte erst mal kurz
durchatmen, meine schwitzigen Hände an der Jeans abwi-
schen und mich kurz selbst nochmal fragen, ob ich wirklich
das Richtige tue.
Nico hat mich gleich nachdem er ins Zimmer zurückkam gefragt, ob ich irgendwas machen möchte. DVD schauen oder
so.

„Nein, ich glaub nicht."
„Hast du einen Vorschlag?"
„Hmm..."
„Alles okay, Nati?"
„Ja, naja..."
„Bist du denn noch sauer auf mich?"
„Nein, ehrlich, bin ich nicht."
„Okay. Es tut mir aber echt leid, dass ich dich gestern hab
stehen lassen.."
„Das ist schon in Ordnung.."

„Sicher?“
„Nico, das passt schon. Aber so ist das immer. Ich hab einfach das Gefühl zwischen uns läuft es einfach nicht. Es passt einfach nicht richtig.“

Nico schaute auf einmal ganz ernst.

„Wie meinst du das?“ fragte er.
„Naja, du lässt mich auf Partys meistens irgendwo in der Ecke stehen. Du bringst mich selten heim. Wir reden überhaupt nie richtig, weil wir uns, glaub ich, überhaupt nichts richtig zu sagen haben. Ich habe einfach das Gefühl, überhaupt nicht zu dir zu passen.“

Nico war total getroffen, hat auch in dem Moment nichts mehr gesagt.

„Und dann schiebst du mich immer zu Hannes ab. Weißt du, dass ich ihn mittlerweile schon besser kenne als dich? Und er kennt mich wahrscheinlich auch schon besser als du mich. Und deswegen war ich schon echt traurig, weil es einfach so schwierig läuft.“

„Und jetzt?“ fragte Nico.

„Ich denke, dass es besser ist, wenn wir nicht mehr zusammen sind. Es macht ja irgendwie eh keinen Sinn. Wir zwei haben ja überhaupt nichts gemeinsam. Ich passe da einfach nicht in dein Leben. Und du nicht in meins.“

„Hm..“ murmelte Nico nur.

Ich hab ihn noch nie so ernst gesehen, wie in diesem Moment.

Ich wusste nicht, was ich noch sagen sollte, also schwieg ich einen Moment, um das Ganze auch auf mich wirken zu lassen.

„Wir werden uns aber schon noch öfter sehen, denk ich mal, oder? Du verstehst dich ja ganz gut mit meinem Bruder?“

Mir rutschte echt das Herz in die Hose!
Ahnt er etwas?

„Wie meinst du das?“ fragte ich also.
„Naja, nur weil wir zwei nicht mehr zusammen sind, heißt das ja nicht, dass wir uns alle nicht mehr sehen dürfen. Und ich glaub eben, dass du und mein Bruder euch auch ganz gut versteht. Mich stört es nicht, wenn wir alle einfach auch nur befreundet sind.“

„Ach so, ja..“

Jetzt war ich etwas unsicher. Soll das jetzt heißen, er weiß, dass Hannes und ich gemeinsam vielleicht durchbrennen wollen, um in Las Vegas heimlich zu heiraten, was wir natürlich nicht machen werden (wobei die Vorstellung gerade ganz süß ist)? Oder heißt das, das er tatsächlich meint „Freunde!“?

Bin verwirrt.

„Ja, es wäre echt schön, wenn wir drei uns trotzdem hin und wieder noch sehen würden..“ sagte ich dann kurz und unentschlossen.

Ab und zu sehen.. Tss.. Ich will Hannes 24 Stunden am Tag, 7 Tage die Woche und die nächsten Jahre um mich rumhaben. Basta!

„Okay. Ich geh dann mal, Nico!“
„Ich bring dich noch zur Tür.“

Nico war trotz allem total gedrückt. Aber ich fühlte mich gut. Bis zu dem Moment, als er mich zu Tür brachte, ich mich kurz zu ihm umdrehte und mir klar wurde, was ich da gemacht hatte. Manchmal bemerkt man ein Ende erst so richtig, wenn Gewohnheiten aufhören. In diesem Fall der Abschiedskuss.

Ich drehte mich also um, mir schoss es durch den Kopf: „Halt! Nicht küssen. Nicht mehr!"

Ich sah ihn an. Und in diesem Moment war ich wirklich aufrichtig traurig. Weil auch er mich so enttäuscht ansah.
„Ich hoffe, wir sehen uns trotzdem noch." sagte er.
„Das hoffe ich auch" antwortete ich leise.

Dann sagten wir beide nichts mehr.

Ich drehte mich um und ging.
Es ist komisch Schluss zu machen. Ich hab mich echt seltsam gefühlt. Und trotz allem, und das ist das eigentlich seltsame, hab ich mich schlecht gefühlt. Es hat wehgetan. Das hätte ich nicht erwartet. Ich dachte, Schluss machen tut nicht weh. Nur wenn man abserviert wird. Aber das stimmt gar nicht. Es tut auch weh, wenn man selbst Schluss macht. Weil man etwas beendet vielleicht. Oder weil man jemandem weh tut, den man im Grunde ja sehr mag. Ich weiß es nicht. Nicht genau..

Dann bin ich noch durch die Stadt spaziert. Weil eigentlich mal zur Abwechslung recht schönes Wetter war, bin ich ewig rum gelaufen. Weil ich nicht heim wollte und nicht wusste, wo ich sonst hin soll.
Also bin ich einfach gelaufen.
Und habe die ganze Zeit überlegt was ich Hannes schreiben soll.

Das Handy hatte ich die ganze Zeit in der Hand. Eine Whatsapp passte nicht. Was sollte ich denn auch schreiben??

Ob er zu Hause war, als ich bei Nico war?

So flogen meine Gedanken wild durcheinander und eine Stunde später bin ich dann doch mal heim. Weil´s langweilig und kalt war.

Aber auch zu Hause kam mir kein Einfall.

Nach dem Abendessen waren wir alle dann noch kurz bei Marie zu Hause eingeladen. Ihre Mutter lud zum „Weiberabend".
Das war echt super. Sie hatte wegen der bevorstehenden Scheidung all ihre Freundinnen eingeladen und Marie natürlich uns. Wir haben uns dann schnell in Maries Zimmer verzogen, mit ein paar Tüten Chips, fettarm natürlich, Gummibärchen und Cola.

Die Frauen im Wohnzimmer wurden nämlich ziemlich wild. Viel Prosecco und gute Laune machten es möglich. Aber die Idee war großartig. Die hatten nämlich einen „Basar". Jede hatte Unmengen an Kleidern, Tupperschüsseln und Schmuck dabei, den sie nicht mehr brauchten und den konnte man verschenken, um von anderen selbst wieder was geschenkt zu bekommen. Ramschtausch nannte Lilly das. Ich fand´s ganz gut. No bad idea!
Ich hoffe das schreibt man so?! Nina sagt in der letzten Zeit immer mal was zwischendurch auf Englisch, sowas wie „Not bad" oder wenn sie etwas gut findet sagt sie auf einmal: „That´s magic!"
Abgedreht, aber irgendwie süß.

Naja, wir haben dann auf jeden Fall geredet und das hat echt gut getan. Bei Marie läuft soweit alles, sie ist allerdings traurig, dass die Ehe ihrer Eltern jetzt doch gescheitert ist. Andi hat sich bei Nina gemeldet mit einer Whatsapp: „Hey, sorry. Das ist alles schräg gelaufen. Geht's dir gut?". Nina hat geantwortet: „Fuck you!"

„Hättest du nicht vielleicht was anderes schreiben können?" fragte ich.

„Warum denn? Das sagt alles aus. Er ist ein Arsch, er hat sich aufgeführt wie ein Arsch, er ist ein Arsch. Dabei bleibt´s. Ich finde ‚Fuck you' trifft's da ganz genau."

„Vielleicht tut es ihm ja wirklich leid"; versuchte ich einzuwenden.

„Hey, du hast doch gerade ein Herz gebrochen und Schluss gemacht, also darfst du nichts sagen."

„Ich hab doch kein Herz gebrochen!"

„Naja, gemocht hat dich Nico schon", warf nun Marie ein.

„Ja sag mal, spinn ich? Ihr habt doch selbst gesagt, dass ich das Richtige mache!"

„Ja, für dich und Hannes. Unabhängig davon mag dich Nico ja eigentlich", meinte Marie wieder.

Super, ich fühlte mich gleich bombastisch!

„Egal, jetzt hast du Schluss gemacht. Was hat Hannes gesagt?" fragte Lilly.

„Ich weiß nicht, ich wusste nicht, was ich ihm schreiben soll. Also hab ich gar nichts geschrieben. Hannes allerdings auch nicht."

„Das wird schon", meinte Marie.

Bin mir ja nicht so sicher.

**Montag, der 10 März, 01.45 Uhr**

Ich hab's schon versucht, kann aber nicht einschlafen. Jetzt ist schon viertel vor zwei, ich muss wieder um sieben aufstehen, weil die blöde Schule ist, aber ich kann einfach nicht einschlafen.

Was soll ich machen? Mir ist die jetzt klar geworden, was ich da gemacht habe. Nun bin ich also wieder Single. Hab mit dem Jungen Schluss gemacht, den ich unbedingt wollte. Nur, weil ich meine, dass ich jetzt einen anderen Jungen genauso oder noch mehr will.

Wer sagt mir, dass das stimmt? Woher weiß ich, dass das dieses Mal das Richtige ist? Vielleicht ist es tatsächlich auch nicht das Richtige? Wer kann mir das schon sagen?

Ich war so versessen auf Nico, jetzt ist es auf einmal Hannes. Mann, ich dreh gleich durch. Hab ich jetzt einen Fehler gemacht?

Ich weiß nicht, ich kann doch jetzt nicht nur mit jemandem zusammen sein, weil ich mich mal in ihn verliebt habe. So what? Festgestellt, dass er nicht taugt und gut ist es.

Unabhängig davon, was mit Hannes passiert, bin ich mir ziemlich sicher, dass es die richtige Entscheidung war, mit Nico Schluss zu machen.

Mann, ich hätte niemals gedacht, dass ich mal mit Nico Schluss machen würde. Das hätte man mir mal vor ein paar Monaten sagen sollen, als ich ihm wie eine Gestörte hinterher gelaufen bin.

Aber gut, immerhin was fürs Leben gelernt. Nicht jeder, von dem man meint, dass er gut für einen ist, ist dann auch der Richtige.

Ob Hannes der Richtige ist, wird sich also so oder so erst noch rausstellen müssen. Das ist mal ein Anfang. Zu wissen, dass man manchmal tatsächlich abwarten muss. Nicht gerade eine meiner stärksten Seiten. Aber ich lerne ja bereitwillig dazu.

So, jetzt geht's mir irgendwie auch schon besser.

Ich werde müde. Ich hoffe, ich kann jetzt schlafen. Gute Nacht!


## Montag, der 11. März

Heute war wieder Schule. Hat mir heute irgendwie sogar Spass gemacht. Hab schon kontrolliert, ob ich Fieber habe. Aber ich habe heute echt gerne gelernt. Weiß nicht woran es lag, aber komische Tage muss es ja auch mal geben im Leben.

Hab übrigens noch nichts von Hannes gehört. Gutes oder schlechtes Zeichen?


## Montag, der 11. März, später

Krass. Hab doch was von Hannes gehört. Er hat mir eine Nachricht geschrieben: „Hey Nati. Alles klar? Hab gehört, was passiert ist und wollte nur mal fragen, ob wir uns trotzdem noch sehen können? Irgendwann mal.. ?"

Steht der jetzt vollkommen auf der Leitung oder was? Ich meine, wie blöd kann man sein? Beziehungsweise wie ehrlich soll ich denn noch zu ihm sein? Wie schmachtend kann ich ihn denn noch anschauen? Der hat ja nicht mehr alle Tassen im Schrank.

Männer!

Aber gut, ich hab Erbarmen. Schreib jetzt zurück: „Hi Hannes. Ja, soweit alles gut. Würde mich freuen dich zu sehen. Kannst du morgen oder Mittwoch?"

Ich kann zwar auch Donnerstag oder Freitag, denn seit das Radio zu Ende ist, ich ja leider sonst nichts mehr zu tun habe, aber da müsste ich ja so lange warten.

Es piept.
„Morgen wäre schön. Um drei? Am Stadtbrunnen?
LG Hannes"

Ja, ich weiß wie du heißt! Wieso schreiben manche Menschen immer noch so ein förmliches LG und den Namen drunter? Liebe Grüße als LG klingt total förmlich. Oder will er förmlich sein? Vielleicht will er mir ja was sagen? Dass er nicht mit mir zusammen sein kann, weil er seinem Bruder nicht in den Rücken fallen kann, oder weil er mich gar nicht mag, noch nie mochte oder es sich anders überlegt hat.

Mir ist schlecht, kann nicht schlafen.


**Dienstag, der 12. März, sehr früh morgens**

Muss gleich runter zum Frühstücken. Aber eins noch: Hab total schlecht geschlafen. Hab aber trotzdem einen Entschluss gefasst: Wenn Hannes mich nicht will, dann ist er selbst schuld! Ich finde, dass wir total gut zusammen passen. Wir verstehen uns gut, haben die gleiche Art von Humor, wir können sogar über banale Themen stundenlang reden genauso wie über Interessantes. Mir fällt grad nichts als Beispiel ein, aber darum geht es ja auch nicht.

Wichtig ist, ich mag Hannes. Und ich kann's nicht abwarten, bis Hannes und ich uns sehen. Hoffentlich wird alles gut. Ach ja, und ich kann´s auch nicht abwarten, bis meine Mutter ihr neues Baby und ich meine Ruhe habe. Sie schreit nämlich schon wieder nach mir. Wen interessiert´s, wenn ich morgens zehn Minuten später in die Schule komme?


**Dienstag, der 12. März, vor meinem Date mit Hannes**

Gut, Herrn Schulz interessiert´s. Hab einen Eintrag in sein ominöses Büchlein bekommen, indem er wahrscheinlich dutzende von Geheimnissen über uns aufbewahrt. Und das gibt er immer am Ende eines Halbjahres an den Rektor. Von Datenschutz hat der wohl noch nie was gehört.
Egal und nicht so wichtig. Hab meine Hausaufgaben ohnehin noch nicht gemacht. Stattdessen meine Frisur, Make up und mein Outfit zu Recht gelegt. Ich ziehe die süße rote Jacke an. Ich friere zwar in der Jacke, dafür sehe ich viel besser aus. Muss jetzt los. Halb drei – mal sehen, was mit Hannes passiert.

Ja oder Nein, das ist hier die große Frage!


**Dienstag, der 12. März, nach meinem Date mit Hannes**

Wir haben uns ja am Brunnen in der Stadt getroffen. Er stand schon da und ihm war ganz offensichtlich kalt. Oder er hat vor Aufregung gezittert, was ich jetzt mal nicht so glaube.

„Hallo“, begrüßte er mich.
„Hi. Wie geht's?“
„Ganz gut. Ein bisschen kalt vielleicht. Und dir?“
„Mir ist auch kalt.“
„Wollen wir eine heiße Schokolade trinken?“

„Ja, okay, gerne..“

Also sind wir los gestapft.

„Nico hat mir alles erzählt“, begann er sofort, noch während dem Spazierengehen zum Café.
„Ach echt?“
„Ja“
„Und?
„Was und?“
„Was denkst du darüber?“
„Weiß nicht, was soll ich denn denken?“
„Keine Ahnung, ich frag ja nur..“
Mann, das Gespräch lief gerade echt beschissen.
„Ich denke, wenn du dir sicher bist, dann war es die richtige Entscheidung.“
„Und sonst?“

So, jetzt hatte ich ganz genau gefragt. Ich meine, noch genauer kann man die Frage doch nicht stellen. Oder?

Wieso gibt's jetzt hier nicht endlich mal eine Antwort??? Ich will jetzt mal wissen, was Hannes denkt. Ich mag jetzt nicht mehr dieses Affentheater! Ich will ein für allemal Klarheit.
„Naja, sonst.. keine Ahnung.. Was willst du denn hören?“, fragte Hannes mich auf einmal.
Ich blieb stehen.

In dem Moment bemerkte ich auch, dass es schon wieder leicht anfing zu schneien. Ich schaute ihn an. Ganz fest und musste leicht lächeln. Checkt der's jetzt mal oder was?

Hannes blieb auch stehen, schaute mich an, ging einen Schritt auf mich zu und grinste auch.
„Sonst bin ich froh, dass du jetzt hier bist. Bei mir!“ antwortete er gleich darauf noch.

Und der Schnee unter meinen Füßen ist ehrlich geschmolzen. Weil ich dahin floss und mir ganz heiß wurde. Boah, wie geil! Kann er das nochmal sagen? Noch tausend Mal wenn´s geht?

Hannes stand mir ganz nah. Ich wollte ihn küssen.

Doch er nahm meine Hand und lief mit mir ins Café. Er hielt meine Hand! Hannes hielt echt meine Hand! Ich hab zwar nicht so viel davon gemerkt, weil ich dicke Fäustlinge anhatte und er auch Handschuhe, aber dass Hannes und ich händchenhaltend durch die Stadt liefen, das war schon mal ein Wahnsinnsgefühl.

Wir sind dann wieder ins Café und die Kellnerin vom letzten Mal hat uns gleich entdeckt: „Ach, meine Turteltäubchen. Das ist ja schön, dass ich euch heute hier schon wieder sehe. Das gleiche wie beim letzten Mal?"

Ich nickte Hannes zu, der grinste und meinte: „Ja, die ist ja sonst nicht satt zu kriegen!"

Ich boxte ihn leicht in die Seite.

Hannes lachte und wir setzten uns an einen Tisch. Kurz darauf kam die heiße Schokolade und der Schokokuchen und bei mir der Gedanke, dass wenn ich mit Hannes so weiter mache, ich bald so dick bin wie meine Mutter, bei der man schon ein kleines Bäuchlein sieht. Aber es ging hier weniger um dicke Bäuche.

Wir haben uns über die Schule, Lehrer und Freaks in der Klasse erzählt und es war echt lustig.

Später hat mich Hannes noch nach Hause gebracht. Das heißt bis zum Bus, der ja bei uns in der Straße hält. An der

Haltestelle standen wir voll süß voreinander. Ich war so aufgeregt.

Ich hätte ihn so gerne geküsst.

Aber Hannes stand vor mir, strich mir nur kurz über den Arm, was ich dank der Winterjacke kaum bemerkte und meinte: „Sehen wir uns wieder?"
Ich lächelte ihn an: „Das hoffe ich doch ganz schwer!"
Küssen! Ich will ihn jetzt küssen! Dachte ich, hab mich aber natürlich nicht getraut, ihm das zu sagen.

Dann kam der Bus, ich bin eingestiegen und hab ihm am Fenster noch ganz romantisch gewunken.

Jetzt sitz ich zu Hause und habe Schmetterlinge im Bauch.

Denn eigentlich war ich ein bisschen verzweifelt über den Stand der Dinge. Mir wäre es lieber gewesen, er hätte mich geküsst und wir wären jetzt zusammen.

Aber sowohl Nina als auch Marie meinten, das wäre doch schön so, wie es ist. Ich würde ja wohl wissen, dass mich Hannes mag, sonst würde er mich nicht wieder sehen wollen. Lilly hat zwar gesagt, dass sie mich versteht, aber auch, dass ich mir halt noch ein paar Tage Zeit lassen soll. Immerhin hab ich erst gestern mit Nico Schluss gemacht und jetzt will ich schon den nächsten.

Also gut, ruhig bleiben und Tee trinken. Schlappschwanz! Trotzdem..

**Mittwoch, der 13. März**

Meine Mutter hat heute Morgen erst einmal gekotzt. Ich war gerade ins Bad gelaufen, da rannte sie an mir vorbei, legte sich direkt vors Klo und kotzte. Ich stand etwas verblüfft daneben. „Ich will definitiv nicht schwanger sein. Ist ja zum Kotzen.“

Ich fand mich wahnsinnig lustig. Meine Mutter schaute mich geplagt an: „Da hast du Recht. Und ich musste schon auf dich kotzen!“

Ich sah sie entsetzt an. „Das war jetzt aber nicht nett.“
Aber sie lachte nur. Da lachte ich auch. Ich lachte vor allem auch länger, weil sie schon längst wieder über der Schüssel hing.

Dann ging ich ins andere Bad, das von meinem Vater. „Papa, ich überlasse dir das große Bad und gehe in dein kleines.“
Er sah mich verständnislos an. „Es ist deine Frau und sie ist wegen dir schwanger. Also kümmerst du dich auch um sie.“
„Geht’s ihr schlecht?“ fragte er, blieb aber immer noch stehen.
„Sie kotzt.“
„Oh, nein.“
Da ging er, ich in sein Bad und schloss vorsichtshalber mal gleich ab.

Bin dann ohne Pausenbrot dafür mit 10 Euro aus dem Haus gegangen. Meine Mutter lag auf der Couch.
In der Schule war ich eigentlich ganz gut gelaunt. Irgendwie hat’s mir gefallen, dass meine Mutter mal zur Abwechslung leiden muss und nicht ich.

Bin dann mittags heim und habe Hannes geschrieben, ob er Lust und Zeit hätte, mit mir in die Stadt zu gehen. Er hat geschrieben, dass er Fußballtraining hätte und deshalb leider nicht kann.

Ich war total enttäuscht.

A) kann er sein beschissenes Fußballtraining ja wohl mal sausen lassen und b) weil er mir keine Frage gestellt hatte und ich so ja schlecht noch antworten kann. Ich will nicht wieder so aufdringlich sein. Das hatte ich erst mit Nico. Aber wieso fragt er denn nicht? So kann ich ja jetzt nichts Sinnvolles mehr zurück schreiben.

Bin schlecht gelaunt und hab mich in meinem Zimmer versteckt. Musste dann aber meiner Mutter beim Abendessen richten helfen, weil er es ihr nach wie vor nicht so gut geht, mit dem Baby und der Schwangerschaft.

„Lass dir bloß Zeit damit. Mit dem Sex und den Babys meine ich" sagte sie mir.
„Ich hatte nichts anderes vor" antwortete ich.
„Nein?"
„Nein."
„Und Nico? Kann der warten?"

Ach so. Nico. Hm, vielleicht sollte ich meine Mutter mal aufklären?!

„Ähm, ich weiß nicht. Nico wird vielleicht nicht immer warten wollen. Aber wenn, dann tut er es sowieso mit einer anderen."
„Was?"
„Mama, ich hab mit Nico Schluss gemacht."
„Wann?"
„Gestern."
„Warum?"
„Weil es einfach blöd lief. Wir waren irgendwie gar nicht richtig zusammen. Ich hab mich immer total blöd neben ihm

gefühlt. Er war auch nie richtig für mich da. Keine Ahnung. Es war irgendwie einfach blöd.“

„Und was ist jetzt mit Hannes?“

„Was soll sein?“

„Bist du jetzt mit ihm zusammen?“

„Nein.“

„Sicher?“

„Nein.“

„Dann ist ja gut.“

„Wieso? Hättest du denn ein Problem damit, wenn ich mit Hannes zusammen wäre?“

„Ja, das hätte ich!“

„Wieso denn?“

„Weil du mit seinem Bruder liiert warst!“

„Ja und? Was hat das damit zu tun?“

„Muss ich dir das jetzt wirklich erklären?“

„Ich denke schon!“

„Nati, du warst mit Nico zusammen, weil du ihn unbedingt als Freund haben wolltest. Und dann hast du ihn gekriegt. Jetzt meinst du, Hannes wäre der Richtige.“

„Das hab ich doch so gar nicht gesagt.“

„Ach komm.“

„Du weißt doch gar nichts“

„Weißt du es denn?“

„Was?“

„Was willst du denn Nati?“

Ich hab kurz überlegt.

„Ich will sowas wie Marie und Marc! Die verstehen sich einfach gut. Die sind so süß zusammen. Die beiden passen einfach so gut zusammen. Und die sind so richtig glücklich. Das war ich nie in meinen beiden Beziehungen. Das war immer schwierig.“

„Das stimmt.“

„Ist das immer so?"
„Was denn?"
„Dass Beziehungen so schwierig sind?"
„Naja, es gibt schwierige Zeiten in jeder Beziehung. Der Punkt ist, ob der Rest so wertvoll ist, dass es sich lohnt die schwierigen Zeiten durchzustehen."

Daraufhin hab ich nicht mehr viel gesagt. Meine Mutter auch nicht. Gott sei Dank. Noch mehr elterlichen Rat hätte ich auch nicht verkraftet.

Jetzt lieg ich nach dem Essen wieder in meinem Zimmer und langweile mich.


**Donnerstag, der 14. März**

Heute Morgen kam meine Mutter wieder ins Bad gestürmt. Bin wieder in das Bad meines Vaters ausgewichen. Gleiches Spiel wie gestern.

In der Schule haben wir den Erdkundetest geschrieben, der für gestern schon angekündigt war. Aber Schulz war irgendwie krank. Heute leider nicht mehr. Und obwohl ich mich gestern total gelangweilt zu Hause hatte, hab ich den geschenkten Abend nicht mehr genutzt um zu lernen. Wusste also heute dementsprechend wenig. Ländern die Hauptstädte zu zuordnen und richtig in der Weltkarte einzutragen klingt leichter als es ist.
Ich wusste zwar, dass die Hauptstadt von Brasilien nicht Rio de Janeiro ist, wie viele glauben, sondern Brasilia, aber ich wusste nicht genau wo Brasilien liegt. Genauso wie ich nie weiß, welches der Länder jetzt Norwegen, Schweden oder Finnland und all das ist. Und ich habe leider die chinesischen Inseln mit den Philippinen verwechseln. Ja, schon klar, das ist

ein kleiner Unterschied. Egal, die anderen waren, glaub ich, auch nicht besser.

Ich habe übrigens mit den Mädchen heute gemeinsam in der Schule besprochen, dass ich mich nicht bei Hannes melde. Ich warte jetzt erst mal ab. Zumindest bis morgen.

Nina hat mich auf dem Schulhof mal kurz zur Seite gezogen.
„Weißt du eigentlich, dass wir beiden jetzt die einzigen Singles sind?"
„Stimmt. Aber was willst du damit sagen?"
„Das weiß ich noch nicht ganz genau", grinste sie.
Ich grinste zurück.
„Wir sind ja gar nicht so alleine", grinste ich sie weiter an.
„Stimmt. Wir werden einfach lesbisch!"

Ich musste lachen.

Dann hatten wir Englisch und mir verging das Lachen. Haben heute was von Shakespeare gelesen. Auf Englisch. Hab kein Wort verstanden.


**Freitag, der 15. März**

Ich glaub's nicht. Es ist schon wieder Wochenende und ich habe nichts mehr von Hannes gehört. Die letzten Tage habe ich mich sogar ganz gut gefühlt in der Schule. Irgendwie befreit, dass das mit Nico vorbei ist und der Weg nun frei für Hannes ist. Und dann stellt sich heraus, was ich zwar irgendwie befürchtet hatte, aber nie wirklich gedacht hätte. Nämlich, dass Hannes anscheinend doch kein Interesse an mir hat.
Ich muss sterben.

Ich war heute dann also total traurig in der Schule. Nicht mal schlecht gelaunt, sondern einfach nur still. Was soll ich auch noch groß sagen?

Ich meine, wenn Hannes ja anscheinend doch kein Interesse an mir hat, was er ja wohl tatsächlich nicht hat, was soll ich ihm dann schreiben? Ich bräuchte irgendeinen Grund, um mich bei ihm zu melden. Ich hab aber keinen. Ich bin total frustriert.

Ich überlege die ganze Zeit, was ich ihm schreiben könnte, aber mir fällt nichts ein.

Die Mädels wollen mich aber heute Abend aufheitern und deshalb gehen wir ins Kino und morgen ins Juze.

Ich bezweifle allerdings ehrlich gesagt, ob das mit dem Aufheitern klappt.


**Samstag, der 16. März, früh morgens um drei**

Wir waren gestern im Kino. Eigentlich ein ganz süßer Film. Mal wieder ein Film für Mädchen. Es ging um die Liebe eines Mädchens zu einem Vampir. Twilight. Großartiger Film. Hab mich direkt hineinversetzt gefühlt. Schließlich bin auch ich in jemandem verliebt, mit dem ich nicht zusammen sein darf. Der Unterschied ist nur, dass die beiden sich ehrlich lieben und trotz allem füreinander kämpfen. Was ich jetzt von Hannes und mir nicht behaupten kann.
Also ging es mir nicht viel besser.

Als wir heim sind, habe ich mich angezogen aufs Bett gelegt, habe die Decke angestarrt und bin so heute Nacht irgendwann auch wieder aufgewacht. Ich muss eingeschlafen sein.

Es war total still und ganz dunkel bei uns im Haus. Und ich hab mich ziemlich einsam gefühlt.
Es ist nicht so, dass es mir so wehtun würde, wie damals der Streit mit Jonathan oder die ständigen Abweisungen von Nico. Es ist eher so, als ob ich leer wäre. Ich fühle einfach nichts.


## Samstag, der 16. März

Oh mein Gott. Ich glaub´s nicht! Ich hab grad tatsächlich eine Whatsapp von Hannes bekommen. Wie geil. Mann, wie geil. Gibt's denn so was? Er schreibt: „Hey Nati, alles klar? Was machst du heute Abend? Liebe Grüße Hannes.“

Wie geil! Er hat auch nicht mehr nur LG geschrieben, sondern „Liebe Grüße“. Und er fragt was ich mache.
Juhu..

Hab gleich zurück geschrieben: „Hi Hannes. Ich wollt mit den Mädels eventuell ins Juze. Und du? Lust auch zu kommen?“

‚Eventuell‘ muss man einfließen lassen, um zu signalisieren, wenn er etwas anderes machen will, bin ich noch nicht fest verplant.

Piepton. Whatsapp!

Hannes schreibt: „Ja, dann komm ich eventuell auch vorbei. Dann sehen wir uns. Bis heute Abend.“
Was zieh ich bloß an?

**Sonntag, der 17. März**

Ich sah natürlich gestern umwerfend aus Abend. Die Mädels und ich sind dann auch früh los, damit wir Hannes auch ja nicht verpassen.
Waren schon um sieben da.
War voll aufgeregt. Aber positiv aufgeregt. Und dann kam er auch bald. Um acht war er da.
Er kam mit Lukas, seinem Kumpel.
Hannes ist direkt auf mich zugesteuert und ich dachte mir: „Wo sind meine Beine? Die sind wie Butter. Scheiße, gleich kipp ich um..“
Hatte aber Gott sei Dank genügend Stehvermögen, um nicht umzufallen!

„Hey, da bist du ja“ begrüßte er mich.
„Ja, da bin ich“ grinste ich ihn an.

Wir sahen uns kurz an. Was sag ich? Oh Gott, was sag ich?

„Das sind Marie, Lilly und Nina“ besann ich mich und stellte meine Mädels vor.
„Ich hab Lukas mitgebracht. Ihr kennt euch ja schon.“ Lukas und ich reichten uns kurz die Hand, dann stellte er sich den anderen vor. Ich war so fasziniert von Hannes, dass ich gar nicht mitbekommen habe, dass Nina und Lukas sich sofort großartig fanden. Hat mir Marie später erzählt.

So schaute ich jedenfalls unentwegt Hannes an.

„Magst du was trinken?“ fragte er mich.
„Ja, unheimlich gerne.“
„Okay, ich bring dir was mit.“
„Danke“ lächelte ich ihn an.

Mein Magen drehte sich um. Ich war so was von neben mir.

„Der ist ja sowas von verknallt!“ strahlte mich Marie an.
„Ich weiß!“ brüllte ich in einem ganz hohen Ton, worauf wir
alle anfingen, kurz und hysterisch laut zu brüllen.

Mädchen zu sein ist doch was Tolles. Man darf zickig und
launisch sein, man darf sich aber auch wie bescheuert freuen.
Ich liebe das.

„Bitte schön.“
Hannes kam mit meinem Getränk zurück und strahlte mich
an. Ich grinste zurück. Leicht verlegen. Dann sah ich auf meine Füße. Weil ich nicht wusste, wo ich sonst hinschauen sollte. Ich werde dann immer gleich rot, wenn ich verknallt bin.
Das zumindest hab ich in den letzten Monaten auf jeden Fall
raus gefunden.

„Schau mal“, sagte Hannes aber auf einmal.
Und da standen Nina und Lukas und haben sich ziemlich
angeregt unterhalten. Lilly und Marie standen daneben und
habengekichert.

„Wie heißt die Lilly eigentlich richtig?“ fragte Hannes mich
auf einmal.
„Was?“
„Naja, Lilly. Das ist doch kein richtiger Name!“
„Wieso nicht?“
„Weils doch eine Abkürzung ist, oder?“
„Von was denn?“
„Na, das frage ich doch dich!“

Wir mussten beide lachen.

„Ich hab keine Ahnung von was Lilly die Abkürzung ist, ehr-
lich gesagt.“
„Vielleicht von Liliana.“
„Nein, das passt nicht zu ihr.“

„Hm, dann Luisa."
„Das ergibt doch keinen Sinn."
„Ach so, vielleicht eher Liliputaner!"
„Du bist doch scheiße!" lachte ich und boxte ihm in die Seite.

Er hielt meinen Arm fest, sah mir ganz fest und grinsend in die Augen und mir blieb das Herz stehen.
Küss mich!!!!!

Hat er natürlich nicht!!

„Und von was ist Nati die Abkürzung?"
„Was?"
„Naja, das ist doch auch kein richtiger Name!"
„Nein?"
„Nein!"
„Ich werd´s dir nicht verraten."
„Wieso nicht?"
„Weil es mein Geheimnis ist" flüsterte ich ihm zu, drehte mich leicht um und trank einen Schluck. Ich kam mir so geheimnisvoll vor.
„Gut, eines Tages werde ich es raus kriegen!" flüsterte er mir ganz nah ins Ohr.
Wenn er das immer macht, dieses nah sein und ins Ohr flüstern, ohne Scheiß, dann flippe ich irgendwann aus. In meinem ganzen Leben hatte ich noch nie so Gänsehaut wie in diesen Momenten.

„Da musst du aber noch viele Tage dran arbeiten", sagte ich also nur leise in seine Richtung.
„Nichts dagegen", sagte er und ich drehte mich zu ihm um. Sah ihn ganz nah an.
Er sah mich auch ganz ernst an.

„Ich schau mal kurz zu Lukas", sagte er und strich mir kurz

über die Wange. Ich schmelze!!!

Der Typ macht mich fertig!!!! WAHNSINNIG macht der mich!

Wieso küsst er mich nicht?

Gott, ich brauch diesen Jungen. Er macht mich glücklich, wenn er da ist.

Dann stand Hannes bei Lukas und Nina. Lilly und Marie nutzten die Situation sofort und kamen zu mir rüber.

„Und?" fragte Lilly gleich.
„Seid ihr jetzt zusammen?" fragte Marie.

„Nein", antwortete ich ehrlich.
„Aber vielleicht wird's ja doch noch was!" antwortete ich gleich noch hinterher.

„Das seh ich auch so", meinte Marie und strich mir über die Wange, wie das zuvor Hannes gemacht hatte.
Dann kam auf einmal Nina mit den beiden Jungs im Schlepptau und beschwerte sich lachend bei mir über die beiden, weil sie so frech wären. Ich hab gelacht und gesagt: „Das weiß ich durchaus!"

Und so standen wir den ganzen Abend alle zusammen und hatten super viel Spass.
Da kam dann nämlich noch Marc dazu und hat sich sofort mit den Jungs verbrüdert. Also ich hab mir zwischendurch fast vor Lachen in die Hosen gemacht. Ich war einfach nur super glücklich. Endlich wieder mit Hannes zusammen. Und endlich ohne Nico!

Später dann sind wir alle vor das Juze gegangen, als es Zeit wurde zu gehen.

Wir haben uns verabschiedet und weil mich Hannes wieder nicht alleine gehen lassen wollte, hat er mich mit Lukas heimgebracht.

Beziehungsweise zum Bus. Da bin ich dann eingestiegen nachdem ich mich von den zwei Verrückten verabschiedet hatte und hab Hannes noch ganz lieb aus dem Bus gewunken. Dann ist mein Bus gefahren und als ich mich nochmal umgedreht habe, hab ich gesehen, wie Lukas Hannes auf die Schulter geklopft hat und beide gelacht haben. Sah aus wie: „Na also, wird doch!"

Die Frage ist nur: Wird es wirklich und wenn ja, wann?


**Montag, der 18. März**

Hab heute in der Schule eine drei minus zurückbekommen. Ist ja unglaublich. Der Schulz meinte, ich solle das nächste Mal ein bisschen mehr lernen. Eine drei minus?! Was soll ich denn da noch lernen? Hat doch super geklappt. Das lustigste ist, dass es tatsächlich nicht die chinesischen Inseln sondern die Philippinen waren, aber der Schulz mir trotzdem einen Punkt selbst dafür gegeben hatte, weil ich überhaupt wusste, dass es die chinesischen Inseln gibt. Wow, die sind zwar ganz am anderen Ende der Welt, scheint ihn aber nicht zu interessieren!


**Montag, der 18. März, später**

Bin grad so am überlegen. Soll ich Hannes mal eine Whatsapp schreiben? Hab gestern nichts mehr von ihm gehört. Ich schreib ihm mal: „Hi du, wie läuft's? Hab heut ne drei in

Erdkunde bekommen, obwohl ich Kanada für Australien hielt.. ;)"

Er hat gleich zurück geschrieben: „Ich dachte Kanada IST Australien!!) Mir geht's gut. Schule nervt. Aber das kennst du ja. Hausaufgaben schon gemacht?"

„Naja, noch nicht ganz. Hast du sie schon gemacht?"

Es piepst. Die Antwort von Hannes kommt: „Nein, wollt grad anfangen. Wenn du magst, können wir uns ja sehen und sie gemeinsam machen?"

Wow, wie süß. Er will, dass wir gemeinsam Hausaufgaben machen. Ich sterbe, so süß ist das.

Also antworte ich prompt: „Ja gerne. Aber wo?"

„Bei mir ist blöd. Bei dir?"

„Klar, komm her. Weißt ja, wo ich wohne, warst ja oft genug schon vor der Haustüre gestanden. Dieses Mal darfst du sogar rein.. ;)"

„Wow, Empfang der Dame des Hauses. Da bin ich ja gespannt. Bis gleich!"

Verdammt! Aufräumen muss ich.


**Montag, der 18. März, noch später**

Also, ich hab heute einen super romantischen Nachmittag mit Hannes gehabt. Danach wurde alles etwas schräg.
Aber von Anfang an.

Ich hab total schnell mein Zimmer aufgeräumt. Also heißt im Klartext: Ich hab all die Klamotten, die so rumgeflogen sind einfach in meinen Schrank rein gepfeffert. Dann hat es auch schon geklingelt.

Ich bin zur Tür gerannt, hab die Tür geöffnet und gedacht ich steh im Himmel. Da hat mich Hannes angegrinst, er stand einfach so da – zum Knutschen!
Ich musste auch gleich grinsen. Dann kam er rein und hat sich Schuhe und Jacke ausgezogen, was bei ihm übrigens äußerst lässig aussieht. Dann hab ich ihm kurz unser Haus gezeigt.
„Wo sind deine Eltern?", fragte Hannes.
„Arbeiten", war meine knappe Antwort.

„Meistens lerne ich in der Küche, aber wir können auch in mein Zimmer gehen, wenn du magst", meinte ich dann, nachdem kurz keiner was gesagt hatte.

„Die Küche ist doch gut, aber ich würde dann schon gerne auch dein Zimmer mal sehen", meinte Hannes und hatte sein Grinsen wieder.
„Aber erst später", meinte ich wiederum grinsend. „Erst die Arbeit, verstehe. Braves Mädchen", meinte er lachend und setzte sich an den Küchentisch.

Dann hab ich uns noch was zu trinken hingestellt und jeder hat seine Hausaufgaben gemacht. Natürlich längst nicht so unromantisch wie das hier jetzt klingt. Sondern es war soooo süß!

Wir gehen nun ja leider auf unterschiedliche Gymnasien, aber in die gleiche Stufe. Also haben wir ähnlichen Stoff. Aber das war es natürlich nicht, was es romantisch gemacht hat. Sondern die Tatsache, dass wir uns die ganze Zeit angeschaut und gegrinst haben, dann wieder geschrieben, dann

wieder gegrinst, dann geschaut und dann wieder geschrieben haben. Das war echt so geil!
Aber dazwischen hat keiner von uns was gesagt.

Wenn er getrunken hat, dann hat er mir immer beim Trinken so süß zugezwinkert. Echt goldig.
Mann, wie kann ein Typ nur so süß sein. Er passt einfach so toll zu mir. Zum ersten Mal hab ich wirklich das Gefühl, ja, das passt!

Plötzlich ging die Haustür auf. Meine Mutter kam heim. War wirklich schon halb sieben. Wie schnell die Zeit vergeht, wenn man mit Mr. Right in der Küche sitzt.

Meine Mutter jedenfalls kam dann in die Küche und hat ziemlich doof geschaut, als sie Hannes entdeckt hat.

„Hallo", hat sie dementsprechend verwundert gesagt. Hannes ist gleich aufgesprungen und hat ihr die Hand gegeben: „Hallo, ich bin Hannes".

„Aha", hat meine Mutter nur gesagt, die Einkäufe auf die Küchentheke gelegt und kurz auf den Tisch geschaut.
„Es ist schon spät", meinte sie dann.
In dem Moment hätte ich sie schon erwürgen können.

„Ja, äh, ich glaub ich muss dann auch los. Wir sind ja eh soweit fertig", meinte Hannes daraufhin.

Ich schaute ihn nur traurig an und sagte: „Ja, okay." Mann, war meine Mutter heute mal wieder scheiße!
Ich bin dann mit Hannes an die Tür gegangen.
„Sie ist im Moment etwas schräg drauf", meinte ich zu Hannes.
Der nickte nur.
„Liegt's an mir?", fragte er vorsichtig.

„Nein!" antwortete ich bestimmt. „Naja, ein bisschen, wegen Nico und so", meinte ich dann aber.

Er nickte nur kurz.

„Das ist wahrscheinlich bei meinen Eltern genauso", meinte er dann.

Jetzt war ich echt enttäuscht. Gerade wo mich doch seine Eltern so mochten, mögen sie mich jetzt nicht mehr. Meine Mutter hatte Recht. Es würde keiner verstehen. Aber egal. Mir geht's nicht um die anderen. Mir geht's um Hannes.

„Ich mag dich aber trotzdem!" hörte ich mich da auf einmal sagen.

Hannes schaute zu mir auf.
Dann lächelte er: „Ich mag dich auch. Ich muss das jetzt aber erst mal mit Nico klären. Er ist mein Bruder!"

„Okay", nickte ich.

Ich hab ihn angesehen und dann hat Hannes mir wieder kurz über die Wange gestrichen und ist dann gegangen.

Ich bin dann in die Küche gegangen und war natürlich auf ein großes Donnerwetter mit meiner Mutter eingestellt. Da ich aber nicht immer ihr den Vortritt lassen wollte, dachte ich mir, dieses Mal fang ich einfach an. Volle Konfrontation: „Ich weiß schon, was du sagen willst, aber du kannst es gleich lassen. Du kannst mir gerne verbieten, in ihn verliebt zu sein, ihn hier nicht mehr rein lassen zu dürfen und mir verbieten, dass ich Kontakt mit ihm habe. Aber das werde ich nicht tun. Ich bringe ihn, wegen mir, nicht mehr mit heim. Aber ich mag ihn. So schaut's nun mal aus. Ich wusste nicht, dass es manchmal eben so kompliziert ist. Ich habe nichts Unanstän-

diges gemacht und habe dies auch nicht vor. Wir haben nur miteinander Hausaufgaben gemacht. Wir haben weder jemals geknutscht noch will ich dich ärgern. Ich will nur meine Ruhe. Und es ist mir durchaus klar, dass weder ihr, noch seine Eltern, noch Nico oder einige Freunde es verstehen werden. Aber mit der Zeit werdet ihr euch dran gewöhnen!"
Dabei hab ich schon meine Schulsachen gepackt und bin aus der Küche gestürmt.

Den ganzen Abend hab ich dann erst mal nichts mehr von meiner Mutter gehört. Dann kam mein Vater heim und meine Mutter hat später zum Essen gerufen. Da bin ich dann auch hin, aber wegen Hannes fiel kein Wort.

## Dienstag, der 19. März

Gestern Nacht hab ich noch eine Nachricht von Hannes bekommen. Er hat Nico gestern nicht mehr gesehen. Der war so lange im Fußballtraining. Verdammt!

## Mittwoch, der 20. März

Hannes hat mit Nico geredet. Gestern Abend hat Hannes bei mir auf dem Handy angerufen. Ich war total aufgeregt.

„Hallo", meinte ich.
„Hey, wie geht's?"
„Gut soweit. Und selbst?"
„Ja, gut. Hab mit Nico geredet."
„Und?"
„Er hat nichts dagegen, wenn wir uns weiter sehen und treffen. Hatte er sich eh schon gedacht. Also alles im Lot."

Ich hab nicht genau gewusst, wie ich mich freuen kann, ohne dabei dann aber nicht voll ins Telefon brüllen zu müssen.

„Das ist ja mal eine gute Nachricht", sagte ich dementsprechend nur erleichtert.
„Find ich auch", meinte Hannes.
„Ich hatte nämlich schon Angst, dass ich keinen Schokokuchen mehr kriege. Und keine heiße Schokolade!", meinte ich.
„Quatsch, ich kann dich doch nicht verhungern lassen!"
„Gut so! Wie sieht's morgen aus bei dir?" fragte ich Hannes.
„Morgen ist schlecht, da hab ich Training!"
„Ich check deine Trainingszeiten nicht. Ich dachte, das ist montags und mittwochs?"
Hannes lachte: „Ja, normalerweise schon. Weil ich noch in der Jugend spiele. In der ersten Mannschaft sind aber so viele verletzt, deswegen trainiere ich die nächste Zeit bei Nico in der Mannschaft mit!"
„Verstehe, bist also jetzt ein ganz Großer!"
„So schaut's aus!"
„Bin sehr stolz auf dich!"
„Echt?", fragte er lachend.
„Na klar, wenn du jetzt über dich hinauswächst, hab ich ja einen wesentlichen Teil dazu beigetragen!"
„Ach ja? Welchen denn?" fragte er.
„Hm, also ich hab dich glücklich gemacht – mit ganz viel Schokokuchen!"
„Lass den Schokokuchen weg. Der Rest stimmt. Schokokuchen ist nicht gerade gut für die Kondition!"

Wie geil! Hat der gerade behauptet gehabt, dass ich ihn glücklich mache? Wahnsinn!
Also antwortete ich aber gleich: „Dann esse ich deine Portion mit. Damit du gut in Schuss bleibst!"

„Kannst du gerne machen. Wenn du allerdings wie ein Wal-

ross aussiehst, will ich nichts mehr mit dir zu tun haben!“
„Wow, du bist ja oberflächlich!“
„Du nicht?“ fragte er.
„Nö, ich mag dich auch noch, wenn du drei Mal so fett bist wie jetzt!“
„Das probiere ich aus!“ lachte Hannes.
„Mach das“, lachte ich.
„Ich fange gleich an und schieb mir eine Pizza in den Ofen. Ich muss nämlich jetzt Schluss machen.“
„Okay, dann guten Appetit!“
„Werde ich haben. Danke. Dir schon mal eine gute Nacht!“
„Dir auch. Bis morgen!“ meinte ich dann auf einmal wie selbstverständlich.
„Ja genau, bis morgen“, meinte dann aber auch Hannes.

Dann haben wir aufgelegt und ich war so super glücklich, da hab ich erst mal eine Telefonkonferenz mit meinen Mädels angeleiert. Hat über eine Stunde gedauert und wir hatten alle vier danach Stress mit unseren Eltern. Aber sie haben sich alle auch voll für mich gefreut und wir sind überzeugt, dass das noch was wird.

Vor allem weil meine Mutter heim kam und vor unserer Haustür ein Päckchen lag, mit einem Schokokuchen drin. Und dabei noch ein Überraschungsei. Mann! Wahnsinn!

Meine Mutter hat dazu nichts gesagt. Ich auch nicht. Und das ist auch besser so!

**Donnerstag, der 21. März**

Hatte gestern Hannes noch eine Whatsapp geschrieben: „Das was du heute abtrainiert hast, hab ich grad in mich reingefuttert! Danke fürs Mästen!“

Hannes hatte dann zurück geschrieben: „Von was redest du?"

Ich war geschockt. „Kam der Schokokuchen nicht von dir??", jetzt war ich ehrlich verwirrt.
„Klar, ich wollte nur schauen, wie viele dir jeden Tag Kuchen schenken. Muss ja schon wissen, wem ich da einen Kuchen vor die Tür stelle ;)"

Hab mich fast totgelacht. Wie kommt er nur auf so doofe Ideen? Der ist echt megasüß!


**Freitag, der 22. März**

Hannes und ich haben gestern telefoniert. War total goldig. Haben über die Schule, die Mädels, Lukas und Gott und die Welt geredet. Nicht über Nico. Das vermeiden wir, glaub ich, beide.
Dann ging´s auch ums Wochenende. Was wir so machen könnten.

Morgen Abend wollen wir mit den anderen Mädels und Co ins Juze gehen. Heute Abend hat er gefragt, ob ich mit ihm in den Fuchsbau gehen will. Ich hab zwar keine Lust auf die Leute dort, aber ich hab Lust, Hannes zu sehen, also hab ich zugesagt.

Darf wohl eh nur bis neun weg bleiben. Meine Mutter meinte, das reicht ja wohl, wenn ich morgen auch noch ins Juze will.
Und da sie von Hannes nichts erfahren soll, ist Marie wieder mein Alibi.

## Samstag, der 23. März

Hab mich gestern mit Hannes an der Ecke zur Straße von Lukas getroffen. Dort sind wir dann zusammen zum Fuchsbau gelaufen. Da es schon sieben war, bis wir uns getroffen hatten, waren es Gott sei Dank nur anderthalb Stunden, die ich bei den Kiffern aushalten musste. Weil es mich echt total gelangweilt hat. Auch dass Hannes raucht, stört mich total, obwohl er sonst ja nicht raucht.

„Wieso rauchst du das eigentlich?" fragte ich dann so dazwischen.
„Weiß nicht. Es entspannt!"
Ich sah ihn verständnislos an.

„Stört es dich?" fragte er. Na, wenn er schon so fragt.
„Ja", meinte ich also nur kurz und knapp.
„Gut", meinte er daraufhin und gab die Tüte weiter.
„Ich mein ja nur, du brauchst das doch gar nicht, oder?!"
Ich will ihm ja jetzt auch keine Vorschriften machen, aber man wird ja wohl mal seine Zweifel loswerden dürfen.
„War halt immer gut gegen Langeweile!"
„Aber ist dir jetzt auch langweilig?" fragte ich ihn skeptisch.
„Nein, eigentlich gar nicht", sagte er und lächelte mich an.
„Gut, weil dann kannst du es ab jetzt ja lassen", lächelte ich ihn zurück an.
„Wieso, bist du so anstrengend?" fragte er mich.
„Du hast keine Ahnung!" lachte ich. „Und wenn dann bald noch zwei von mir da sind.."
„Wieso zwei?" fragte Hannes plötzlich verwirrt.
„Da kommt Nachwuchs in die Familie" lachte ich.
„Bist du..?" fragte er entsetzt.
„Ich??? Nein!! Ich doch nicht! Meine Mutter!"
„Ach so.."
„Dachtest du..?"
„Naja, keine Ahnung.."

„Nein, ich wirklich nicht. Ich hab ja noch nicht mal.. Naja, du weißt schon!"
„Ach ja, ja. Gut, ich auch nicht.."

Gut, hätten wir das mal geklärt.

„Mensch, noch so was wie dich!" grinste er auf einmal.
„Tja, das wird die Welt verändern!"
„Glaub ich auch! Was wird es denn? Ich hoffe ein Junge?"
„Nö, sieht man noch nicht!"
„Was wünschst du dir denn?"
„Hab ich ehrlich gesagt noch nicht drüber nachgedacht! Aber ich hoffe auf ein Mädchen. Jungs hat die Welt schon genug. Jetzt brauchen wir noch ein paar tolle Mädels!"
„Du meinst wohl abgedrehte Weiber wie dich!", lachte er.
„Werde bloß nicht frech!" lachte ich zurück.

Yeah, was ein supercooles Gespräch. Hannes ist einfach so perfekt!

Heute Abend geht's jetzt noch ins Juze. Geküsst haben Hannes und ich uns übrigens immer noch nicht. Heißt also im Klartext: Wir sind immer noch nicht zusammen! Waahh!


**Sonntag, der 24. März**

Gestern Abend im Juze war's echt lustig. Marie, Nina, Lilly und ich hatten uns vorher mal wieder zusammen fertiggemacht, was echt schon super lustig war. Wir sind dann alle bei Marie gewesen und ihre Mutter hatte uns so einen Fruchtcocktail gemixt. Ohne Alkohol versteht sich. Und danach sind wir dann zusammen ins Juze gefahren.

Dort vor der Tür haben schon Hannes, Lukas und Tobi ge-

wartet. Tobi gehört auch zu Hannes und seinem Fuchsbau.
Da stand aber auch schon Marc dabei, er kam mit Jonathan
und der hatte seine blonden Freundin wieder dabei. Wir sind
dann alle zusammen reingegangen und Hannes und ich standen dann die ganze Zeit zusammen.

Es war echt super lustig und Hannes und ich haben mit den
anderen ganz viel Quatsch gemacht, aber ich hätte so gerne
mit ihm Händchen gehalten oder so was. Aber ich hab mich
erst nicht getraut. Dann hab ich gedacht, ich himmle ihn mal
an. Vielleicht kapiert er das ja besser als sein Bruder.

Gesagt, getan. Und was soll ich sagen. Hannes hat total gut
reagiert. Er hat mich die ganze Zeit voll süß angeschaut, hat
mir zugezwinkert und hier und da mal ganz süß und kurz
über den Kopf gestreichelt – das lieb ich ja voll.
Wahnsinn! Wie dich so was verrückt machen kann.
Bei meinen Verwandten kann ich das nicht leiden, wenn die
das machen. Bei Hannes könnte ich durchdrehen, weil's so
schön ist.

Später sind wir dann alle zusammen gegangen und auch gemeinsam bis zum Bus gelaufen. Da hab ich mich von allen
verabschiedet, auch von Hannes. Der muss ja in eine andere Richtung. Ich stand dann kurz vor ihm und hab ihm die
Hand gereicht, dann haben wir uns mal wieder einen Bussi
links und rechts gegeben. Das war so schön.
Aber das war's dann leider! Immer noch kein Kuss! Immer
noch keine Gewissheit!


**Sonntag, der 24. März, später**

Hab grad eine Whatsapp von Hannes bekommen. Es sei jetzt
Zeit für Schokolade und Kuchen. Ob ich Lust und Zeit hät-

te. Klar hab ich die! Für dich immer, geliebter Hannes!


**Sonntag, der 24. März, noch später, aber total verliebt!**

Ich weiß gar nicht wo ich anfangen soll! Das war der schönste Nachmittag! Ein absolut superschönes Treffen mit Hannes. Mein erstes richtiges Date! Und das mit einem so genialen Ausgang!

Ich hab mich mit Hannes am Stadtbrunnen getroffen. Von dort aus sind wir zu unserem Café gelaufen, wo wir wieder freudig begrüßt wurden.

Wie immer haben wir jeder eine Tasse heiße Schokolade bestellt und uns einen Schokokuchen geteilt.

Hannes und ich haben die ganze Zeit total gegrinst und über meine verrückten Mädels, über seine Freunde und so geredet.

Irgendwann meinte er dann so: „Was sagen die eigentlich dazu?"
„Wozu?" meinte ich mit einem Stück Schokokuchen im Mund.
„Naja, zu uns.."

Mir wurde ganz heiß: „Naja, die freuen sich. Die mögen dich."
Er grummelte nur grinsend.

„Und was sagen deine Jungs?" fragte ich ihn also.
Da musste er noch mehr grinsen.

„Was?" fragte ich also nach.

„Die sind sehr stolz darauf, dass ich meinem älteren Bruder die Freundin ausgespannt habe – also quasi", lächelte er.

Ich lächelte ganz lieb zurück, wusste aber nicht, was ich sagen sollte, also sagte ich erst mal nichts.

Dann aßen wir den Kuchen auf, tranken die Schokolade, haben eigentlich nicht mehr groß geredet und sind dann durch die Stadt gelaufen.

Dann hat Hannes plötzlich meine Hand genommen. Ich hab mich so gefreut. Ich hatte so viele Schmetterlinge im Bauch. Es war der Wahnsinn.

Dann hab ich gemerkt, dass er immer näher an mir lief und meine Hand immer fester hielt. Das hat mich total aufgeregt. Ich war wirklich supernervös.

Dann sind wir über so eine kleine Brücke an unserem Stadtfluss gelaufen. Die ist total süß, weil ganz viele Sträucher entlang wachsen, alles leicht mit Schnee noch bedeckt war und die Brücke mit Schnörkel aus Eisen gemacht ist.

Da sind wir dann kurz stehen geblieben. Erst stand Hannes neben mir. Dann hat er gemeint, dass er hier mal als Baby reingefallen ist.

„Echt?" hab ich ihn gefragt und gelacht. Ich hab ihn angeschaut und mich leicht zu ihm gedreht. Er stand schon so zu mir.
Dann hat er mir die Geschichte erzählt, aber ich konnte gar nicht richtig zu hören. Ich war so aufgeregt.
So standen wir immer noch am Geländer und haben uns angeschaut. Ich war so verlegen, dass ich ins Wasser geschaut habe.

Dann hat er mich auf einmal gefragt: „Darf ich dich küssen?"
„Ja", hab ich gehaucht.

Dann hat er mich geküsst.

Es war ein bisschen komisch, hat nicht so ganz hingehauen.

Ich hab ihn dann angeschaut und gegrinst. Er auch.
„War mein erster Kuss", meinte er dann voll schüchtern.

Ich fand's voll süß von ihm, dass er mir das gesagt hat.

„Ich hoffe nicht, dass es dein letzter war – mit mir, so mein ich!"

„Glaub ich nicht!" sagte er dann und küsste mich gleich nochmal.

Er ist genau das, was ich will! Er ist so perfekt. Bis auf das Kiffen, aber das kriegen wir hoffentlich auch noch hin!

Dann sind wir noch händchenhaltend durch die Stadt gelaufen, waren, glaub ich, beide super glücklich. Ich bin dann heimgelaufen, weil ich einfach nicht Bus fahren wollte und das erst mal alles verarbeiten musste.

Dann kam vorhin noch eine Nachricht von ihm: „Gute Nacht Sweety!"

Ist der nicht der Wahnsinn?

Ich finde die ganze Welt sollte neidisch auf mich sein, weil ich so ein Glück habe. Ich hoffe nur, dieses Mal hält es auch!

**Montag, der 25. März**

Heute war natürlich wieder Schule. Aber das Schulgebäude
war heute voller rosa Herzen, auch im Klassenzimmer. Überall rosa Herzen. Und alle waren total glücklich heute. Natürlich nicht wirklich, aber es war heute alles so schön als wären
überall rosa Herzen. Nina, Lilly und Marie haben sich auch
voll für mich gefreut. Endlich mit Hannes zusammen! Das
Leben ist der Wahnsinn!


Während der Schule hat Hannes mir geschrieben. Hab ich
in der Pause gesehen. Bin fast geplatzt vor Glück. Er hat geschrieben, dass sein Lehrer heute seine Brille vergessen hatte
und dass er deswegen die ganze Zeit die Leute verwechseln
würde, weil er niemanden sieht. Total lustig.
Ich hab dann natürlich gleich zurück geschrieben, dass mein
Lehrer sein Gehirn vergessen hätte. Hannes hat ein Smiley
zurückgeschrieben und gemeint, ob ich sicher wäre, dass
nicht ich mein Hirn vergessen hätte.


Ich hab zurück geschrieben: „Wer bist du? Kann mich nicht
an dich erinnern!“
Dann kam noch mal ein Smiley!


Nach der Schule hat er dann am Nachmittag angerufen. Wir
haben uns für den Nachmittag verabredet und uns wie immer am Stadtbrunnen getroffen. War am Anfang irgendwie
peinlich. Mussten beide total grinsen, als wir uns gesehen haben. Es war aber auch komisch, weil ich nicht wusste, ob wir
uns jetzt zur Begrüßung küssen oder nicht. Haben wir dann
auch nicht. Hannes hat mich gedrückt. Auch voll süß.
Wir sind durch die Stadt gelaufen. Es hat noch mal ganz leicht
geschneit. Es war so romantisch. Wir haben wieder Quatsch
gemacht und natürlich waren wir in unserem Café. Als uns
die Bedienung gesehen hat, hat sie gleich gelacht. Wir auch.

Sie meinte: „ Da kommen meine zwei Süßen!"

Ich fand das so lieb, ich musste grinsen. Da stutzte sie auf einmal und sagte: „Oha, jetzt endlich ist es soweit!!"
Wir schauten sie fragend an. Sie lachte jetzt voll nett und meinte: „Jetzt habt ihr nicht mehr den peinlich verliebten Blick drauf, sondern nur noch den verliebten. Das ist doch super!"

Das war mir jetzt wiederum peinlich.

Als dann aber die heiße Schokolade kam war die Welt wieder in Ordnung.

Dann hat mich Hannes heimgebracht. Zumindest bis zur Bushaltestelle, weil er musste dann auch nach Hause! Da sagte er: „Bald fahr ich dich mit dem Roller heim. Sobald das Wetter besser ist!"
„Dann fahr ich selbst mit dem Roller heim", meinte ich.
„Ach ja stimmt, du hast ja den Führerschein gerade erst gemacht. Das war vor meiner Zeit!"
„Stimmt, vor deiner Zeit. Aber das hast du doch mitbekommen von Nico, oder?"
„Ja, so halb. Er hat nicht so viel erzählt."

Na, dem war ich ja wichtig gewesen. Jetzt war ich fast schon wieder beleidigt.

Ich hab nichts mehr gesagt, nur so leise „Aha".

Dann meinte Hannes auf einmal: „Aber jetzt bekomme ich ja alles selbst mit, oder?"

Da schaute er mich so süß, aber ganz fest an. Ich hab richtig Gänsehaut bekommen.

Dann, als ich nach Hause kam, war es erst sieben Uhr, aber es ist ja noch Winter und unter der Woche, und da muss ich so früh zu Hause sein, weil es ja schließlich auch noch so früh dunkel wird.

Kurz darauf kam meine Mutter heim, hat Abendessen gemacht und dann haben wir zu dritt gegessen. Wie immer, wie jeden Abend, nichts besonderes. Aber dann auf einmal ist meine Mutter so zusammengezuckt, und hat „Ey" gemeint.

Ich fragte: „Was ist los?".
„Es bewegt sich!" meinte sie.

Und Papa ist gleich aufgesprungen, um seine Hand auf der Mama ihren Bauch zu legen.

„Ich glaube, da merkt man noch nichts",  meinte sie und lachte.

„Vielleicht hat es Hunger", meinte ich. Was essen denn Babys eigentlich im Bauch, fragte ich mich dementsprechend auch gleich.

Meine Mutter meinte, ich hätte Recht, es würde Zeit werden für zwei zu essen.

Sie grinste und nahm sich noch ein Brot und legte es über das erste.

Ich nahm mir auch noch eins und meinte, ich bräuchte auch noch eins. Ich müsste auch für zwei essen.
Meine Eltern sahen mich kurz entsetzt an. Ich grinste und meinte, ich würde noch wachsen, brauche mehr Essen für mein Gehirn und wegen alle dem Schulstress, und so viel zu tun, das reicht locker für zwei!

Mein Vater lachte und meinte: „Dann muss ich für drei essen!"

Danach war uns allen schlecht und meine Mutter hat uns Tee gekocht. Ich bin dann kurz in mein Zimmer, um mir eine Jogginghose anzuziehen, das mit der Jeans war nach all dem Futter ein Ding der Unmöglichkeit.

Als ich wieder ins Wohnzimmer bin, sah ich meine Eltern auf der Couch. Meine Mutter hat in einem Babyheft gelesen und mein Vater hat Fernsehen geschaut. Ich stand im Türrahmen und hab sie beobachtet. Sie haben so glücklich ausgesehen. Und irgendwie fand ich, dass ich in diesem Bild überhaupt nicht gefehlt habe.
Es war eher so, als wäre ich Außenseiter und hätte mit dieser Familie überhaupt nichts mehr zu tun.

Ich hab gerade in dem Moment aber die Tasse stehen sehen, die für mich mit Tee gefüllt war, als ich wieder gehen wollte.

Ich bin also zur Couch und hab mich auf den Sessel gesetzt und mich rein gekuschelt. Hab heimlich meine Eltern beobachtet. Und zum ersten Mal wurde mir so wirklich bewusst, dass ich eigentlich erwachsen werde, weil meine Eltern immer gelassener werden, was mich betrifft. Zumindest bei den Alltagssachen. Ist schon sehr beeindruckend, so Momente zu fühlen. Und bald ist hier auch noch ein Baby. Dann bin ich wohl endgültig abgeschrieben.


**Dienstag, der 26. März**

Heute kann ich Hannes ja nicht treffen, weil er Fußballtraining hat. Hab dann mal richtig ordentlich mein Zimmer aufgeräumt. Auch den Kleiderschrank, weil jetzt kommt der

Frühling und da will ich ja auch top angezogen sein. Alles wieder im Lot im Schrank.

Nach seinem Training hat mich Hannes sogar noch angerufen. Das hat Nico nie gemacht. Hannes hat mir erzählt, das die 1. Mannschaft bei denen er jetzt mittrainiert viel mehr Kondition hat und er hat gesagt, dass er sich nun selbst ein Schokokuchenverbot auferlegt, ganz ernst jetzt, weil er nach der Hälfte schon fertig gewesen sei, und das wäre erst das Aufwärmtraining gewesen.
Ich hab total lachen müssen. Er aber auch. Haben uns dann noch eine Gute Nacht gewünscht, weil ich ja so spät eigentlich nicht telefonieren darf. War schon halb zehn. Aber ich hab gut geschlafen.

## Mittwoch, der 27. März

Hab mich heute wieder mit Hannes getroffen. Gleich nach der Schule. Ich bin mit zu ihm und wir sind auf sein Zimmer. Dort haben wir Musik gehört. Er hat einen ganz guten Musikgeschmack!
Dann hat er mich ganz viele Sachen zum Radio gefragt und ob ich das auch mal beruflich machen will. Weiß ich gar nicht. Vorstellen könnte ich mir das schon. So als Journalistin.

Schreiben tu ich ja auch ganz gern, wie man anhand der Schreibwut in meinen Tagebücher entnehmen kann. Er wollte auch wissen, ob ich jetzt gar kein Radio mehr mache.

Ich hab ihm erzählt, dass es mit dieser Woche erst in einem Jahr wieder losgeht, und bei der Sendung bei unserem regionalen Radiosender nur die Großen moderieren dürfen. Das fand er ungerecht. Find ich eigentlich auch!

Dann hab ich ihn ganz viele Sachen gefragt. Ob er denn noch andere Hobbies hat außer Fußball. Hat er übrigens nicht.

Warum er denn raucht und so. Da er das selbst nicht beantworten konnte, hab ich ihn nochmal ganz ehrlich gefragt, ob er es denn nicht sein lassen könne. Er hat gesagt: „Ich hab doch schon aufgehört!"

Dabei hat er mich angegrinst. Ich war so happy!

Da bin ich ihm einfach um den Hals gefallen. Hannes hat gelacht und mich gedrückt. Das hat mich so glücklich gemacht. Wahnsinn!!!

Als ich dann heim bin, kam uns im Flur noch Nico entgegen. Er hat nur kurz „Hallo" gesagt und ist gleich weg. Dann haben Hannes und ich uns noch einen Abschiedskuss gegeben.


**Donnerstag, der 28. März**

Heute war nach der Schule einfach gar nichts los. Ich mein so echt nichts! Hannes hat ja heute Fußballtraining gehabt und Marie war bei Marc, Nina mit ihrer Mutter unterwegs und Lilly bei Thomas!
Und mir war langweilig.
Hab Hausaufgaben gemacht. Auch mal was!


**Freitag, der 29. März**

Heute hab ich mit Erschrecken festgestellt, dass am Montag der 1. April ist. Mir wird jetzt schon ganz schlecht, wenn ich da an die letzten Jahre denke! Heute Abend gehen wir übrigens alle ins Kino.

## Samstag, der 30. März

Waren gestern im Kino. Marc und Marie, Lilly und Thomas, Jonathan war sogar mit seiner blonden Tussi dabei, die mal wieder nicht viel gesagt hat, sondern nur dämlich gegrinst hat. Ich find sie so ultra-lahm. Die kann mit mir überhaupt nicht mithalten.

Sieht Jonathan glaub ich auch so! Der schaut mich heimlich immer so an. Aber ich war beschäftigt und zwar mit Hannes, weil der so unglaublich süß ist.
Es ist der allerbeste Typ, den ich je kennengelernt habe! Nina war übrigens mit Lukas zusammen. Also nicht, dass die beiden zusammen wären, aber es waren eben unsere einzigen Singles und dementsprechend blieb ihnen ja nichts anderes übrig, als sich miteinander zu beschäftigen.

Und Hannes hat mich die ganze Zeit voll süß angeschaut, mir die Cola und Popcorn geschenkt, meine Hand im Kino gehalten und mich draußen vor dem Kino und nach dem Film total süß gedrückt, so in den Arm genommen.

Ich bin sooooooo verliebt! Danach hat mich Hannes noch soweit heimgebracht, dass ich nur noch in den Bus zu mir nach Hause steigen musste. Da hat er mir noch einen richtigen Kuss gegeben.

Dann hat er auf einmal gefragt: „Bist du glücklich?"
Das hat er so ganz leise gefragt.

Ich hab ihn angeschaut und „Ja, bin ich", geantwortet. Das war so romantisch. Ich dachte, das gibt's nur im Film.

Gibt es nicht!

Heute Abend geht's dann wieder ins Juze. Hannes holt mich sogar ab! Was ein Service! Was ein Typ!


## Sonntag, der 31. März

Gestern war ich in der Küche, um mir ein Müsli zu holen, da kam meine Mutter in die Küche. Da fiel mir zum ersten Mal ihr Bauch auf. Ich mein, so richtig. Neulich war der irgendwie noch kleiner. Es war, als wäre der über Nacht gewachsen.

„Mama", sagte ich.
„Ja, Kind", grinste sie.
„Wann kommt das Baby eigentlich? Und wieso ist das auf einmal so groß?"
Meine Mutter lachte.
„Das hab ich mich auch schon gefragt, wann es sich überlegt hat,
 so zu wachsen. Es kommt am 17. Juli – voraussichtlich. Ich bin jetzt im fünften Monat!"
„Soweit schon?"
Ich war ehrlich geschockt. Ich hab das irgendwie bis jetzt noch gar nicht mitbekommen.
Meine Mutter hat irgendwas geantwortet, weiß nicht mehr genau. Ich war einfach nur überrascht. Ist echt krass, dass ich das überhaupt nicht so mitgekriegt habe.
Auf einmal stand meine Mutter neben mir und meinte: „Nati, du bist und bleibst meine Maus! Mach dir keine Sorgen!".
„Aber natürlich mach ich mir Sorgen", heulte ich auf einmal.

Das mit dem Heulen ist mittlerweile echt fast schon normal.

„Immerhin bin ich hier noch zu Hause, noch nicht ausgezogen und noch nicht mal volljährig. Ich bin ja noch nicht mal 16! Und jetzt kommt schon mein Nachfolger. Natürlich mach ich mir Sorgen!".

Ich hab mein Müsli stehen lassen und bin in mein Zimmer gerannt. Scheiß Baby.

Natürlich hat meine Mutter kurz drauf an meinem Zimmer geklopft. Sie kam mit einer großen Tasse Kaba und einem ganzen Tablett voll Schokolade.

„Der Vorteil am schwanger sein ist, dass man so viel essen kann, wie man will!", grinste sie.

Ich hab natürlich gleich mitgegessen.

„Nati, ich werde bald viel zu Hause sein", meinte sie dann gleich.

Ich hab sie angeschaut. Aha. Was sagt mir das?

„Ich geh natürlich in Mutterschutz und dann in Elternzeit!".
„Das heißt?".
„Das heißt, dass ich schon in fünf Wochen anfangen werde, zu Hause die letzten Bücher fertig zu korrigieren. Dann werde ich mich auf die Familie konzentrieren und wenn es dann zeitlich wieder geht, weiter arbeiten. Aber auch in der nächsten Zeit danach erst mal von zu Hause! Das heißt, ich bin auch wieder mehr für dich da.".
„Und für das Baby", meinte ich.
„Ja, auch für das Baby", meinte sie. „Aber auch für dich!".

„Was könnten wir denn in der Zeit alles anstellen?", fragte sie auf einmal gut gelaunt und fröhlich.
„Was meinst du?", fragte ich.

„Naja, wenn ich dann soviel Zeit habe, dann könnten wir jeden Tag eine deiner Lieblingsserien anschauen, wir könnten uns jeden Tag die Nägel anders lackieren oder naja, ich weiß nicht. Was würdest du denn gerne machen?".

Hm, da muss ich echt erst mal drüber nachdenken.

Aber dafür habe ich ja jetzt Zeit.

Als meine Mutter sich wieder um den Haushalt gekümmert hat, bin ich zu ihr und hab doch einen Vorschlag gemacht: „Ich finde, wir brauchen eine Putzfrau!".

Meine Mutter hat mich angeschaut und war, glaub ich, etwas überrascht.

Ich hab gegrinst und beim Gehen gemeint, dass ich mir noch ein paar Sachen überlegen würde.

Aber ich finde es echt blöd, wenn sie immer das Haus aufräumen und putzen muss. Erstens, weil sie damit viel zu viel Zeit verbringt, die ihr nicht mal Spass macht und zweitens, weil ich voll oft helfen muss und wenn drittens, noch ein Baby da ist, wird das bestimmt nicht besser. Also muss jetzt eine Putzfrau her.

Ich hab mich dann noch ein bisschen ausgeruht. Dann hat aber Marie angerufen und mir von Hannes vorgeschwärmt. Er sei so toll, würde so gut zu mir passen und das sie so glücklich für mich wäre.
Am Abend dann waren wir ja im Juze. Hannes hat mich abgeholt. Er hat bei mir am Handy angerufen, weil er sich wohl irgendwie nicht getraut hat, zu klingeln. Ich bin dann zur Haustüre raus und da stand er schon. Er hat mir kurz ein Bussi auf den Mund gegeben, mich angestrahlt und dann sind wir händchenhaltend los gezogen. Im Juze kam ich also

zum ersten Mal mit einem Mann an, und hab dort nicht auf einen gewartet. Ungewohntes Gefühl.

Hannes und ich haben uns voll gut mit Marie und Marc unterhalten. Marc war dann aber ein bisschen raus, als Thomas mit Lilly kam und Thomas und Hannes sich die ganze Zeit unterhalten haben. Thomas spielt ja im gleichen Verein wie Hannes und der spielt ja im Moment auch in der gleichen Mannschaft wie Thomas. Ist irgendwie ganz schön kompliziert. Auf jeden Fall ist nächstes Wochenende wieder ein Derby, heißt es geht also wieder gegen die Mannschaft aus der Nachbarstadt.
Warum das so besonders sein soll, ist mir zwar nach wie vor nicht ganz klar, aber für die Jungs scheint es eine echte Bedeutung zu haben.

Ich hab dann gemeint, dass ich mich auf jeden Fall schon auf diesen großen Tag freue, jedoch nicht ohne Helm hingehen werde. Thomas meinte dann gleich: „Ach ja, du wurdest ja letztes Jahr abgeschossen!“
„Danke, so lebhaft peinlich hab ich es gar nicht mehr in Erinnerung gehabt!“, meinte ich grinsend.
Hannes lachte auf einmal: „War aber schon lustig, wie du einfach umgekippt bist!“.
„Du hast das gesehen?“, fragte ich entsetzt.
„Klar, hab ich!“, grinste er.

Jetzt war´s mir gleich nochmal peinlich.

Später hat mich Hannes dann wieder heimgebracht.
Und mich dann wieder so romantisch geküsst. Er ist so toll!

**Sonntag, der 31. März, 21.37 Uhr**

Mann, morgen ist wieder der 1. April. Ich bin gespannt. Wer hat wohl was ausgeheckt?


**Montag, der 01. April, 23.04 Uhr**

Dass ich reingelegt werden würde, hab ich mir ja fast gedacht. Aber dass, was sich meine Eltern geleistet haben, ist einfach der Abschuss!

Ich bin so um neun rum aufgewacht. Der Wecker hatte jetzt erst geklingelt? Schreck! Schule! Montag!

Ich bin aufgesprungen und ins Bad. Da habe ich meine Eltern in der Küche reden gehört. Und es roch nach Aufback-brötchen!
Ich bin in die Küche. Da stand meine Mutter an der Spüle und hat grad die Eier abgeschreckt, mein Vater saß am Tisch und hat gefrühstückt. So machen wir das sonst immer nur am Wochenende.

„Könnt ihr mir mal erklären was das soll?", fragte ich also.
„Komm setz dich, magst du auch was frühstücken?", fragte meine Mutter.

Ich mein, zu einem guten Essen sag ich nie nein, aber in diesem Fall waren wir doch eh schon zu spät dran, oder?

„Ich muss in die Schule", meinte ich verwirrt.
Meine Mutter schaute mich überrascht an.
„Hast du einen Projekttag?"
„Hä, nein. Heute ist doch Montag!"

Kurze Stille. Mein Vater nahm die Zeitung, die auf dem Tisch lag, schaute auf das Datum und sah schockiert meine Mutter an.

Die stellte die Eier beiseite und rief: „Beeilt euch! Wir kommen zu spät!"

Ach naja, mittlerweile sehe ich das ganze echt schon etwas lockerer. Immerhin ist es ja nicht das erste Mal, dass wir zu spät kommen.

Ich bin also hoch ins Bad gespurtet, hab mich in meine Klamotten geworfen und war zum Abfahren bereit. Von einer hektischen Mutter oder Vater war weit und breit keine Spur.

Aus der Küche kamen Stimmen. Ich bin wieder in die Küche gelaufen. Da saßen meine Mutter und mein Vater am Küchentisch und haben gegessen.

„Sagt mal, spinnt ihr?"

Meine Mutter grinste mich an und gluckste: „April, April!".

Ich bekam, glaub ich, echt Kulleraugen. Mein Vater sah grinsend auf seine Armbanduhr und meinte: „Kurz nach sieben am Montagmorgen, da hat sich das frühe Aufstehen doch für diesen Blick gelohnt!"

Ich verstand echt nur Bahnhof. Meine Mutter lachte immer noch, stand auf, nahm mich in den Arm und meinte: „April, April! Siehst du, wir brauchen dich. Dein kleines Geschwisterchen wird ja noch ewig brauchen, bis es zum Scherzen zu gebrauchen ist."

Sie grinste immer noch. Ich grinste auch und meinte: „Das ist ja eine ziemlich abgedrehte Nummer!"

Ich muss aber zugeben, dass es eine ganz schön coole Nummer war. Meine Eltern sind echt verrückt. Vielleicht gar nicht so schlecht, dass ich bald noch Verstärkung kriege, kann man in diesem Haus ja durchaus gebrauchen.

Eine dreiviertel Stunde später waren wir an den Autos, dieses Mal aber tatsächlich zu spät. Das Frühstück war so schön, dass wir die Zeit vergessen haben. Beim Einsteigen rief ich meinem Vater noch zu seinem Auto rüber: „Aber nicht wieder über das Blumenbeet!", und das meinte ich auch zu meiner Mutter. Die beiden grinsten nur und wir fuhren los.

In der Schule angekommen, hab ich meine Klasse nicht gefunden. Kein Scherz! Ich bin zu meinem Klassenzimmer gelaufen und es war kein Mensch da!

Ich bin dann ins Sekretariat gelaufen und hab mal nachgefragt, ob ich vielleicht irgendwas verpasst habe.

Die meinte dann, dass alle Schüler meiner Stufe in der Aula sind, dort gäbe es einen Vortrag von unserem Rektor.

Ich bin also in die Aula gelaufen und habe natürlich bei all den Leuten meine Mädels überhaupt nicht gefunden. Dadurch dass ich auch zu spät kam, hab ich mich auch nicht getraut groß zu schauen und mich deshalb irgendwo an die Wand gestellt.
Bei der ganzen Sache ging es übrigens darum, dass wir bei einem Jugendwettbewerb teilnehmen können und uns vorab schon für Kurse der Oberstufe informieren sollen.

Ich hab dann nach meinem Handy gesucht, es aber nicht gefunden. Dabei wollte ich den Mädels eine Whatsapp schreiben, wo ich sie finden kann.

Da hat mich dann zwischendurch der 1. April schon aufgeregt. Von wegen alles lustig und April April!

Nach der endlos langen Rede unseres Rektors sah ich dann aber auf einmal Nina auf einem Pfeiler stehen. Ich bin dann sofort zielstrebig in ihre Richtung gelaufen und hatte endlich meine Mädels wieder.

Später haben wir dann noch unseren Schultag verkürzt, in dem wir einfach in die letzten beiden Stunden vom Vertretungsplan am Aushang mal wieder „frei" eingetragen haben.

Also natürlich nicht wir Mädchen aus der Klasse, sondern die Jungs. War der einzig sinnvolle Aprilscherz von unseren Jungs. Der Rest waren wieder nur Pupskissen und so ein Zeug.

Als ich nach der Schule zu Hause war, hat mir gleich mein Handy entgegen gestrahlt. Hab schon eine Whatsapp von Hannes auf dem Handy gehabt. Er hat gefragt, ob wir uns um drei am Stadtbrunnen treffen wollen.

Als ich zum Stadtbrunnen kam, war Hannes schon da und hatte eine Rose in der Hand. Wie süüüüß!

Ich hab natürlich gleich die Rose an mich nehmen wollen, und hab mich noch gewundert, dass Hannes so frech grinst, da wurde ich auf einmal von einem Wasserstrahl voll angespritzt.

Ich hab natürlich aufgeschrien wie ein Mädchen und Hannes hat voll lachen müssen.

Das war gar keine echte Rose, sondern eine Verarsche. Ich musste aber auch lachen. Hannes hat sich total gefreut, dass ich darauf reingefallen bin.

Ich hab dann die Rose aber behalten dürfen. Wir sind dann

zusammen noch in den Schallplatten-Ladenund haben ganz viel Musik zusammen gehört. Hat voll Spass gemacht. Man kann zwar alle Lieder online kaufen, aber so zusammen im Geschäft macht´s einfach mehr Spass.

Abends hab ich dann natürlich meiner Mutter die Rose geschenkt. Sie hat sich erst voll gefreut und war kurz darauf nass. Haha! Dasselbe Spiel hab ich dann bei meinem Vater abgezogen und fand Hannes gleich noch viel toller, weil er mir quasi ja geholfen hatte, mich wenigstens annähernd bei meinen Eltern zu rächen.

**Dienstag, der 2. April**

Heute war Mathetest. War, glaub ich, nicht mal so schlecht. In der Pause hat mich Nina auf einmal irgendwie nach Lukas ausgefragt. So viel kann ich ihr über Lukas aber gar nicht erzählen.

Hab dann gemeint, ich würde mich aber gerne mal schlau machen. Nina winkte ab und meinte, so wichtig wäre es ihr nicht. Aha.

Na gut, dann nicht.

Ich war heute dann früh zu Hause und habe Hausaufgaben gemacht, Fernsehen geschaut und später mit meinen Eltern Abend gegessen. War auch mal schön, dass es so ruhig war.

Danach hat dann Hannes auf dem Handy angerufen. Er war aber nicht so gut gelaunt. Er war irgendwie bedrückt, wollte aber nicht sagen, was los ist. Hoffentlich hat es nichts mit mir zu tun.

**Mittwoch, den 3. April**

Es hat mit mir zu tun!
Hab heute während der Schule eine Whatsapp von Hannes bekommen, ob wir uns treffen wollen heute. Hatte total Lust, weil auch so schönes Wetter heute war. Es kommt ein richtig schöner Frühling.
Er meinte dann, ob er einfach zu mir kommen soll oder ob das blöd ist, wegen meinen Eltern.

Ich hab zurück geschrieben, dass er gerne kommen kann und dass ich ab halb zwei zu Hause bin.

Er kam dann so um viertel nach zwei. Ich war irgendwie aufgeregt, ich wusste ja nicht, was ihn bedrückt.

Schon als er vor der Tür stand, hab ich gemerkt, dass irgendwas anders ist als sonst.
Ich dachte mir gleich, oh Gott, wenn der jetzt Schluss machen will, ist mein Leben gelaufen. Dann will ich echt nie wieder einen Jungen sehen!

Aber er hat mir ein Begrüßungsbussi auf den Mund gegeben, also so schlimm konnte es ja nicht sein, oder?

Wir sind dann in mein Zimmer, er saß auf meinem Bett und ich auf meiner kleinen Couch.
„Ist was?", fragte ich dann und mir war echt schlecht. Natürlich wollte ich wissen was los ist, andererseits wollte ich auf keinen Fall schon wieder Liebeskummer haben.

„Naja, druckste er drum herum!".
„Was ist denn?", frage ich nach einer schweigenden kurzen Weile.
„Es ist wegen Nico."
„Was ist wegen Nico?"

„Er ist irgendwie doch sauer auf mich.“
„Warum das denn?“

Hannes sagte nichts, sondern schaute mich nur an.

„Wegen mir?“, fragte ich.
Er nickte.

Jetzt wusste ich echt nicht, was ich sagen sollte. Tausend Fragen bohrten sich in meinen Kopf. Warum das denn? Was hat er denn?

„Naja, ist halt nur so, dass er doch irgendwie ein Problem mit uns hat.“
„Achso“, sagte ich nur.

Hannes schaute mich auf einmal an und grinste: „Ist halt blöd für den großen Bruder, wenn der kleine ihm die ‚Freundin ausspannt!“

Ich musste auch grinsen.

Dann meinte er aber wieder: „Ganz ehrlich, für ihn ist es halt blöd, weil alle in der Fußballmannschaft jetzt Bescheid wissen und ihn damit natürlich auch ärgern.“

„Das versteh ich“, meinte ich.

„Deshalb will er auch nicht, dass du am Wochenende zu dem Spiel zum Zuschauen kommst. Also erst mal nicht.“

Ich war irgendwie traurig.

„Aber das legt sich irgendwann schon“, meinte Hannes dann aufmunternd.
„Ja“, meinte ich leicht hoffnungsvoll.

„Was sagen deine Eltern eigentlich zu uns?“, fragte ich Hannes.

„Naja“, meinte er. „So begeistert sind sie nicht. Obwohl sie dich ja echt mögen. War ja von Anfang an so. Aber sie wundern sich, glaub ich, schon ein bisschen. Letztendlich glaub ich aber, dass es für sie okay ist, wenn es für Nico und mich in Ordnung ist. Und deshalb muss ich eben auch ein bisschen Rücksicht auf Nico nehmen, weißt du?“

„Natürlich versteh ich das. Auch so. Ich glaub schon, dass es für ihn komisch ist. Hab ich neulich ja auch gemerkt, als ich bei dir zu Hause war und Nico noch gekommen ist. Ist ja ganz klar, dass es für ihn seltsam ist.“

Wir haben kurz nichts gesagt.

Dann fragte Hannes: „Und was sagen deine Eltern?“
„Naja, Papa sagt da eigentlich allgemein nicht viel dazu. Aber meine Mutter ist, glaub ich, auch nicht ganz so begeistert. Als ich schon am Anfang angefangen hab, von dir zu erzählen, noch bevor wir zusammen waren, hat sie mir schon deutlich gemacht, dass das eigentlich gar nicht geht, überhaupt daran zu denken, mit dem Bruder was anzufangen,. Aber jetzt muss sie sich eben dran gewöhnen.“

„Du hast ihr schon von mir erzählt, bevor wir zusammen waren?“

„Ja“, meinte ich und schaute Hannes an und musste grinsen, weil er voll Stolz geschaut hat.
„Ich bin ja auch ein heißer Feger!“ meinte er dann frech grinsend.
Ich grinste zurück: „Unterschätze mal nicht meine Ausstrahlung auf dich, immerhin hab ich auch mitbekommen, dass du zum Beispiel mit Lukas über mich geredet hast, und es sah auch mehrfach so aus, als müsste er dir wegen mir Mut

machen!“

Hannes grinste weiter und sagte nichts mehr.

„Weil wir gerade von ihm reden, hat Lukas eigentlich im Moment ein Mädel auf das er steht?“

„Lukas? Nee, der ist da eigen. Auf den fahren immer total viele Mädels ab, aber ihn interessiert das irgendwie nie so richtig. Warum? Stehst du auf ihn?“
Hannes schaute echt ein bisschen irritiert.

Ich dachte erst, ich könnte ihn ja eigentlich ärgern und sagen: „Vielleicht ein bisschen“.

Hab´s aber dann gelassen, weil das vielleicht doch etwas viel gewesen wäre.

Also meinte ich, dass ich nur mal so wissen wollte, was er so macht, immerhin ist er ja schließlich sein bester Freund.
Aber Hannes hat den Braten natürlich längst gerochen: „Fragst du wegen Nina?“
„Wegen Nina? Nein, wie kommst du denn darauf?“
„Naja, immerhin ist sie Single und neulich haben sich die beiden ja gut unterhalten!“
„Ach ja, haben sie?“, fragte ich so, als hätte ich das selbst nicht mitbekommen.
Wieder grinste Hannes.
„Naja, ist mir nur so aufgefallen.“
Er grinste weiter.
Ich auch: „Keine Ahnung. Hat er denn was gesagt?“
„Wegen was?“, fragte Hannes.
Ich lachte: „Sei nicht so frech. Du weißt genau wegen was?“
Hannes grinste mich schweigend an.
„Ich mein, wegen Nina, du Eierloch!“
„Eierloch! Frechheit!“ lachte er.

„Nein, er hat nichts gesagt. Jedenfalls nicht richtig.“
„Was heißt nicht richtig?“, fragte ich weiter.
„Naja, das heißt, dass er nur gesagt hat, dass die Nina ziemlich abgedreht ist, aber nett. Das ist alles“.
„Aha“, meinte ich.

Naja, war ja nicht so viel. Das werde ich dann Nina wohl nicht weitersagen.

„Aber das, was er gesagt hat, ist nicht so wichtig, wie die Tatsache, wie er es gesagt hat.“
„Wie hat er es denn gesagt?“
„Mit so einem Grinsen.“
„Was für ein Grinsen?“, wollte ich wissen.
„So ein Grinsen, wie ich es habe, wenn ich über dich rede!“

Mir blieb die Spucke weg.
Ich schaute ihn an.
Dann bin ich aufgestanden, zu ihm rüber und hab gesagt: „Das Grinsen kenne ich“ und hab ihn geküsst.
Und dann haben wir ganz romantisch rumgeknutscht. Es war soooo schön. Er hat mich dann ganz ernst angeschaut, mir eine Strähne aus dem Gesicht gestrichen und ich bin zerflossen, weil es soooo romantisch war. Und ich kann mit voller Begeisterung sagen: Ich bin schwer verliebt! Und superglücklich, weil ich das erste Mal wirklich das Gefühl habe, dass genau so eine Beziehung laufen muss!
Später ist Hannes dann gegangen und hat mir an der Haustüre noch einen Bussi gegeben, Tschüss geflüstert, mir noch mal einen Bussi gegeben, noch mal Tschüss gesagt und mir wieder einen Bussi gegeben. Ich musste dabei so grinsen wie er und dieses Grinsen tut mit der Zeit echt in den Wangen weh. Aber es macht echt glücklich!

Da war übrigens meine Mutter schon zu Hause, aber sie hat nichts gesagt. Ich hab nämlich erst gemerkt, dass sie da ist, als ich die Tür geschlossen hatte.

Sie stand da, mit dem Geschirrtuch in der Hand und meinte:
„Na, wohl schwer verliebt!"

Ich war etwas überrascht, sie zu sehen. Und skeptisch war ich
auch.

„Ja", meinte ich also zögerlich.
„Aber er ist es auch. Dem hast du ja ganz schön den Kopf
verdreht!"
Ich musste gleich voll grinsen.

Meine Mutter lächelte auch. Gott sei Dank!!!

„Na komm, du Herzensbrecherin, machen wir Abendessen."

Ich folgte ihr in die Küche. Dort fragte sie dann: „Und wie ist
es mit Nico und seiner Familie? Darfst du dort noch hin?"

„Ja, alles okay. Naja, Nico findet es natürlich nicht ganz so
toll. Aber wir knutschen ja auch nicht vor ihm rum oder so.
Er wird sich dran gewöhnen."

Meine Mutter sagte dazu dann gar nichts groß mehr, sondern
es ging dann um die Schule und dann kam auch Papa heim
und alles war wie immer.


**Dienstag, den 4. April**

Hab heute während der Schule mit Hannes geschrieben. War
total süß, weil wir heute beide gleichzeitig Mathe hatten und
ja in derselben Stufe sind und dieselben Aufgaben haben.
Aber er hat unser Thema schon letzte Woche gehabt und mir

per Whatsapp die Lösungen geschrieben.
War total lustig.

Marie meinte dann zu Marc, dass er sich doch mal ein Beispiel an Hannes nehmen sollte, der würde ihr in der Schule mehr helfen als Marc. Marc fand das aber nicht so lustig, Marie hat dann gegrinst und gemeint, aber dafür würde er ihr ja Lebensweisheiten schenken.

Ich fragte gleich lachend nach: „Echt? Welche denn?"
Marie lachte laut los und kicherte: „Marc hat festgestellt, dass drei Salamibrote, eine Riesenpizza und danach eine Currywurst nicht gut sind. Ihm war so schlecht, dass er sich übergeben hat. Da hab ich doch was fürs Leben gelernt!"

Marc grinste verlegen: „Das ist wahr. Von mir kannst du was lernen!"
„Kannst du mir auch was beibringen Marc? Vielleicht verliebe ich mich so auch mal wieder!", seufzte Nina.
Marc hat Nina kumpelhaft den Arm über die Schulter gelegt und gemeint: „Klar, ich bring dir gleich die erste Lektion bei. Ganz wichtig ist immer, dass du dich mit den Freunden deiner Freundinnen gut stellst. Am besten machst du das, indem du zum Beispiel die Deutschhausaufgaben für die Jungs schreibst. Geht klar, oder?"
„Na klar, netter Versuch Marc!", lachte Nina.

Die Geschichte hab ich später Hannes erzählt, der fand es total lustig und meinte, ich würde auch Pluspunkte bei ihm sammeln, wenn ich in Zukunft seine Deutschhausaufgaben machen würde.

Jungs sind doch alle gleich!

**Mittwoch, der 5. April**

Hatte heute total Lust, nach der Schule Hannes zu sehen. War so gut gelaunt, weil ich so viel Spass mit den Mädels in der Schule hatte. Hab ihm ne Whatsapp geschrieben: „Schönes Wetter, tolles Mädel, Stadtbrunnen? :-) 15 Uhr?"

Er hat gleich zurück geschrieben: „Heißer Typ, witziger Typ, bester Typ – bin dabei ;)".

Hab natürlich prompt geantwortet: „Verrückter Typ, durchgeknallt und voll von Selbstüberschätzung!"

Hannes hat zurück geschrieben: „Und genau deshalb so liebenswert!"

Hab nur geantwortet: „Wenn du meinst! :-) Bis gleich!"

Hab mich dann dementsprechend auf ihn gefreut und er musste auch schon voll grinsen, als er mich gesehen hat.

Hab mich dann zum ersten Mal getraut, ihm zur Begrüßung einen richtig dicken Kuss zu geben. Ich glaub, das hat ihm gefallen.

Dann haben wir überlegt, was wir machen könnten und uns ist irgendwie nichts Richtiges eingefallen.

„Wir könnten shoppen gehen", meinte Hannes dann auf einmal.
„Shoppen?", fragte ich.
„Ja, ich hab Geld und brauch neue Klamotten!"
„Geht klar!", lachte ich.

Dann sind wir händchenhaltend durch die Stadt und in verschiedene Läden gelaufen. Ich hab mich echt total gefreut, weil es das erste Mal etwas war, was wir so zusammen gemacht haben, wie ein Paar, nicht so wie bei einem Date, sondern mal wie erwachsene Paare.

Es war auch wirklich witzig. Wir haben eigentlich einen ähnlichen Geschmack, aber einige Pullis, die mir an ihm gefallen hatten, fand er total doof und hat mich ausgelacht und gemeint, die könnte ich ja anziehen, wenn sie mir so gut gefallen würden. Ich meinte grinsend, dass ich ja nicht so blöd aussehen will wie er! Das fand er so frech, dass er mir einen Klapps auf den Hintern gegeben hat, was ich wiederum total süß fand.

Irgendwann hab ich ihm dann einen echt dämlichen Pulli hingelegt und gemeint, der wär doch toll. Hannes fand das auch. Ich war entsetzt. Dann lachte er.
Alles in allem ein großartiger Nachmittag. Um halb sechs haben wir uns verabschiedet und ich bin in den Bus eingestiegen. Kaum war ich drin, hab ich ihm eine Nachricht geschrieben: „Jetzt siehst du endlich mal nach was aus! :-) Bis morgen!"

In dem Moment wo ich sie abgeschickt hatte, hat es bei mir schon gepiepst: „Wenn ich morgen in meinen neuen Sachen ausgelacht werde, versohle ich dir den Hintern! ;-) Bis Morgen!"

Das war ja wohl Gedankenübertragung. Wenn wir nicht füreinander bestimmt sind, dann weiß ich es auch nicht!

**Donnerstag, der 6. April**

Heute hab ich mit den Mädels ausgemacht, dass wir mal wieder ins Café gehen, weil wir da schon so lang nicht mehr

waren. War dann auch total schön, mit den Mädels zusammen zu sein. Sie haben natürlich auch gefragt, wie es so mit Hannes läuft und ich musste sofort total grinsen.
Lilly hat dann gefragt, ob ich wirklich nicht am Samstag zum Derby von Thomas und Hannes mitkomme.
„Nein, ich glaub nicht. Wegen Nico und so. Das geht echt nicht!"
„Warum eigentlich nicht?", fragte Nina.
„Ja, warum eigentlich nicht", fragte auch Lilly.
„Ich weiß nicht. Nico hat halt schon ein Problem damit."
„Ich versteh das auch", meinte Marie.

Wir sahen sie alle drei fragend an.
„Naja", begann Marie.
„Er sieht halt jetzt, wie glücklich ihr zwei seid. Damit habt ihr doch was, was er nie geschafft hat. Also, ich wäre da auch etwas enttäuscht. Vor allen Dingen auch von mir selbst."

Ich hab total verstanden, was Marie gemeint hat.

Die anderen, glaub ich auch.
„Naja, dann beim nächsten Mal", meinte dann auch Lilly.
„Ja, wir haben ja noch ein paar Chancen", grinste ich.

Hab ja dieses Mal auch vor, länger vor mit Hannes zusammen zu bleiben.

„Wenn die gewinnen, gehen wir dann noch alle mit den Jungs feiern?", fragte Nina.
„Keine Ahnung. Ich glaub die feiern dann alle noch im Vereinsheim. Falls sie denn gewinnen", meinte ich.

„Wir kriegen das noch für dich raus", lachte Lilly.
„Ich will aber dann auch mit", meinte Marie.

Irgendwie sind meine Mädels verrückt. Wie so vieles in meinem Leben.

Passt ja.

## Freitag, der 7. April

Nur noch eine Woche, dann sind Osterferien. Gott sei Dank.
Heute hat die Schule mal wieder gar kein Spass gemacht. Naja,
dafür haben die Mädels und ich voll viel lustigen Quatsch
mal wieder in unser Briefbuch geschrieben, war auch witzig.

Hab heute Abend mit Hannes telefoniert. Er ist ziemlich aufgeregt vor Morgen.
„Das schaffst du schon!", hab ich gemeint. Ich fand mich total gut als Freundin.

Dann musste ich für die anderen ja aber auch Freundin sein
und hab Hannes dementsprechend gefragt, wo denn morgen
im Falle eines Sieges gefeiert werden würde.

Hannes grinste und meinte: „Willst du etwa mitfeiern?".
„Naja, nö, nicht unbedingt. Ist nur so eine Frage. Weil Lilly
ja auch dabei ist und so."
„Wir bleiben normalerweise dann schon im Vereinsheim. Die
Alten gehen dann meist später noch in Clubs. Aber da bin ich
noch nicht dabei. Bin dafür noch zu jung – dafür aber auch
spritziger als die alten Knacker Mitte 20!"
„Na klar, du bist der Beste!", scherzte ich.
„Nein, echt, der Trainer hat gemeint, ich wäre noch so fit."
„Und das trotz Rauchen und Schokokuchen!"
„Was für Rauchen und Schokokuchen?", fragte er.
„Hannes!", meinte ich nur und lachte.
„Nein, echt", meinte er.
„Ich überlasse dir das Essen. Und das Kiffen überlasse ich

jetzt auch den anderen. Ich rauch nicht mehr!"

„Echt nicht?", fragte ich ungläubig.

„Nein, echt nicht."

„Du musst es nicht sagen, wenn es nicht stimmt."

„Stimmt aber!"

„Ach so, na dann. Find ich gut!", meinte ich dann noch.

„Ich auch", meinte Hannes leise.

„Dann kannst du morgen ja nur noch gewinnen!", lachte ich.

„Seh ich genauso. Und wenn wir verlieren, dann waren die anderen Schuld und nicht ich!"

„Genauso sieht es aus!"

„Sehr gut! Danke Schatz!"

WAAAAHH!!! Er hat mich Schatz genannt! SCHATZ! Das hat noch nie ein Junge zu mir gesagt! Wahnsinn!!!

Mir hat es kurz die Sprache verschlagen!

„Gerne", meinte ich dann nur verlegen.

„Also, dann... Ich melde mich morgen mal nach dem Spiel", meinte er.

„Ja gut. Schlaf gut und zeig's ihnen morgen", grinste ich noch.

Da lächelte er auch und wünschte mir noch eine gute Nacht.

Jetzt lieg ich im Bett und kann nicht schlafen. Weil ich so verknallt bin. Und so aufgewühlt.

**Samstag, der 8. April**

Hab grad mit Lilly telefoniert. Sie wollte wissen, ob es okay ist, wenn sie zu dem Spiel geht. Natürlich ist es okay. Nur weil ich nicht gehen kann, heißt das ja nicht, dass sie nicht gehen kann. Sie hat dann gemeint, dass sie Marie mitnimmt. War für mich okay.

Später hat dann noch Nina angerufen und gefragt, ob es für mich okay wäre, wenn sie auch mitgeht, weil sie heute sonst nichts zu Hause zu tun hat. Natürlich war es okay. Was hätte ich denn auch sonst sagen sollen.

War natürlich nicht okay. War voll scheiße! Nicht, dass die Mädchen hier was für könnten, den Schlamassel hab ich mir durch das Nico-Hannes-Chaos ja selbst eingebrockt. Aber jetzt find ich es schon doof, dass grad alle auf dem Platz sind und nur ich zu Hause sitze und auf Nachricht warte. Ist das nicht scheiße? Scheiß Nico!

## Samstag, der 8. April, später

Die Mädels sind süß. Halten mich per Whatsapp auf dem Laufenden. Grad haben sie mir geschrieben, dass unsere Jungs jetzt aufgeholt haben und es 2:2 steht. Und sie haben mir geschrieben, dass Hannes total gut spielt. Würde ich ja lieber selbst sehen.

## Samstag, der 8. April, noch später

Also, unsere Jungs haben gewonnen. 3:2. Die Mädels haben mir geschrieben, dass sie jetzt schnell heimfahren, sich fertig machen und wir uns dann im Juze treffen. Bin einverstanden. Hab grad auch eine Nachricht von Hannes bekommen: „Haben natürlich gewonnen! War ja klar.. :-) Wo warst du?“

Blödmann! Wo soll ich groß gewesen sein, wenn alle meine Freunde auf dem Fußballplatz waren und nur ich nicht hin durfte?!

Hab also dementsprechend schlecht gelaunt geantwortet: „Bin zu Hause. Geh jetzt ins Juze. Herzlichen Glückwunsch zum Sieg!"

Daraufhin kam gleich eine Nachricht zurück: „Alles okay?"

Ich komm mir jetzt doch auch blöd vor, wenn ich ihm schreibe, dass ich beleidigt bin, weil ich nicht dabei sein durfte. Haben wir doch die Woche geklärt und ich hab's ja auch verstanden und tu es irgendwie auch noch. Wenn auch ich mittlerweile finde, dass Nico sich nicht so anstellen sollte.

Weiß nicht was ich zurück schreiben soll. Da piepst es doch glatt noch mal. Hannes!
„Hallo?" schreibt er.
Ist ja echt schon wieder süß, dass er gleich wieder nachfragt, das hätte Nico nie gemacht. Also kann ich ja schlecht auch sauer sein, oder?

Also schreib ich zurück: „Ja, alles okay. Sorry, war grad unter der Dusche. Sehen uns morgen, wenn du willst."

Ist zwar gelogen, die Sache mit der Dusche, kann er ja aber nicht wissen. Kann ja schlecht schreiben, dass ich grad Tagebuch schreibe, klingt ja wie nach einem Mädchen!

Es piept schon wieder: „Ja gerne morgen. Telefonieren einfach nochmal!"
Ich glaub, ich antworte jetzt nicht mehr. Bin grad nicht so gut auf Hannes zu sprechen. Ich find's einfach blöd, dass ich heut von etwas ausgeschlossen war, was ihm wichtig ist und alle es mitbekommen – nur ich nicht.

Außerdem ist ja jetzt ausgemacht, dass wir uns morgen sehen und vorher telefonieren, also was soll ich noch groß schreiben. Mach mich jetzt fertig und gehe los!


## Samstag, der 8. April, nachts

Bin grad heimgekommen. Also, ich bin heute Nachmittag dann los ins Juze. Mein Papa hat mich sogar gefahren. Ich war überhaupt nicht gut drauf, aber er hat auch nicht nachgefragt. Typisch Mann, dachte ich mir nur.
Meine Mutter hätte wenigstens anstandshalber mal nachgefragt, aber so weit denken Männer gar nicht.

Als ich ins Juze rein bin, war von meinen Mädels noch nichts zu sehen. Super, dachte ich mir nur.
Wenigstens hab ich so ein paar Schnarchnasen vom Radio getroffen und so getan, als wäre es jetzt voll spannend, mich mit denen zu unterhalten. War natürlich total langweilig.

Dann kamen endlich aber auch Lilly, Nina, Marie und Marc. Die haben mir dann gleich von Spiel erzählt und auch, dass Hannes nach dem Spiel gleich zu ihnen gegangen wäre und gefragt hätte, wo ich denn bin.

„Hä? Wo ich bin? Der wollte doch nicht, dass ich komme!“, meinte ich gleich schnippisch.
„Naja, er wollte schon. Nico wollte das doch nur nicht“, kommentierte Marie gleich.
„Ist ja auch egal“, meinte ich daraufhin.
„Wieso das denn?“, fragte Lilly.
„Ach, keine Ahnung. Ich find's einfach blöd, dass ich heute nicht dabei war.“
„Find ich auch“, meinte Marie.

Das war so süß, das ich glatt lächeln musste.

Kurze Zeit später war die Welt dann auch wieder annähernd in Ordnung.

Auf einmal quickte Marie neben mir auf.
Ich bin erschrocken und hab auch erst gar nicht kapiert, was sie denn hatte. Sie strahlte auf einmal voll.
Ich folgte ihrem Blick, drehte mich um und sah auf einmal Hannes in Begleitung von Tobi und Lukas reinkommen.
Mein Herz hüpfte und Hannes hat uns auch gleich entdeckt.

Er kam auf uns zu gelaufen, sagte kurz ein Hallo in die Runde und blieb dann direkt vor mir stehen.

„Hi", sagte er.
„Hallo", antwortete ich überrascht.
Er schaute mich kurz an.
„Alles okay?", fragte er.
„Ja", lächelte ich.

Wie süß. Er hat sich gleich so viel Sorgen gemacht, dass er extra ins Juze kam, um mich zu sehen. Oder?
„Ich fand's blöd, dass du heute nicht dabei warst!", meinte er auch im gleichen Moment.
„Das fand ich auch", meinte ich.
„Hab ich gemerkt!"
„Entschuldigung. Ich fand's halt irgendwie blöd, dass alle da waren und nur ich nicht dabei sein durfte."
„Das find ich auch blöd. Und das wird in Zukunft nicht mehr so laufen!", meinte Hannes bestimmt.
„Aber Nico", versuchte ich einzuwenden.
„Ach, weißt du", meinte Hannes. „Nico ist alt genug. Der hat mich auf dem Platz, in der Halbzeit und danach wieder nur rumkommandiert wie seinen kleinen Bruder eben. Er meint

immer, dass er im Recht ist und dass alle nach seiner Pfeife tanzen müssen. Das ist mir echt zu blöd. Und du hast ihm ja auch schon mal die Meinung deswegen gegeigt, und da kann ich ja wohl in nichts nachstehen. Außerdem, er hatte seine Chance mit dir. Das ist meine – und ich bin nicht so blöd wie er!"
„Nein, das bist du nicht!", meinte ich ganz leise und hab Hannes geküsst! Er ist der beste Typ ever!!

Wir haben dann den ganzen Abend Händchen gehalten, uns geküsst, er hat mir ganz viel vom Spiel erzählt und wir haben uns alle total gut unterhalten. Zumal dann noch Thomas mit ein paar anderen aus der jungen Mannschaft gekommen ist und wir echt Spass hatten. Und als wir am Ende gehen wollten, haben wir Nina nicht gefunden.

„Die ist glaub ich schon raus", meinte dann Marie.
Als wir raus kamen war Nina tatsächlich schon vor der Tür gestanden. Knutschend mit Lukas.

Nina war es total peinlich, dass wir sie alle erwischt hatten. Sie hat Lukas sofort links liegen lassen und ist zu mir rüber gekommen.

Dann hab ich mich von Hannes verabschiedet und wir sind von Maries Mutter abgeholt worden.

Und als ich ins Bett bin, hab ich gesehen, dass ich noch eine Nachricht von Hannes auf dem Handy hatte: „Beim nächsten Mal bist du dabei! Versprochen! Gute Nacht! Kuss!

Verliebt bin ich eingeschlafen.

# Sonntag, der 9. April

Heute Morgen hatten wir schon Telefonkonferenz und haben natürlich von Nina alles über Lukas wissen wollen. Aber das Erstaunliche war, dass sie nicht darüber sprechen wollte. Es war ihr peinlich, denk ich mal. Weiß aber nicht wieso.

Später hab ich dann mit Hannes telefoniert. Der hat dann gefragt, wann wir uns sehen wollen.

Wir haben uns dann für gleich nach dem Mittagessen verabredet. Ich hab gemeint, dass ich aber keine Lust habe, durch die Stadt zu laufen und ob wir nicht lieber einen Film schauen wollten oder so. Weils heute auch in Strömen geregnet hat.

Er fand den Vorschlag ziemlich gut, weil er auch total müde vom Spiel und Abend gestern war. Also bin ich später zu ihm mit dem Bus gefahren. Hannes hat mich schon von der Haltestelle abgeholt und ich war schon ein bisschen nervös, weil ich ja das erste Mal bei ihm zu Hause war und eben nicht mehr zu Nico bin, sondern zu Hannes.

Als wir ins Haus rein sind, haben wir dann gleich auch seinen Vater getroffen, der hat mir freundlich Hallo gesagt und ich bin mir nicht ganz, aber ziemlich sicher, dass er irgendwie gegrinst hat. So innerlich. So als hätte er sich das vorher schon gedacht, dass Hannes es auch mal verdient hätte, verliebt zu sein und seinem Bruder mal zu zeigen, wo der Hammer hängt. Genauso jedenfalls hab ich es empfunden.

Hannes hat mich dann bei der Hand genommen und ist mit mir in Richtung Wohnzimmer gelaufen. Mir wurde schon ganz schlecht.

Er hat die Tür aufgemacht und nur kurz gesagt: „Mama, die Nati ist jetzt da. Wir schauen dann einen Film.“

Ich hab leise „Hallo" gehaucht, mir war´s echt peinlich. Sie hat auch ein bisschen komisch geschaut und nur genickt.

Nico hab ich nicht gesehen.

Dann sind wir zu Hannes in sein Zimmer und das hab ich im Übrigen zum ersten Mal so richtig gesehen. Ich hab´s natürlich erstmal unter die Lupe genommen. Hannes´ Zimmer ist genauso, wie man es sich von einem Jungen vorstellt. Poster von irgendwelchen Fußballstars an der Wand. Chaotisch, voll mit Schallplatten überall und irgendwie schmutzig. Aber es war nicht schmutzig. Hat irgendwie nur so gewirkt. Und es war total kalt da drin, weil er das Fenster die ganze Zeit auf hatte.

Hat er für mich dann gleich zugemacht. Hannes ist so aufmerksam, echt Wahnsinn.
Er hat uns dann was zu trinken und zu knabbern geholt, wir haben händchenhaltend den Film geschaut und danach bin ich wieder gegangen. Klingt relativ unspannend, aber es war schön, zusammen einen Film zu schauen. Eigentlich ist alles schön, was ich mit Hannes mache.


**Freitag, der 14. April**

Bin die Woche gar nicht zum Schreiben gekommen, jetzt aber hab ich zwei Wochen erst mal mehr Zeit. Sind ja jetzt erst mal zwei Wochen Osterferien.

Nächste Woche ist Ostern und ich freue mich schon drauf. Wir haben Osterhasendiscoparty im Juze am Samstag und am Sonntag wollen wir eine Osterhasensession veranstalten, also die Mädels und ich. Das wird bestimmt lustig.
Ansonsten gab's die Woche nicht viel zu erzählen. Alles läuft.

In der Schule, mit Hannes, mit den Mädels. Ist ja auch mal was.


**Sonntag, der 15. April**

Mittlerweile sieht jeder, dass meine Mutter noch ein Kind bekommt. Sie ist ja erst 38, das heißt eigentlich auch noch vollkommen im Rahmen des Normalen. Gestern war unsere Nachbarin Else auf einmal vor der Haustüre gestanden. Die kann ich ja ohnehin nicht leiden. Tut immer so lieb, dabei will sie nur den neuesten Tratsch erfahren, um zu lästern. So eben auch gestern.

Ich hab die Tür aufgemacht und sie wollte erst mal wissen, wie es bei mir in der Schule so läuft. Da sie keine Kinder in meinem Alter hat, kommt sie eh nie hinter die Wahrheit. Also meinte ich selbstverständlich: „Och gut, wie immer. Halbjahreszeugnis waren fast nur Einser. Läuft!"

Da hat es ihr glatt die Sprache verschlagen, was ich natürlich großartig fand.

Dann hat sie gefragt, ob meine Mutter da wäre, wegen dem Osterfest unserer Straße würde sie was wissen wollen.

Meine Mutter engagiert sich jetzt nicht übermäßig für die Nachbarschaft, was ich auch gut finde, schließlich meinen sonst ja immer alle, einem ins Leben reinpfuschen zu müssen.

So aber hab ich mich ergeben und nach meiner Mutter gerufen. Die kam mit ihrem mittlerweile schon klar erkennbaren Babybauch an die Tür gewackelt.

Else tat ganz überrascht: „Ach Gott. Da hat entweder jemand

viel Hunger die letzten Monate oder wir dürfen uns über Nachwuchs freuen!"

Meine Mutter blieb total cool: „Da hat jemand viel Hunger!", grinste sie.
Jetzt hatte Else immer noch keine richtige Antwort.

Sie fing an etwas zu stottern und meinte: „Nein, ich will dir ja nicht zu nahe treten Judith, aber das ist doch kein Speckbauch!"
„Was dann?", fragte meine Mutter und zwinkerte mir zu.
Ich fand es grandios, wie sie Else auflaufen lief.
„Da kommt doch Nachwuchs?" meinte diese dann.
„Na, wenn du es eh schon weißt", meinte meine Mutter.
„Naja, man redet halt so", rechtfertigte sie sich.
„Was fragst du dann noch?"
„Naja, ich wollte nur sichergehen!", antwortete Else.
„Bist du dir jetzt sicher?" fragte meine Mutter.
„Jaja, ist doch schön für euch", meinte Else halbherzig.
„Find ich auch. Brauchst du sonst noch irgendwelche Informationen? Ich hab auch noch ziemlich viel zu tun.", meinte meine Mutter kühl.

Und als Else nicht mehr viel zu sagen hatte, schloss meine Mutter freundlich aber bestimmt die Tür.
Manchmal hab ich echt Respekt vor ihr. Aber sauer war sie trotzdem irgendwie.
Ich fragte natürlich auch gleich, warum.
„Weißt du, Nati, es gibt einige Leute, die finden es unmöglich, dass ich noch ein Kind bekomme. Weil ich zu alt sei, weil ich dich schon habe und weil sie das einfach nicht verstehen können."
„Ach, die sind doch nur neidisch", meinte ich abweisend.
Meine Mutter sah ich mich an und lächelte: „Sehe ich auch so!".

Jetzt aber auch mal ehrlich, meine Mutter wurde damals schräg angeschaut, weil sie mich mit 23 Jahren bekommen hatte. Klar ist das früh, jetzt aber auch kein skandalträchtiges Alter mehr. Jetzt bin ich 15 und sie 38 und bekommt das zweite, auch noch kein skandalträchtiges Alter. Also wozu die Aufregung?

Außerdem, wenn jemand das Recht hat sich aufzuregen, dann ja wohl ich. Und sonst mal gleich gar keiner.

„Ich hab nächste Woche wieder eine große Ultraschalluntersuchung. Mit etwas Glück sehen wir, was es wird. Hast du Lust mitzukommen?", fragte da auf einmal meine Mutter.

Ich war etwas überrascht, fand die Vorstellung aber ganz spannend, zu wissen, was auf mich zukommt.

„Ja, ich komm mit. Vorausgesetzt, dass ich mich nicht untersuchen lassen muss!"
„Musst du nicht", lachte meine Mutter.
Gebongt!
Später kam dann Hannes und hat mich abgeholt.
Wir haben uns dann mit Marie, Marc, Lilly, Thomas und Nina beim Kino getroffen. Dann kam auch noch Lukas. Der hat sich alle Mühe gegeben, bei Nina irgendwie unauffällig zu sitzen, während sich Nina alle Mühe gegeben hat, Lukas zu ignorieren. Dabei war er so goldig und hat ihr ständig Popcorn angeboten, die sie einfach ignoriert hat.

Was ist nur mit Nina los?

Im Kino selbst haben Hannes und ich natürlich Händchen gehalten. Mit ihm war es wie immer total romantisch.

Heute dachte ich mir dann, dass es Zeit wird, sich mal Nina zu schnappen. Weil wir alle in letzter Zeit ziemlich viel Geld ausgegeben hatten und dementsprechend wenig noch davon hatten, hab ich meine Eltern gefragt, ob es okay wäre, wenn heute meine Mädels kommen würden.

Die waren natürlich sofort einverstanden und somit hab ich alle zu mir geholt. So saßen wir vier wie früher auf meinem Boden und haben heiße Schokolade getrunken und Kuchen gegessen, den meine Mutter extra noch besorgt hatte.

Nachdem wir erst ganz normal geredet hatten, versuchte ich das Thema mal auf Lukas zu lenken.
„Wie hat eigentlich der Film gestern Lukas gefallen?", fragte ich Nina.
„Woher soll ich das wissen?", fragte sie schnippisch.
„Naja, ich mein ja nur. Er saß doch neben dir."
„Das muss ja nichts heißen."
„Das mein ich ja gar nicht, aber er ist doch ein cooler Typ so", versuchte ich vorsichtig.
„Wenn du meinst", sagte Nina und schaute die ganze Zeit nur auf ihren Kuchen.
Ich wusste kurz nicht, was ich sagen soll.

Marie, Lilly und ich sahen uns etwas hilflos an.

„Alles okay mit dir Nina?", fragte Marie vorsichtig.
„Klar, was soll sein? Ich weiß schon, dass ihr mich für eine Schlampe haltet!"
„Was? Nina, was soll denn der Scheiß?" fragten wir alle ungefähr gleichzeitig.

Nina tropften ein paar Tränen auf ihren Kuchen.

„Ich will von diesen Scheiß-Typen einfach nichts mehr wissen, okay?" meinte sie schluchzend.

„Okay", sagte Marie leise.

Mir war das aber nicht genug.

„Ist irgendwas passiert?“, fragte ich zögerlich.
„Was soll denn schon groß passiert sein? Ich hab mit einem Jungen mein erstes Mal gehabt und mach kurze Zeit später schon mit einem anderen rum. Das sagt doch schon alles“, weinte sie.

„Nina! Das sagt gar nichts. Was soll ich denn dann sagen? Ich bin erst mit dem einen, dann mit dem anderen Bruder zusammen. Dann bin ich ja mindestens genauso eine Schlampe!“

Sie zog nur die Augenbrauen kurz hoch und zuckte mit den Schultern, schaute aber nach wie vor nicht auf.

Es war kurz leise, weil keiner was sagte.

„Also so geht das nicht!“, meinte da auf einmal Lilly.

„Nina, du bist auf gar keinen Fall eine Schlampe! Das ist das letzte, was eine von uns hier denken würde! Du hast einfach wahnsinnig Pech gehabt und bist ganz blöd behandelt worden. Du bist aber, glaub ich, nicht die erste, die so eine schlechte Erfahrung machen musste. Natürlich hat dich das getroffen und verletzt. Und es ist auch normal und vor allem auch okay, wenn dich das noch fertig macht. Wir sind hier jederzeit für dich da. Und wenn du mit einem Jungen knutschen willst, dann ist es deine Entscheidung. Und wenn du einen anderen Jungen magst, der dich auch mag, dann ist es umso besser. Nur darfst du dir nicht selbst die Vorwürfe machen. Du kannst es nicht mehr rückgängig machen. Auch wenn du bereust, dass du so gehandelt hast. Du kannst es aber in Zukunft anders machen, dir mehr Zeit lassen, besser aussuchen, wem du vertraust! Aber mach dich selbst nicht fertig! Und wir würden nie, niemals so was Schlechtes von dir denken!“

Nina schluchzte und wir haben sie erst mal ganz fest gedrückt.

„Und du bist auch keine Schlampe“, meinte da Marie zu mir.
„Dir hat die Liebe einfach einen Streich gespielt.“

Das kann man tatsächlich wohl so sagen.

Nina geht’s jetzt aber auch wieder besser.

Über Lukas wollte sie trotzdem nicht reden. Verstehe ich auch.

Später war ich so emotional angehaucht, dass ich Hannes eine ganz liebe Whatsapp geschrieben habe: „Hey du, wünsch dir eine gute Nacht und freue mich auf tolle Ferien mit dir :-)“

Hannes hat dann gleich zurück geschrieben: „Dir auch eine gute Nacht. Das werden wahrscheinlich viel zu kurze aber hoffentlich gigantische Ferien! :-) L.Y. Kuss“
Was heißt L.Y.?


**Dienstag, der 17. April**

Heute war der Arztbesuch mit meiner Mutter bei unserer Frauenärztin. Sie hat sich auch gefreut, mich zu sehen und hat mir alles erklärt. Ich fand es aber schon ganz gut, dass meine Mutter nicht auf den Gynäkologen-Stuhl musste, sondern dass die Ärztin den Ultraschall einfach auf ihrem Bauch machen konnte.
Ich hab überhaupt nichts erkannt. Sah einfach aus, wie ein großer grauer Klumpen auf schwarzem Untergrund.
Die Herztöne haben sich auch komisch angehört. Wie bei

Aliens. Meine Mutter fand meinen Einwand ziemlich lustig, die Ärztin war eher etwas irritiert. Meine Mutter meinte, wir könnten das Baby ja dann auch Alf nennen.

Aber trotzdem, muss schon sagen, dass es krass ist, sein Geschwisterchen schon zu hören. Obwohl man es noch gar nicht sehen kann. Wo wir grad dabei sind, es sieht wohl so aus, als würde es ein Junge werden. Man hat so einen ganz kleinen Strich gesehen, sah aus wie ein Penis.
Die Ärztin meinte, es wäre meistens so, dass Jungs ihr bestes Stück eher zeigen würden, die Mädchen wären da etwas galanter und halten sich mehr zurück.
Meine Mutter grinste mich an und meinte: „Wie im echten Leben auch!"

Ich fand sie da echt cool.

Danach sind wir in der Stadt dann noch Shoppen gegangen. Meine Mutter meinte, wir könnten ja schon mal Spielsachen kaufen. Papa würde sich bestimmt freuen, wenn wir dem Baby eine Eisenbahn schenken und wir ihm somit sagen, dass es ein Junge wird. Weil Papa damit mehr spielen wird als das Baby.

Guter Plan dachte ich mir und hab dann im Geschäft meiner Mutter erklärt, dass das Baby unbedingt von Anfang an einen Nintendo DS bräuchte, sonst wäre es zum einen total uncool und zum anderen würde es so viel mehr lernen – von Anfang an.

Meine Mutter hat den Plan natürlich total gecheckt und die Nintendo trotzdem gekauft. Dann hat sie sie eingepackt und gemeint: „Wenn er in sechs Jahren damit spielen darf, hole ich sie raus und dein Bruder wird sich total freuen!"

„In sechs Jahren?", fragte ich entsetzt.

Aber meine Mutter grinste schon. Alles klar, natürlich krieg ich sie jetzt sofort. Hat sie ja schließlich auch für mich gekauft.

Im Übrigen war sie sowieso die ganze Zeit damit beschäftigt, eine Toilette zu finden. Der kleine Mann drückt ihr nämlich kräftig auf die Blase. Ich weiß jetzt auf jeden Fall schon, wo in der Stadt die besten Toiletten zu finden sind.

Dann haben wir ausgemacht, dass ich für Samstag meine Freundinnen einlade und wir gemeinsam das Babyzimmer streichen.

Den Vorschlag fanden meine Mädchen natürlich total toll.

Hannes hat dann gemeint, wir sollten das Zimmer voll mit Dinosauriern streichen, da würden kleine Jungs total drauf abfahren.

„Na klar", hab ich gemeint.
„Der Kleine kriegt doch dann Angst, dass er gefressen wird", widersprach ich.
„Quatsch, der ist doch kein Mädchen!"

Ganz schön frech!

Aber goldig. Mit Hannes ist weiterhin alles in bester Butter. Wir telefonieren jeden Tag, wir sehen uns voll viel und wir schreiben ganz viel Whatsapp. Muss ständig meine Mutter um Geld bitten, um meine Prepaid-Karte wieder aufladen zu können. Wenigstens fragt sie nicht, warum.

Von Hannes weiß sie nämlich nicht so viel.

**Freitag, der 20. April**

Heute ist Karfreitag. Ostern. Heute ist der langweilige Tag von den Ostertagen. Alle Geschäfte haben zu und da Hannes, Marie und Lilly allesamt katholisch sind, müssen sie heute auch auf Fleisch verzichten, in die Kirche gehen und bei ihrer Familie bleiben.

Mir ist langweilig. Hab mich also mit meiner Mutter und meinem Vater schon zusammengesetzt, welche Jungennamen in Frage kommen. Haben zwei Bücher mit Namen. Sind so viele. Da wird einem ganz schwindlig.

Meine Mutter fänd Hugo ganz schön. Ich hab ihr gleich den Vogel gezeigt. Wenn sie ein Kind will, das immer gehänselt wird, dann soll sie gerne einen Hugo kriegen. Wenn der mal auf die Schule geht, bin ich nicht mehr da, um ihm zu helfen. Mein Vater findet Hugo auch unmöglich. Der fände Ralf gut. Ralf geht doch auch überhaupt gar nicht.

Ich bin für Max. So ein kleiner frecher Max. Den Namen fanden jetzt dann meine Eltern beide nicht gut. Könnte etwas schwierig werden hier einen Namen zu finden.

Wenn´s ein Mädchen wird, bin ich übrigens für Josefine. Und weil sie dann eine coole Sau wird heißt sie dann Joey.

Fand meine Mutter ganz süß und weil´s eh ein Junge wird ist es meinem Vater egal und er ist einverstanden. Jetzt bete ich für ein Mädchen. Fänd ich ohnehin besser.

**Samstag, der 21. April**

Heute war Streichparty!

Nina, Marie, Lilly und ich sahen total lustig aus. Wir hatten ganz alte Sachen und Schuhe an, meine Mutter hat uns Zeitungspapierhütchen gebastelt und wir haben das ganze neue Babyzimmer hellblau gestrichen, mit weißen Wolken. Hat total Spass gemacht.

Aber jetzt krieg ich die Farbe unter den Fingernägeln nicht mehr weg, und wir haben doch noch Osterhasendiscoparty im Juze. Verdammt!


## Sonntag, der 22. April

Gestern Abend war es noch total lustig. Hannes hat mich erst mal zu Hause abgeholt. Meine Mutter war noch im Maloutfit und mein Vater mittlerweile auch im Schlabberlook, weil er nämlich angefangen hat, Babywiege und Co aufzubauen. Die tun so, als würde das Baby morgen schon kommen. Egal.

Denn dann hab ich mich schnell fertig gemacht, als es kurz darauf schon geklingelt hat. Ich bin runter zur Eingangstür gesprungen, aber da war mein Vater schon schneller. Er hat sich Hannes auch brav vorgestellt und ich hab nur gehofft, dass wir schnell loskönnen. Da kam auch meine Mutter in ihrem Malerdress angerauscht und hat Hannes kurz ins Haus gebeten.

Sie hat ihn gefragt, ob er denn schon schön Ostern gefeiert hätte und mir war es total peinlich.

Aber Hannes war ganz süß und hat artig geantwortet. Dann hab ich mir schnell die Jacke und Schuhe angezogen, ihn am Arm gepackt und gemeint, wir müssten jetzt gehen.

Und als ich Hannes aus der Haustüre gezogen habe, hab ich mich nochmal rumgedreht und was machen meine durchgedrehten Eltern? Verarschen mich indem sie mich grinsend nachgeäfft haben und in die Luft geknutscht haben. Ich hab sie strafend angeschaut und geschaut, dass ich schnell mit Hannes Land gewinne.

Der fand meine Eltern aber total nett. Und ich eigentlich auch, weil es ja gezeigt hat, dass sie mittlerweile mit Hannes und mir einverstanden sind. Juchu!

Im Juze dann kam dann erst Nina mit Lilly und Thomas, dann Marie und Marc, Jonathan und Susie, Tobi, noch ein paar vom Fußball und dann auch Lukas. Hab sofort gemerkt, dass Nina Lukas wieder nicht beachtet hat. Der hat sie aber die ganze Zeit voll angeschaut.

Hannes meinte dann auch so zu mir: „Also, ich glaub ja, dass Lukas sich ein bisschen in Nina verknallt hat. Aber schade, weil sie scheint ihn überhaupt nicht leiden zu können."
„Da wäre ich mir nicht so sicher", meinte ich nur.

Mehr konnte ich dazu nicht sagen, auch nicht auf die vielen Nachfragen von Hannes, weil ich ja selbst nichts wusste.

Wir waren dann jedenfalls eine ziemlich große Runde und es war noch total lustig, weil wir alle wieder voll viel Quatsch gemacht hatten.

Dann sind wir später alle abgeholt worden und heute Mittag sind wir Mädels dann alle zu Marie. Sie hatte uns ja zu ihrer Ostereiersuchsession eingeladen.
War total lustig. Weil sie uns allen kleine Nester bei sich im Zimmer versteckt hatte.

Später am Nachmittag hab ich mich noch kurz mit Hannes getroffen. Das heißt, ich sollte zu ihm kommen. Nico war eh nicht da.

Auch Hannes hat gemeint, ich solle mal schauen, ob der Osterhase da war und dabei hat er so gegrinst. Ich fand's voll süß und hab dann natürlich auch im Zimmer gesucht. Hannes hat immer „heiß" und „kalt" gesagt und ich hab dann einen

Schokoladenhasen gefunden.

„Meinst du, das war´s schon?", fragte Hannes lachend.
„Davon krieg ich dich doch nicht satt!", meinte er.

Ich boxte ihm in die Seite, hab dann aber gleich weiter gesucht und noch eine Schokohasendame, ein Riesen-Schoko-
Ei und ein ganzes Nest gefunden, in dem nicht nur Schokolade sondern auch noch ein ganz süßes kleines Kuscheltier war.
Eine kleine Giraffe. Die war total süß.

Daraufhin hab ich Hannes einen ganz dicken Kuss gegeben,
weil er so süß ist!


**Sonntag, der 29. April**

Diese Woche war so schön entspannt, dass ich nicht mal Lust
hatte zu schreiben. Ich hatte die ganze Woche keinen Stift in
der Hand. Ist ja schließlich auch Ferienzeit. Leider geht morgen die Schule wieder los. Aber egal, folgendes: Wir haben
jetzt endlich die Putzfrau. Diese Woche war sie zum ersten
Mal da, meine Mutter ist total glücklich mit der Entscheidung und ich erst. Kein blödes Saubermachen mehr. Das
macht jetzt alles die gute Fee des Hauses! Sehr gut!

Außerdem ist auch alles wieder gut mit Nico und seinen Eltern. Ich war die Woche ein paar Mal bei Hannes und ich
glaub, die haben sich dran gewöhnt, dass ich jetzt zu Hannes
gehöre. Jetzt muss ich mich nur noch selbst dran gewöhnen.
Bin nämlich einmal aus Versehen nach dem Klo statt zu Hannes zu Nico ins Zimmer. Ich war so in Gedanken. Aber Gott
sei Dank war Nico nicht zu Hause. Das wäre ja ultrapeinlich
gewesen!

Aber ich hab sogar diese Woche dort wieder mal gegessen und Nico hatte ich davor schon daheim gesehen. Wir hatten auch alle drei zusammen Fernsehen geschaut. Und als ich mein Handy aus Hannes' Zimmer geholt habe, bin ich im Flur Nico begegnet. War erst etwas komisch, aber dann hat er gefragt, wie es so geht und ich meinte: „Gut, sind ja schließlich Ferien. Und selbst?"

„Auch gut", meinte er.

„Mir geht's echt gut, und es ist auch kein Problem für mich mit dir und Hannes. Auch wenn es am Anfang so rüber gekommen ist. Wollt ich nur mal sagen!

„Das freut mich. Danke", meinte ich ehrlich und hab Nico angelächelt.

Der hat aber nur kurz genickt und ist dann mit mir ins Wohnzimmer zurück zu Hannes gelaufen und dann haben wir eben zusammen Fernsehen geschaut.


Ich mein, klar, ist immer noch komisch manchmal wegen Nico. Ist einfach eine ungewöhnliche Situation. Aber das wird schon.


**Montag, der 30. April**

Ist echt total lustig. Nach den Osterferien gleich morgen der 1. Mai. Waren heute wieder alle in der Schule und dann wird heute Abend in den 1. Mai gefeiert. Und zwar mit Freund! Hoffe ich! Wenn ich daran denke, wie das damals war, vor einem Jahr, das Drama mit Jonathan – das ist gerade Mal ein Jahr her.

Und dann kam das Chaos mit Nico. Der ganze Weihnachtstrubel mit ihm. Und dann war ich endlich mit ihm zusammen und dann kam auf einmal Mr. Right alias Hannes.

Echt krass, wie das so in einem Jahr laufen kann.

Jetzt auf jeden Fall freue ich mich auf einen tollen Start in den 1. Mai.

Ich darf nämlich bis halb eins feiern, dann holt mich mein Vater ab. Beziehungsweise meine Mutter. Die darf ja wegen der Schwangerschaft eh nichts trinken. Und letztes Jahr hatten die beiden ja doch einen ordentlichen Schwipps.

Ich hab übrigens ein strenges Alkoholverbot. Gilt natürlich nicht nur für heute Abend, sondern prinzipiell. Neulich hatten wir nochmal eine große Grundsatzdiskussion, weil ich meinte, dass ich es blöd finde, wenn ich jetzt unter der Woche und vor allen Dingen in den Ferien so früh zu Hause sein muss, obwohl es ja jetzt auch wieder länger hell ist draußen.

Meine Eltern meinten, dass sie sich schon dazu hinreißen lassen haben, dass ich abends dementsprechend länger unterwegs sein darf, aber dass es mit allen Freiheiten sofort aus ist, wenn ich noch einmal Alkohol trinke bevor ich 16 bin. Und wenn sie rausfinden würden, dass ich rauche, müsste ich auf einen Schlag eine Packung der stärksten Zigaretten rauchen.

Meine Eltern sind Freaks! Die meisten drohen ihren Kindern nicht zu rauchen, meine drohen damit alle zu rauchen. Wirkt aber. Nicht, dass ich jemals Lust gehabt hätte zu rauchen. Ich finde immer noch, dass es zum einen total blöd aussieht, es stinkt und so viele uncoole Leute rauchen nur, um cool zu sein, dass mir rauchen echt schon wieder viel zu uncool ist!

Jedenfalls darf ich jetzt länger raus und heute Abend dürfen wir Mädels alle bis um halb eins weg. Find ich gut!

**Dienstag, der 1. Mai**

Was eine Nacht! Wir waren die üblichen Verdächtigen und das wichtigste zuerst: Nina hat Lukas geküsst. Und weil sie, glaub ich, am Ende doch wieder verwirrt war, ist sie dann einfach später heimgegangen, ohne sich von ihm zu verabschieden.

Aber das geile ist, dass sie Lukas echt um den Verstand bringt. Und den haben den ganzen Abend irgendwelche Mädchen angegraben.

Hannes meinte, Lukas würde das immer gar nicht merken, wenn er angegraben werden würde.

Das kann ich gar nicht glauben! Lukas sieht verdammt gut aus, ist zwar irgendwie immer ein bisschen verplant und man weiß nie, ob er wirklich versteht, was man ihm gerade sagt, aber wahrscheinlich hat er genau deshalb so eine Anziehungskraft auf Mädchen!

Da waren echt ständig lauter hübsche Mädchen um ihn rum.

„Du wirst vielleicht viel angegraben", hab ich dementsprechend auch gleich festgestellt.

Lukas meinte doch tatsächlich: „Hä? Von wem denn?"

Ich war jetzt echt verwirrt. Der hat das echt nicht gemerkt.

Ich hab zu Hannes geflüstert: „Ich glaub, der hat ein bisschen zu viel gekifft!"

Der hat nur gegrinst und gemeint: „Siehst du, deshalb hab ich aufgehört. Sonst würde ich ja nicht mitkriegen, was für ein tolles Mädchen mich mag!"

„In der Tat ist das gut so!", hab ich geantwortet, ihn umarmt, ganz fest an mich gedrückt und dann geküsst.

Ich finde Hannes und ich sind einfach großartig als Paar.

Es läuft so gut zwischen uns, dass ich manchmal gar nicht mehr weiß, was ich dazu schreiben soll außer: Perfekt!

Lukas jedenfalls steht auf der Leitung. Aber genau deshalb ist es mit Nina ja so faszinierend, weil sie ihn nämlich überhaupt nicht angräbt, sondern einfach nur versucht, sich von ihm fernzuhalten. Was ihr nicht immer gelingt, weil Lukas echt ständig versucht, bei ihr zu stehen.
Und auf einmal sind sie dann weg und man findet die zwei irgendwo knutschend.
Kriegt Nina dann mit, dass wir sie sehen, hört sie sofort auf, lässt Lukas stehen und kauft sich irgendwas zu trinken.

Marie, Lilly und ich sind dann zu ihr und haben sie darauf angesprochen.
„Ach ich weiß auch nicht", jammerte sie.
„Ich will den gar nicht. Der ist immer so verwirrt. Aber wenn er dann so vor mir steht, mich mit seinen Dackelaugen anstarrt, dann könnte ich grad dahin schmelzen".
„Das kenne ich", meinte ich.
„Ich glaub, das heißt umgangssprachlich verknallt zu sein", sagte ich weiter.
„Auf gar keinen Fall!", wehrte Nina gleich ab.
„Aber Nina!", versuchten wir einzulenken.

Aber mit Nina war da nicht zu reden. Trotzdem war es ein schöner und lustiger Abend.
Vor allem weil Marc und Hannes um zwölf so taten, als wäre Silvester. Will heißen, die haben die Zeit rückwärts gezählt. Macht man doch so gar nicht am 1. Mai.
Egal, weil um Punkt Zwölf habe ich dann einen Kuss bekommen und Hannes hat mir ganz goldig einen tollen Monat Mai gewünscht.

Manchmal würde ich den am liebsten auffressen, weil er so goldig ist.

**Donnerstag, der 3. Mai**

Hannes hat sich heute beim Fußballtraining verletzt. Er hat gleich angerufen als er zu Hause war. Er hat sich den Fuß vertreten und kann nicht richtig auftreten.
„Hast du dich nicht aufgewärmt?", hab ich gefragt.
„Aufwärmen? Ich bin doch kein Mädchen!", meinte er frech.
„Nee, ein Mädchen bist du nicht. Aber doof. Ohne Aufwärmtraining kann man sich doch total leicht verletzen. Das weiß doch jedes Kind!"
„Ja, ich weiß es jetzt auch."
„Na siehst du! Musst halt mal auf deine Freundin hören!"
„Mach ich", lachte Hannes.
Dann haben wir noch so geredet und als ich später im Bett lag kam noch eine Nachricht von Hannes: „Frau Allwissend, sagst du mir morgen, wie du gedenkst mich gesund zu pflegen? Gehört schließlich zu deinen Aufgaben als Freundin! :-) Kuss!"

Ich hab zurück geschrieben: „Werter Verletzter, ich werde mir was Geeignetes überlegen. Aber bevor du Hoffnungen hast: Kein Krankenschwesternoutfit! ;)"

„Schade! :-) Gute Nacht! L.Y."

Was heißt dieses L.Y.? Oder vertippt der sich und meint L.G. - Lieben Gruß?

Verwirrt!



**Freitag, der 4. Mai**

War heute nach der Schule bei Hannes. Der kann ganz normal laufen, fast. Hab ihm aber trotzdem einen kleinen Korb mit Salben und Sachen gebracht. Da war Schokolade dabei, Verbandszeug, Aspirin, Voltaren und so. Er hat sich total gefreut.

Dann haben wir wild rumgeknutscht und danach ging´s ihm besser. Ich bin eine gute Freundin!


## Samstag, der 5. Mai, nachts

War heute mit meiner Mutter in der Stadt shoppen. Ich nenne sie jetzt nur noch die Dicke! Findet sie nicht so lustig. Ich schon. Die hat nämlich schon einen Megabauch! Und ich frage mich, wie dick man denn mit so einem Baby werden kann.

Heute Abend waren wir alle bei Marie eingeladen. Die hat heute Geburtstag gefeiert. Dabei waren auch Jonathan und Susi, Lilly und Thomas, Nina, Lukas, Hannes und ich und natürlich Marc.

Ich hab heute in der Stadt mit meiner Mutter das Geburtstagsgeschenk für Marie besorgt. Wir haben ihr alle nämlich einen Gutschein für unser großes Modekaufhaus in der Stadt geschenkt. Da hat sie sich auch voll gefreut.

Wir saßen alle zusammen, haben Fruchtbowle getrunken und laut Musik gehört. War echt gut. Mal was anderes als im Juze.

Und Nina hat tatsächlich mal mit Lukas geredet, so dass wir es gesehen haben. Vielleicht entwickelt sich das doch noch zwischen den beiden. Würde mich so freuen für die beiden.

**Sonntag, der 6. Mai, 2.33 Uhr**

OH MEIN GOTT!!!!!!!!!!!

L.Y.! Das heißt Love You!


**Sonntag, der 6. Mai, morgens**

L.Y. - Love You. Das ich darauf nicht früher gekommen bin!
Und was mach ich jetzt??


**Sonntag, der 6. Mai, mittags**

Marie hat gesagt, ich soll ganz ruhig bleiben. Leichter gesagt
als getan!
Hannes hat mir mehrfach geschrieben: L.Y.

Love You.

Oder heißt es doch was anderes?

Aber Nina und Lilly sind auch keine anderen Bedeutungen
eingefallen außer Love You. Außerdem ist es das einzige was
Sinn macht.

Hilfe! Was mach ich denn jetzt?


**Sonntag, der 6. Mai, abends**

Nachdem ich mit den Mädels heute lange telefoniert habe

und mich auch mit Hannes bei mir getroffen hatte, aber keine Sprache auf das Love You gekommen ist, mach ich erst mal gar nichts. Vielleicht hat er sich doch verschrieben und meinte LG. Könnte ja sein, oder?

## Mittwoch, der 9. Mai

Also ich hab mir das jetzt alles Mal in Ruhe angeschaut. Ich versteh mich nach wie vor gut mit Hannes. Es läuft nach wie vor alles perfekt. Ich frag mich manchmal, ob ich ihm L.Y. zurück schreiben soll. Aber er hat es auch nicht mehr geschrieben. Also lass ich es lieber sein.

## Samstag, der 12. Mai, nachts

Er hat es wieder geschrieben. Gerade eben! Wir waren heute wie immer im Juze. Der Abend war wie immer total romantisch und perfekt. Und jetzt kam die Nachricht: „Schlaf gut! Freu mich auf morgen! Kuss! Ps.: Hab Nina und Lukas wieder erwischt ;) L.Y."

Was schreib ich jetzt??

Okay, muss überlegen. Okay, okay, okay. Ääähhh. Moment..

Okay, hab geschrieben: „Aus den beiden werde ich nicht schlau. :-) Dir auch gute Nacht. HDL!"

HDL – Hab dich lieb. Ist doch gut gekontert oder?

Es piepst.

Nur ein Smiley.

Bin jetzt total aufgewühlt, kann bestimmt nicht schlafen.

**Sonntag, der 13. Mai**

Bin echt erst voll spät eingeschlafen. Habe dann, als ich wach war, schnell gefrühstückt, und mich dann auf den Weg zum Fußballplatz gemacht. Weil Hannes wieder fit ist und heute ein Fußballspiel hat. Wir waren alle dabei: Marie und Marc, Nina, Lilly natürlich auch, weil ihr Thomas ja auch spielt und Lukas kam auch. Der spielt bei einem anderen Verein und in einer höheren Liga. Heute hatte er zum ersten Mal kurze Hosen an und ich war echt beeindruckt. Der hat mächtig durchtrainierte Waden und Arme. Ist mir im Winter unter den dicken Pullovern gar nicht aufgefallen.

Ich glaube Nina auch nicht, die hat ihn nämlich die ganze Zeit so verstohlen angeschaut.

Nach dem Spiel kam Hannes dann direkt vom Platz und noch in seinem Trikot zu mir gelaufen und hat mir einen Kuss gegeben. Ich war so stolz, dass ich so einen tollen Typen abgekriegt habe, selbst dass sie verloren hatten mir egal..
Ich hab auch schön darauf geachtet, ob alle sehen, dass das mein Typ ist! Für mich war er nämlich der beste Spieler auf dem Platz!

Bin dann aber nach dem Spiel mit den anderen heimgegangen. Da kam dann Hannes noch mit seinem Roller vorbeigefahren.

Er hat mir dann geholfen nach meinem Roller zu schauen, aber der ist fit, mein Vater hat ihn schon die Woche angemeldet und weil ich eben Angst hatte, am Anfang den Roller zu fahren, weil mein Führerschein ja schon eine ganze Weile her ist, hat er mit mir auf vor der Haustüre nochmal geübt.

Jetzt fühle ich mich fit, musste meinen Eltern zeigen, dass ich fahren kann, wo Hannes auch noch dabei war und jetzt darf ich mit dem Roller in die Schule fahren.

Lilly, Marie und Nina übrigens auch! Yeah! Endlich erwachsen! Naja, so fast quasi!

Heute Abend war dann noch großes Familienessen angesagt, weil meine Oma ja heute Geburtstag hat. Das war dann noch total lustig, weil die Oma nämlich ganz viele Geschichten von mir erzählt hat. Also, wo ich noch ein Baby war und Papa mal schlecht wurde, als ich das erste Mal groß in die Windel gemacht habe. War ein bisschen peinlich, aber auch lustig. Das werde ich demnächst ja alles selbst miterleben. Bald ist meine Mutter nämlich in Mutterschutz und den ganzen Tag zu Hause. Sie kann sich auch immer schwerer bewegen. Sie keucht schon schneller nach Luft als meine Oma. Die findet das auch ganz lustig. Meinte sie doch glatt: „Ob alt oder schwanger – gleiche Symptome: Du kriegst kaum Luft und suchst immer ein Klo!"

Meine Oma ist echt sau cool!


**Montag, der 21. Mai**

Wollt nur mal kurz festhalten, dass alles in Butter ist, ich aber grad nicht viel Zeit habe. Schreiben grad voll viele Klausuren, muss mich ständig um meine Mutter, meine Mädels und um Hannes kümmern. Aber alles perfekt! Still happy!!!

**Freitag, der 15. Juni**

Wow, ist ja schon eeeewig her!!
Es ist mir schon mal aufgefallen, dass ich immer mehr Tagebuch schreibe, wenn was nicht in Ordnung ist, als wenn alles läuft wie gebuttert.

Eigentlich läuft alles auch gut, aber ich kann grad gar nicht klar denken.

Also von vorne: Vor einiger Zeit war es doch so, dass Hannes angefangen hat mir per Whatsapp zu schreiben: L.Y. - Love You.

Das macht er auch ab und an immer noch! Ich schreib dann zurück: HDL – Hab dich lieb.

Seitdem immer dasselbe.

Heute aber waren wir nach der Schule alle noch in der Eisdiele, um den Ferienbeginn zu feiern, weil wir doch jetzt Pfingstferien haben.
Nach dem Eisbecher bin ich mit Hannes und den anderen zu unseren Rollern gelaufen.
Wir sind dann alle los gefahren und Hannes ist noch mit zu mir. Weil heute meine Mutter ihren letzten Arbeitstag hatte und sie ab dann nicht mehr arbeitet und zu Hause ist, weil ja in vier Wochen mein Bruder auf die Welt kommt. für den haben wir im Übrigen immer noch keinen Namen.

Aber egal. Viel wichtiger ist, dass Hannes und ich wieder gemeinsam im Internet gesurft haben. Das machen wir voll gerne und schauen uns lauter schräger Videos im Netz an.

Er war so goldig wie immer und dann musste er irgendwann gehen. Ich hab ihn noch zum Roller gebracht und ihn gefragt, ob wir morgen am Abend ins Juze gehen.

Er meinte dann so: „Na klar, das gehört doch zu uns wie Schokokuchen und Fußballspiele!"
Ich hab gelacht und gemeint: „Vielleicht sollten wir irgendwann mal unseren Horizont erweitern!"
„Wegen mir gerne. Vorschläge?"
Mir ist so auf die Schnelle nichts eingefallen.
Hannes hat gelacht und gemeint: „Dann bleibt es beim Juze!"
„Geritzt!" meinte ich.
„Was soll das denn für ein Wort sein?"
„Naja, irgendwann müssen wir doch mal anfangen, neues in die Beziehung zu bringen", hab ich gelacht.
„Alles klar, du Nudel!"
Ich hab ihn angegrinst.
Er hat sich auf seinen Roller gesetzt, den Helm in die Hand genommen und gemeint:
„Bis morgen, Schatz!"
„Bis morgen, Großer!"
Da hab ich mich zu ihm gebeugt, ihm ein dickes Abschiedsbussi gegeben und Hannes hat gesagt: „Ich hole dich morgen ab."

Dann hat er den Helm aufgesetzt, ist gefahren und ich kam mir total romantisch und glücklich vor.

Später schau ich auf mein Handy und dann hab ich schon eine Whatsapp von Hannes.

Und die drei Worte: Lieb dich!

Gut, waren nur zwei! Aber die wiegen mindestens so schwer wie alle Worte, die ich kenne. Mir war total schlecht. Ist es jetzt immer noch.

Was sag ich jetzt? Und wann sag ich es?

Soll ich etwa zurück schreiben: „Ich dich auch!“

Ist doch irgendwie blöd.

Marie meinte, ich solle es ihm persönlich sagen, wenn sich die Situation ergibt, würde es von ganz alleine kommen. So hat es bei ihr mit Marc auch geklappt. Da war Marie die erste, die es gesagt hat.

Lilly meinte, ich solle abwarten bis er es mir persönlich sagt und dann erwidern, oder ihm jetzt einfach zurück schreiben, dass ich ihn auch liebe.

Nina hat erst Mal gefragt, ob ich ihn auch liebe. „Ja, tu ich schon!“
Da hat sie kurz nichts gesagt und dann gemeint: „Na, dann kannst du es ihm ja auch sagen!“

Leichter gesagt als getan.

Wann? Wie? Wo?

Will jetzt aber auch nicht nichts zurück schreiben, nicht, dass er sich Sorgen macht!

Also schreib ich jetzt: „Freu mich auf dich! Kuss!“

Da hat er jetzt nicht drauf geantwortet.


**Samstag, der 16. Juni**

Hab heute den ganzen Tag überlegt, wie ich auch sagen könnte, dass ich ihn liebe. Weil das tu ich ja auch. Ich hab mir darüber zwar noch nie so Gedanken gemacht, ob das jetzt Liebe ist oder nicht. Aber nicht, weil ich Zweifel hatte, sondern weil ich einfach weiß, dass es zwischen mir und Hannes passt. Also sollte es mir doch auch ganz leicht fallen ihm zu sagen, was ich fühle, oder?

## Sonntag, der 17. Juni

Oh nein, es überhaupt nicht so leicht. Gestern hat mich Hannes mit seinem Roller abgeholt und ich bin bei ihm mitgefahren, alles war wie immer und ich hab ständig den richtigen Moment gesucht und die Worte immer auf den Lippen gehabt, aber sie wollten einfach nicht kommen.
Ich konnte es irgendwie nicht sagen.

Ich war dadurch auch irgendwie abgelenkt. Hannes hat dann schon gefragt, ob alles okay ist, weil ich so angespannt war. Mensch, Scheiße!

Heute bin ich wieder bei einem Fußballspiel von ihm. Ich könnte es ja machen wie die in den Filmen und einfach ein Banner mit der Aufschrift: „Ich liebe Dich!" an den Platz hängen. Aber ich glaub, das ist nicht so ganz meine Art!

## Mittwoch, der 18. Juni

Diese Woche hab ich Hannes noch gar nicht gesehen. Gestern war sein Training und am Montag war er mit seinen Jungs verabredet. Ob sich heute die Gelegenheit ergibt?

Wir gehen ins Schwimmbad. Das erste Mal in diesem Jahr

weil es schon so schön heiß ist.

## Donnerstag, der 19. Juni

Marie, Lilly und Nina haben mir gestern die ganze Zeit im Schwimmbad versucht, Mut zu machen. Aber ich hab mich nicht getraut. Ich kann doch nicht neben ihm auf der Schwimmbaddecke liegen und sagen: „Hey Hannes, übrigens, ich liebe dich auch!"

Ich stell mir das irgendwie romantischer vor.

## Samstag, der 21. Juni

Mittlerweile macht mich dieses ganze „Ich liebe Dich"-Thema richtig schlecht gelaunt. Vor allen Dingen weil er es auch nicht mehr sagt und da kann ich ja schlecht anfangen, oder?

Meine Mädels meinen zwar, das könnte ich durchaus, aber ich finde das irgendwie blöd. Keine Ahnung. Das ist alles so verkrampft.

## Sonntag, der 22. Juni

Wir waren gestern eben im Juze, aber irgendwie war Hannes nicht so gut drauf. Da konnte ich natürlich erst recht nichts sagen. Wir haben gestern fast gar nicht Händchen gehalten und uns nur kurz mal ein Bussi gegeben. Irgendwie hab ich den Eindruck, er wäre sauer auf mich.

Heute hat er wieder ein Auswärtsspiel, das heißt, ich kann ihm da auch gar nicht zuschauen! Blöd!

Geh nachher mit den anderen ins Schwimmbad.


**Sonntag, der 22. Juni, abends**

Hannes hat sich heute nach dem Spiel überhaupt nicht gemeldet. Ich wusste nur von Lilly durch Thomas, dass sie heute wieder verloren hatten. Vielleicht war einfach schlecht drauf, dachte ich mir so zwischendurch. Dann hab ich ihm ganz lieb geschrieben, wie das Spiel war und dass ich im Schwimmbad bin.

Er hat geschrieben, dass das Spiel nicht so gut lief und ihm das Knie heute weh täte und er deshalb auch nichts mehr macht.

Ich war so verdutzt, dass ich gar nichts mehr zurück geschrieben habe. So kenne ich ihn gar nicht.

Da Nina und Lukas jeden Samstag rumknutschen, aber immer noch nicht zusammen sind, wollte ich sie auch nicht fragen, ob sie mal Lukas fragen könnte, ob mit Hannes alles okay ist.

Außerdem wird mir so schlecht bei dem Gedanken, dass irgendwas nicht in Ordnung sein könnte, dass ich gar nicht daran denken und erst recht nicht darüber reden mag.

**Montag, der 23. Juni**

Die Schule hat mich heute wenigstens ein bisschen abgelenkt. Ist nicht so, als ob Hannes und ich uns jeden Tag Whatsapp schreiben während der Schule, aber heute hätte ich es mir gewünscht.

Haben wir aber nicht und ich hab mich nicht getraut anzufangen.

Scheiße! Was hat das denn grad alles zu bedeuten?


**Montag, der 23. Juni, später**

Hab grad mit Hannes telefoniert, nachdem ich ihn angerufen hatte. Da war er eigentlich wieder ganz süß. Hat aber trotzdem nicht so süß gewirkt wie sonst, deshalb hab ich versucht ganz besonders lieb und goldig zu sein und das hat, glaub ich, auch Wirkung gezeigt. Jedenfalls wurde er im Laufe der Zeit lockerer.
Vor allem als ich erzählt habe, dass der Babybauch meiner Mutter mittlerweile gigantische Ausmaße angenommen hat und sie kaum noch aus dem Sessel kommt und man sie immer ziehen muss.
Da hat er gelacht und gemeint, so fühlt er sich immer, nachdem er mit Nico ein Wettpizzaessen veranstaltet hat.

Bis jetzt kam aber keine Nachricht von ihm. Also hab ich jetzt mal eine Whatsapp geschrieben: „Schöne Grüße vom Wahlrosshelferlein :-) Gute Nacht Schatz! L.Y."

Das war das erste Mal, dass ich L.Y. geschrieben habe. Hoffentlich war das jetzt okay.
Mir ist ganz schlecht.

Aber da piept grad mein Handy. Hannes schreibt: „Ich besorg dir einen Kran! Das hilft ;-) Kuss"

Hm. Jetzt bin ich auch nicht schlauer. Aber immerhin klingt er doch wieder gut gelaunt, oder?

Vielleicht liegt es aber auch an Lukas und Nina. Da hatte es wohl doch jetzt mal kräftig gefunkt.

War so: Samstag haben die beiden im Juze wie immer rumgeknutscht. Auf einmal hat aber Lukas Nina stehen lassen und nicht wie sonst immer Nina Lukas.

Die war dementsprechend verwirrt. Lukas hat dann wohl zu Nina gesagt, dass sie jetzt entweder zusammen sind, oder es lassen. Nina war verwirrt, hat nichts gesagt.

Lukas hat sich umgedreht und ist gegangen.

Dann ist Nina ihm hinterher und hat nur gemeint: „Okay, aber ich werde nicht mit dir schlafen!"

Lukas hat nach Maries Aussagen gestrahlt und gemeint: „Darum geht's ja auch gar nicht!", und Nina dann geküsst. Endlich wieder Romantik für Nina! Ich freu mich!


**Mittwoch, der 25. Juni**

Wir waren heute alle nach der Schule im Schwimmbad. Auch Hannes und Lukas waren dabei. Hannes war eigentlich ganz gut gelaunt und als ich angefangen habe, ihn im Wasser einfach zu küssen und ganz viel zu umarmen, war er auch wieder total süß.

Vielleicht war er einfach schlecht drauf neulich. Soll ja auch mal vorkommen.


**Samstag, der 27. Juni**

Heute ist die erste Poolparty in diesem Jahr. Ich werde natürlich hingehen. Freu mich schon voll drauf.


**Sonntag, der 28. Juni**

WAHNSINN! Alles anders!!!

Mein Vater ist gestern Nachmittag zum Einkaufen gefahren. Großeinkauf für die Woche. Meine Mutter macht das nicht mehr, weil sie schon so kugelrund ist und in zwei Wochen Tim kommen soll. Wir konnten uns nämlich mittlerweile auf einen Namen einigen.
Tim also wird mein Bruder.
Mittlerweile freue ich mich auch schon richtig darauf. Zu Hause ist schon alles startklar. Tims Zimmer ist fertig und in der Küche steht schon alles wie Kinderwagen, Maxi-Cosi, Flaschen und so weiter bereit.

Gestern jedenfalls hab ich mir nachmittags noch kurz ein Brot gemacht, bevor ich dann los wollte zur Poolparty. Da kam meine Mutter in die Küche, setzte sich auf den Küchentisch und verzog das Gesicht.

„Alles okay?", fragte ich.
„Ich hab so Bauchweh. Das sind bestimmt die Vorwehen!"
„Kriegst du jetzt das Baby?", fragte ich gleich panisch.
„Nein, das ist ganz normal, zwei Wochen vorher", presste

meine Mutter zwischen den Zähnen durch.
„Kann ich dir helfen?“, fragte ich. Weil das ziemlich schmerz-
haft aussah.
„Machst du mir ein Tee? Einen Kamillentee?“

Ich setzte Teewasser auf und meine Mutter schien sich zu ent-
spannen.
Ich hab mich zu ihr gesetzt und sie wollte von Hannes wissen,
wie es so läuft und von der Poolparty und was ich anziehen
wollte.

Ich war grad so am erzählen, da krampfte sie wieder zusammen.

Ich hatte mich ja mittlerweile auch ein bisschen mit Schwan-
gerschaften beschäftigt, schließlich lagen überall im Haus genügend Bücher rum.

„Mama“, sagte ich dementsprechend alarmiert.
„Bist du sicher, dass das normal ist?“
„Aaahhh“, sie stöhnte nur.

„Seit wann hast du das?“, fragte ich.
„Vor einer Stunde ging´s los“, stöhnte sie.
„Papa! Ich muss Papa anrufen!“
Ich wählte hektisch seine Nummer.

Der ging natürlich nicht dran. Konnte er auch nicht, weil
sein Handy in der Küche klingelte. Das ist typisch Mann! Nie
da wenn man ihn braucht!

Meine Mutter entspannte sich wieder.

„Mama, sind das wirklich normale Vorwehen? So früh, so viele?“
„Ich weiß jetzt auch nicht genau“, meinte sie und legte sich

im Stuhl zurück.

Was sollte ich denn jetzt tun?

„Soll ich den Notarzt rufen?", fragte ich vorsichtig.
„Auf gar keinen Fall!", meinte sie bestimmt.

Wunderte mich nicht. Meine Mutter würde sich in hundert
Jahren nicht freiwillig in den Rettungswagen legen. Sie meint
nämlich immer, so wie die fahren, könnte sie sich gleich von
der Brücke werfen.

Ich habe heimlich auf die Uhr geschaut. 8 Minuten später
setzten die nächsten Schmerzen ein.

„Nati", meinte sie nur und konnte sich kaum noch auf dem
Stuhl halten. Ich bin zu ihr gesprungen, hab ihre Hand gehalten die sie ganz fest gedrückt hat.

„Mama", hab ich etwas verzweifelt gerufen.
„Nati, das Baby, es kommt!"
„Das glaub ich auch!"
„Ich muss ins Krankenhaus!"

Ich hab sofort die 110 gewählt.
Brav, wie ich es in der Schule gelernt hatte, wollte ich sachlich
alle Informationen durch geben.
Als aber ein Mann am Telefon abgenommen hat, hab ich ihn
gleich hysterisch angebrüllt: „Meine Mutter bekommt ihr
Baby! Wir brauchen einen Krankenwagen. Schnell!"

„In welchen Abständen kommen die Wehen?" fragte der Typ
nur.
„Ich glaub alle 8 Minuten! Also los jetzt!"
„Ich schick gleich einen Wagen zu ihnen. Wo wohnen sie
denn?"

„Waldstraße 4!"
„Oh je", meinte der Typ.
„Was soll das heißen?" fragte ich ängstlich.
„Heute ist der Stadtmarathon. Sie wohnen so blöd, da kommt man durch die ganzen Absperrungen ja gar nicht hin!"
„Was soll das heißen, sie kommen da nicht hin? Sie haben doch Blaulicht!"
„Ja schon, aber.. egal, ein Wagen ist gleich zu ihnen unterwegs. Bleiben Sie so lange ruhig. Es kann kurz dauern, aber es wird ihnen jemand helfen!"

Ich schaute zu meiner Mutter, die die nächste Wehe hatte. Das ging eindeutig zu schnell!

Mann, alles zu schnell! Ich bin doch erst 15 Jahre, alleine, wie sollte ich denn bitte meiner Mutter helfen, meinen Bruder auf die Welt zu bringen?!

Wer wohnt in der Nähe mit Auto? Aber Auto bringt ja nichts, wenn man nicht durchkommt. Ist ja ein Witz, weil das Krankenhaus nur eine viertel Stunde mit dem Auto weg ist, mit dem Roller sogar nur 10 Minuten, weil man sich überall durch schlängeln kann.

Der Roller!!!

„Vergessen Sie den Wagen! Wir kommen schon so klar!"
Damit hab ich aufgelegt und bin zu meiner Mutter.

„Mama, ich fahr dich!"

Die hat mich natürlich entsetzt angeschaut.

„Tja, falls du keine Hausgeburt willst, bin ich deine einzige Chance."
Ich hab sie angegrinst. Sie nickte ergeben und meinte: „Ohne

Aufregung wärs ja langweilig!"

Also hab ich sie genommen als die nächste Wehe vorbei war, bin raus zu meinem Roller gelaufen und hab sie hinten drauf gesetzt. Weil der Bauch aber so dick war, dass wir nicht zu zweit drauf gepasst haben, musste sie mit dem Rücken zu mir sitzen und den Bauch über den Gepäckträger hängen lassen.

Ich hab mein Helm aufgesetzt, auf die Uhr geschaut und leicht Panik bekommen. Noch schätzungsweise sieben Minute bis zur nächsten Wehe.

Leise hatte ich gehofft, dass im nächsten Moment mein Vater, der Rettungswagen oder sonst wer um die Ecke biegen würde um uns zu helfen. Fehlanzeige.

Also hab ich den Roller gestartet, meinen Helm wieder abgenommen und meiner Mutter aufgesetzt, sie ging gerade ganz eindeutig vor.

Dann bin ich los gedüst. Ich hab versucht auf den geraden Strecken schnell Gas zu geben. Da ich ja erst 15 Jahre bin, war das, was ich getan habe hochgradig illegal, weil ich auch noch ohne Helm gefahren bin und schneller als ich dürfte. Da ich noch keine 50 km/h fahren darf, ist mein Roller eigentlich auf 25 km/h gedrosselt.

Aber Hannes hat mich neulich schneller gemacht. Also konnte ich jetzt 40 km/h in der Spitze fahren, die ich auch voll ausgereizt habe. In den Kurven musste ich aber total aufpassen, weil meine Mutter wenig Gleichgewichtsgefühl hatte und mit sich beschäftigt war.

Und mit Schreien, wenn ich ehrlich bin, denn bei Geschwindigkeit von 40 km/h hat sie doch ordentlich Angst bekommen.

„Nicht so schneeeeeell!", hat sie da gebrüllt.
Dann kam die nächste Wehe und sie brüllte auf einmal:
„Schneeeelleeeer!"

Dann kamen wir an die Marathonstrecke. Überall standen Leute an der Straße und mitten auf der Straße liefen die Läufer. Es gab gar keinen Platz auf dem Gehweg. Ich musste auf die Straße und mich an den einzelnen Läufern vorbei schlängeln.

„Platz daaaaa!", brüllte ich so laut wie ich konnte.
Die Leute sind zur Seite gesprungen, während ich hupend alle vertrieben habe.

Die haben sich natürlich aufgeregt und geschimpft.

Dann habe ich aber gemerkt, dass einige den Ernst der Lage erkannt hatten. Die Straße der Marathonstrecke führte geradewegs bis an die Kreuzung der Klinik. Also da mussten die Läufer jetzt leider durch.

Auf einmal heulte eine Sirene neben mir. Ein Polizist auf dem Motorrad fuhr neben mir und schrie ich solle anhalten.

„Geht nicht!", brüllte ich zurück.
„Das ist ein Notfall! Wir kriegen ein Baby! UND ZWAR JETZT!" brüllte ich lautstark zurück.

Der Typ war kurz unentschlossen, dann schaltete er die Sirene ein und reihte sich vor mir ein.

Ich dachte erst, der will mich zum Anhalten zwingen.

Dann aber hab ich gemerkt, dass er versucht, mir den Weg frei zu machen. Was ihm dank Sirene auch deutlich besser gelungen ist als mir.

Es reihte sich gleich darauf noch ein zweiter Motorradpolizist vor uns ein und half, den Weg frei zu machen.

Und dann wurde es total freaky: Die Zuschauer vom Marathon, die Läufer und Helfer sprangen alle aus dem Weg und als sie gesehen hatten, dass hier eine kurz vor der Entbindung stehende Frau transportiert wurde, feuerten sie uns auf einmal an. Im Rückspiegel sah ich lauter jubelnde Leute.

Ich musste lachen! Das war doch verrückt!

„Alles okay?“ rief ich nach hinten zu meiner Mutter.

Ich drehte mich ganz kurz um und sah, dass sie den Leuten doch tatsächlich gewunken hat! Die Frau liegt fett in den Wehen und lässt sich bejubeln.

Ich musste so lachen, weil das so eine absurde Situation war. Das glaubt mir doch wieder keiner!

Vor allen Dingen weil wir dann als erste mit den Polizisten durch den Zieleinlauf gerauscht sind und den Gewinnerbanner abgerissen haben. Beziehungsweise die Polizisten.

Die hatten wohl auch schon per Funk durchgegeben, dass da ein Notfall reingeschneit kommt, denn sie haben uns direkt in die Notaufnahme kutschiert, wo auch schon ein Ärzteteam auf uns gewartet hatte.

Ich war einfach froh, endlich angekommen zu sein, hab den Roller angehalten und es kamen sofort Rettungshelfer und haben meine Mutter entgegen genommen und sie auf die Bahre verfrachtet.
Ich hab ihr den Helm schnell abgenommen, ihn auf meinen Roller geworfen und den Polizisten „Danke“ zugerufen und bin mit ins Krankenhaus.

Dort kamen wir direkt in den Kreissaal.

„Sollen wir ihren Mann verständigen?", fragte eine Schwester.
„Wissen Sie, das ist nicht so, als ob wir das nicht versucht hätten. Aber er ist einkaufen, hat sein Handy zu Hause liegen lassen und steht wahrscheinlich gerade vor der Obsttheke im Supermarkt und fragt sich, ob ich gesagt habe, dass er Birnen oder Äpfel mitbringen soll!", meinte meine Mutter.

Ich musste lachen. Die hat Nerven! Echt!

Die Hebamme lachte und meinte ebenfalls so trocken: „Da wäre er nicht der Erste!"

„Glaub ich! Aber meine Tochter ist da!"

Die Hebamme sah mich an, lächelte und gab mir so einen Mantel als Überwurf.
In dem Moment wurde mir klar, dass ich bei der Geburt dabei sein würde. Nicht nur irgendwie so im Krankenhaus, sondern so richtig im Kreissaal!! Live!

Wie mein Bruder geboren wird!

Mir wurde etwas schlecht.
Vielleicht sollte mich im Notfall doch der Papa vertreten.

Ich hab ihm eine Whatsapp geschrieben. Wenn er heimkommt und wir nicht da sind, wird er ja vielleicht auf die Idee kommen, mal auf seinem Handy nachzuschauen.

„Tim kommt! Sind im Krankenhaus! Komm!", hab ich ihm geschrieben.

Und meinen Mädels und Hannes hab ich auch geschrieben:

„Tim kommt! :-) Melde mich sobald es etwas Neues gibt! Bin im Krankenhaus!"

Dann kam die nächste Wehe und meine Mutter war schon an den Wehenschreiber angeschlossen, wo man alles ganz genau sehen konnte.

Der Arzt dort machte dann gleich einen Ultraschall und hörte nach den Herztönen.

„Hm", machte er.
Meine Mutter und ich waren gleich beunruhigt.

„Was soll das heißen?", fragte sie.

„Das wird noch dauern. Ihr Baby hat sich noch nicht in den Geburtskanal begeben. Wir geben ihnen jetzt erst Mal Wehenstopper. Damit geben wir ihm einfach noch ein bisschen Zeit!"

„Soll das etwa heißen, die ganze Hektik war umsonst?", fragte ich entsetzt.

Der Arzt lächelte nur und meinte: „Das kann schon mal vorkommen! Ein bisschen Panik gehört zum Kinderkriegen dazu!"

Pff, sagt der das einfach so. Ein bisschen Panik! Ich hätte ihn mal mit 15, alleine und mit einer schwangeren Mutter erleben wollen.

Meine Mutter und ich sind dann jedenfalls in ein Zimmer verlegt worden. Dort konnten wir das Baby aber die ganze Zeit hören und beobachten und es war immer eine Schwester in Rufnähe.

Und oh Wunder, zwei Stunden später tauchte auch mein total aufgelöster Vater auf.

Ich wollte ihn schon anschnauzen, wo er denn so lange geblieben war, aber er war so schon fertig genug und es hat eine geschlagene Stunde gedauert, bis er sich beruhigt hatte, dann noch mal eine Stunde, bis er die Geschichte mit dem Rollertransport verdaut hatte.

Immer wieder schauten die Ärzte bei meiner Mutter nach, wann es denn soweit wäre. Sie war irgendwann schon ganz schön müde und ist nochmal kurz eingeschlafen. Mein Vater und ich saßen die ganze Zeit recht unbequem am Bett auf zwei Stühlen.

Als ich kurz eingenickt war stupste mich auf einmal mein Papa: „Psst, Nati, schau mal!"

Ich schaute auf und er grinste und hatte noch ein Bett neben sich stehen. „Hab ich gefunden", strahlte er.
„Und wenn das jemand vermisst?", fragte ich skeptisch.
„Die haben hier doch genug! Außerdem tut mir der Rücken weh!"

Der tat mir auch weh. Also hab ich mich zu meinem Vater auf dieses Bett gequetscht und bin auch gleich eingeschlafen. War immerhin schon nachts um eins.

Um vier Uhr morgens bin ich aufgewacht. Geräusche und Stimmen haben mich geweckt.

Ich hab die Augen aufgemacht und da standen schon wieder ganz viele Leute ums Bett meiner Mutter. Mein Vater hat gesehen, dass ich aufgewacht bin und hat mit Tränen in den Augen gemeint: „Es kommt!"

Auf einmal wurde mir ganz anders! Ich hab gespürt, dass es jetzt wirklich so weit war.

Auf einmal waren alle Ärzte und Schwestern total konzentriert und auch meine Mutter war auf einmal anders. Sie hat ganz konzentriert geatmet, während wir sie in den Kreissaal geschoben haben.
Alles ging ganz ruhig von statten. Ich stand dann an der linken Kopfseite von meiner Mutter und mein Vater an der rechten.

„Pressen", sagte der Arzt dann immer mal wieder.

Und meiner Mutter kamen immer mehr Schweißperlen aufs Gesicht.

Es sind auf einmal so viele Leute um uns rum gewuselt und ich war nur froh, dass ich da nicht liegen musste. So viele Leute, die einem da unten rein schauen, anfassen und sagen, was man machen soll, stell ich mir auch nicht so prickelnd vor. Aber meiner Mutter schien das nichts auszumachen.

„Noch einmal fest pressen!", meinte auf einmal der Arzt.
„Ein Mal noch, dann ist es da!"

Ich drückte die Hand von meiner Mutter ganz fest und hatte so viel Tränen in den Augen, das ich gar nicht schauen konnte.

Gleich kommt ein neues Leben. Ein neuer Mensch. Mein Bruder kommt jetzt gerade auf die Welt!

Meine Mutter schrie auf ein Mal kurz auf, stöhnte und warf sich zurück.

Ich wusste erst gar nicht, ob es jetzt geklappt hatte. Da hörten wir auf einmal ein ganz leises Schreien!

Er war da! Tim war da!

„Herzlichen Glückwunsch!“, meinte der Arzt.

Mir liefen die Tränen runter. Ich hatte überhaupt keine Kontrolle mehr. Ich schluchzte nur noch. Was für eine Erfahrung!

„Sie haben ein gesundes Mädchen!“

Ein Mädchen?

Mein Schluchzen hörte sofort auf!

„Ein Mädchen?“, fragten meine Mutter, mein Vater und ich wie aus einem Mund!

„Hatten sie mit etwas anderem gerechnet?“
„Ja, eigentlich schon“, meinte ich.

Ich war kurz geschockt.

Dann sah ich sie! Der Arzt hob sie hoch und sie war ganz komisch blau und weiß, total verschmiert und hat die Augen zu und brüllte.

Die Hebamme hat sie kurz in eine Decke eingewickelt und meiner Mutter auf die Brust gelegt.

Sie hörte gleich auf zu brüllen.

„Ein Mädchen“, sagte mein Vater ganz leise heulend.
„Eine Josefine!“, sagte meine Mutter und weinte!

Ich hab so losheulen müssen, war mir total peinlich, aber ich konnte überhaupt nicht aufhören. Ich hab mich schluchzend in die Arme meiner Mutter geworfen und Joey angeschaut. Hab sie vor lauter Tränen gar nicht gesehen und weiter geheult. Meine Mutter musste auch so weinen.

Dann kam die Hebamme und hat mir auf den Rücken geklopft und uns Joey dann vorsichtig weggenommen, um sie zu untersuchen und zu waschen.

Sie hat gleich wieder angefangen zu weinen und der Arzt fragte, ob wir noch die Nabelschnur durchschneiden wollten.

Dabei hielt er die Schnur hoch und in dem Moment ist mein Vater umgekippt.

Ohne Scheiß, den hat´s einfach rücklings zerlegt.

„Ach, das war schon bei dir damals so!“, meinte meine Mutter gelassen.
„Du bist echt die coolste Mum der Welt!“, meinte ich.

Eine Schwester ist gleich zu meinem Vater geeilt und hat versucht, ihn wieder aufzuwecken.

Der Arzt grinste mich an: „Jetzt liegt es wohl an dir, deine Schwester ins Leben zu schicken!“

Ich schaute kurz zu meiner Mutter, die nickte und ich hab einen Schritt Richtung Arzt gemacht. Der reichte mir die Schere und mir war schon ein bisschen schlecht. Dann aber hab ich kurz Josefine angeschaut und mir kam der Gedanke, dass wir für immer verbunden sein würden, und dass ich mehr war als nur ihre Schwester, sondern dass ich ein Teil von ihr und ihrer Entstehung war. Und dann schnitt ich die Nabelschnur einfach durch.

Und Josefine Ann-Luise Kaltenbach war offiziell auf der Welt!

Um 5.13 Uhr am Morgen des 28. Juni geboren. Meine Schwester!

Mein Vater kam mittlerweile zu sich und rappelte sich wieder am Kopfende meiner Mutter hoch.

„Du kannst aufatmen, Nati hat die Nabelschnur durchgeschnitten!"

Mein Vater sah mich bewundernd an.

Mann war ich stolz!

Mein Vater und ich sind dann mit Josefine auf die Babystation, während meine Mutter noch kurz versorgt wurde und dann wurde auch Josefine erst mal kurz weggebracht. Mein Vater war ganz aufgewühlt. Ich auch!

Und ich wollte dieses Gefühl teilen!

Ich schrieb eine Nachricht an Marie, Lilly und Nina: „Es ist ein Mädchen. Ich war dabei! Es ist eine Josefine!"

 Dieses Glück wollte ich mit noch einem teilen! Genau in diesem Moment!
„Papa, ich komme gleich wieder! Ich muss was erledigen!"
„Wo willst du denn hin?"
„Ich bin gleich wieder da!"

Ich schwang mich auf meinen Roller und fuhr los.

Die Stadt war ganz leer, alles war noch zu, der Morgen hatte aber schon begonnen und es war schon hell. Es war jetzt sechs

Uhr und als ich an der roten Ampel halten musste, hörte ich von der Stadt nichts außer Vogelgezwitscher!

Ich bin weiter gefahren und war voller Glück. Ich wollte jetzt nur noch eins. Ich war so aufgeregt, ich hab´s kaum noch ausgehalten.

Ich hab vor dem Haus geparkt und am Handy anklingeln lassen. Nochmal und nochmal.

Beim dritten Mal hob er ab: „Hallo?"

„Hannes, ich bin´s Nati. Komm mal raus. Ich steh von deiner Haustüre!"
„Was?"
„Komm raus! Jetzt! Los", lachte ich.

Ich war so aufgeregt, ich konnte nicht mal ruhig stehen.

Als die Haustüre aufging lief ich gerade auf und ab, und war ein ganzes Stück von der Türe entfernt, in der Hannes im T-Shirt und Boxershorts stand.

Ich sah ihn, mir stiegen die Tränen in die Augen und ich heulte: „Es ist ein Mädchen! Ich habe eine Schwester! Sie ist noch keine Stunde alt!"

Damit bin ich direkt auf ihn zugerannt und ihm in die Arme gefallen.

„Und ich liebe dich!", heulte ich.
„Ich liebe Dich so wahnsinnig!", weinte ich weiter.
Hannes drückte mich ganz fest, so fest, dass ich kaum noch Luft bekam.
„Und ich dachte schon, du sagst es nie. Weil ich liebe dich nämlich auch!"

Ich heulte gleich noch mehr und drückte meine Tränen an
seinen Hals.

„Ich liebe, liebe, liebe dich!", meinte ich weiter.
Auf einmal konnte ich es gar nicht oft genug sagen.

„Und ich will für immer mit dir zusammen bleiben", meinte
ich.
„Das will ich auch", sagte Hannes und knuddelte mich immer noch fest an sich.

Dann schaute ich ihn an: „Ich hab eine Schwester. Das ist
meine Josefine! Meine Joey!"

Hannes strich mir eine Träne von der Wange, lächelte und
sagte: „Und ich hab jetzt zwei von euch! Alter Schwede!"

Ich lachte und drückte mich wieder an ihn.

„Ich liebe Dich!"
„Ich liebe Dich!"

Ende!

# DANKE

Danke an Nils Sigel, ohne dich wären die Skripte weiterhin in der Schublade! Danke fürs Layout und gestalten!

**Nati´s Diary - Band 1**
**Jungs sind doof, außer man küsst sie!**
ISBN: 978-3-74123-706-5
Preis: € (D) 8,99

Mit 13 Jahren verändert sich alles!

Nati schreibt mehr Tagebuch als Hausaufgaben. Aber das Leben hat ja auch aufregenderes zu bieten als Schularbeiten. Sagt sie. Ihre Eltern sagen etwas anderes. Zoff ist also auch zu Hause vorprogrammiert.

Da wird es nicht besser als Mathelehrer Schulz die Klassenclowns Marc und Jonathan auseinandersetzt - und Jonathan neben Nati! Das kann ja was werden, denn eigentlich findet Nati Jungs ziemlich unreif. Jonathan auch. Meistens. Na gut, manchmal. Verflixt diese Jungs..
Gut, dass Nati Freundinnen hat auf die sie sich verlassen kann. Die vier gehen gemeinsam durch dick und dünn, durch Mathehausaufgaben und Vokabeltests, überstehen gemeinsam nervige Klassenkameradinnen und stellen das Leben der Jungs auf den Kopf! Auch der erste Liebeskummer kann einem mit Freundinnen nichts mehr anhaben - naja fast! Und am Ende kommt es zum großen Showdown, der alles verändern wird!

**Nati´s Diary - Band 2**
**Ein Schwarm zum knutschen**
ISBN: 978-3-74123-707-2
Preis: € (D) 8,99

Jungs können einen echt verrückt machen!
Oder glücklich.
Oder unglücklich!
Oder alles gleichzeitig...

Marie, Lilly, Nina und Nati befinden sich auf der Achterbahn der Gefühle!

Und schwer verknallt versucht Nati an ihren Traumjungen ran zu kommen. Doch ihr Schwarm Nico merkt davon leider nichts. Oder etwa doch? Zumindest hat er ihr schon Blumen
geschenkt. Das ist doch ein Zeichen, oder?
Na gut, das war ein Versehen, aber Nati findet in manchen Situationen sollte man einfach an das Schicksal glauben! Jetzt muss das nur noch Nico merken.

Und neben den Jungs wartet da ja auch noch die Schule. Dabei hat man nun wirklich wenig Zeit für Hausarbeiten, wo die vier Freundinnen doch auch noch ihren Rollerführerschein machen.

Da heißt es jetzt nur noch: Daumen drücken und auf den großen Geburtstag hin fiebern. Und wer weiß was für Geburtstagsüberraschungen das Leben für Nati so bietet..?